（だめなのに）
またあの絶頂を味わうのかと思った。
その悦びの深さとすばらしさを味わった今では、
心待ちにしてしまうのだったが。
蒼影は遠慮なく玉葉を突くのをやめると、
覆いかぶさるようにして耳元でささやく。
「おまえは俺のものだ」

シフォン文庫

龍王の寵愛

花嫁は草原に乱れ咲く

涼原カンナ

集英社

龍王の寵愛
花嫁は草原に乱れ咲く

目次

イラスト／緒花

龍王の寵愛
花嫁は草原に乱れ咲く

序章

白く滑らかな肌を無骨な手が這《は》う。

寝台に横たえられた玉葉《ぎょくよう》は、敷布を握ってたまらず喘《あえ》いだ。

「あ……ああ……」

豊かな乳房を散々に弄《もてあそ》んだ長い指は、とうとう下肢《かし》の間で不埒《ふらち》な振る舞いに及びはじめる。

固い蕾《つぼみ》を無理やり花開かせるように、玉葉の秘めたる花びらに触れて咲かせようとする。

「だめ……だめ……」

のしかかってくる青年を潤んだ瞳で見上げる。

彼の肌には、龍の刺青《いれずみ》が躍動していた。左の肩口に向かって昇る龍は、雄々《おお》しく天を睨《にら》み、何かを摑《つか》み取ろうとするかのように鋭い爪を大きく広げている。背にまで刻まれたその龍は、神々《こうごう》しくも恐ろしい。

（刺青は醜《みにく》いものだと聞いていたのに、どうしてこの方のものは美しいのかしら）

祖国では刺青は罪の証《あかし》だった。けれど、彼の国ではまったく違う意味を持っている。

　龍を身体《からだ》に刻まれるのは、国を統《す》べる王か王太子に限られているのだ。

　不意に蜜口を突かれて、玉葉の意識は否応《いやおう》もなく奪われる。谷間をたどる指の感触に、喉《のど》がひきつれた。

「や……いや……」

　早くやめさせなくてはと思う。彼はまだ夫ではない。婚礼を済ませぬうちから肌を合わせるなんて、とんでもなく常識はずれなことなのに。

　それなのに、下肢の間で今しも咲こうとする花は、夜露をためたようにしとどに濡れている。

　そのせいか彼の指の動きは次第に滑らかになり、何本もの指が開花を誘うように玉葉の秘処をまさぐった。

　玉葉は眉の間に皺《しわ》を寄せた。今まで感じたことのない甘いうずきが背を走っていく。こんな感覚を知ってはいけない。ひとたび味わったら、もう二度と元の自分に戻れぬような気がする。

　我が物顔で遊ぶ指を止めようと、彼の腕を摑《つか》んだ。はかない抵抗をたしなめるように彼は小さく微笑《ほほえ》む。

　翠玉《すいぎょく》のような男の瞳が玉葉をじっと捉えている。思わず息を呑《の》んだ。

（こんなことをしなくても、もう戻れはしないのだわ……）

　すでに捕まえられてしまったのだ。鮮やかな輝きを放つ宝石のような彼の瞳に。

　この輝きを知らなかったときに戻れるはずがない。そう思わされるほどに強い力を秘めた双《そう》眸《ぼう》は、玉葉の無垢《むく》な裸身を眼差《まなざ》しだけで犯し尽くしている。

遠くに風の鳴る音がする。草原を疾駆する風の音は、玉葉の脳裏《のうり》にあの日の光景を甦《よみがえ》らせた。

ふたりが出会ったあのときも、風は同じように強く吹いていたのだ。

一章　公主は龍にさらわれる

砂混じりの疾風が駆け抜ける。玉葉《ぎょくよう》は立ち止まるとぎゅっと瞼《まぶた》を閉じた。

両手に山のように抱えた敷布や毛布を落とさないよう微動だにせず、風の通り過ぎるのを待つ。うなじで紐《ひも》を使い、ひとつにまとめて背に流した豊かな黒髪は散々に煽《あお》られ、たおやかな腕を覆《おお》う袖《そで》の隙間《すきま》から砂が遠慮《えんりょ》なしに侵入する。華奢《きやしゃ》な両足に張り付いていた長裙《スカート》の布がすとんと落ちてから、詰めていた息を吐き出した。

「今日も風が強いわ」

東華《とうか》国と北燕《ほくえん》国の国境沿いに広がる草原は常に風が舞う。青く澄んだ秋空を渡る雲はいつも急ぎ足だ。

天幕がいくつも並ぶ東華国の軍営。中心部は兵士がひっきりなしに行きかい、土埃《つちぼこり》とざわめきが絶えないが、端まで来ると人影はまばらで、風の吹きすさぶ音がはっきりと聞こえるほど静まっている。

玉葉は再び歩き出した。敷布や毛布を積み上げているせいで前がよく見えない。歩みは自然と慎重なものになる。

「敷布を換える前に包帯を交換するべきよね……」

こぼしたつぶやきを耳に拾う者はいない。ただそれだけで、随分《ずいぶん》と肩の力が抜ける。

玉葉を見れば、誰しも頭を下げるのだ。虚礼《きょれい》は要らずとの通達は目下のところ多くの者に黙殺されている。

（ここではどうしたって浮いてしまうから、仕方ないのかもしれないけれど）

東華国と北燕国が干戈《かんか》を交える戦場。十七歳の少女である玉葉が存在するにはふさわしくない場所だ。

（ぼんやりしてはいられないわ。やることはいっぱいあるのだもの。とにかく働かなくては）

長い睫毛《まつげ》にふちどられた杏仁形《きょうにんがた》の目に力を宿して、玉葉は両手に抱えた荷の重さに耐えながら歩を進める。

玉葉が向かうのは、北燕の捕虜《ほりょ》のいる天幕だ。捕虜の中でも怪我《けが》がひどい者たちが軍営の端に寄せ集められている。本来ならば、手厚い看護が必要なはずの彼らが半ば放置されているのは、ひとえに敵だからという理由だろう。

東華の多くの民は北燕を北の地を奪った蛮族《ばんぞく》、文明の粋《すい》を極めた東華国に従わぬ愚か者と侮《ぶ》蔑《べつ》したがっている。実際のところは、騎馬の技に優れた勇猛果敢《ゆうもうかかん》な遊牧の民である北燕人をひどく恐れているのだが。

（もう少し薬を分けてもらうよう医師にお願いしてみよう）

軍属の医師は貴重な薬を北燕人に分け与えることを渋っていたが、包帯を換えるだけでは、なかなか傷は治らない。

（ほんの少し増やしてもらうだけでいい）

東華の兵の分が不足するのは、もってのほかだ。けれど、どうしても薬が必要だった。

敵とはいえ苦しんでいる人たちを前にすると、治療をしっかりしてやりたいという願望を捨てきれない。

（敷布を換えたら、医師を訪ねて交渉をしてみるべきだわ）

考え事をしながら歩いていたせいだろうか。行く手の斜め前に設置された天幕の陰から唐突《とうとつ》にあらわれた人物に気づけなかった。

（ぶつかる！）

そう思ったとき、相手が山と抱えた敷布ごと玉葉を抱き止める。間髪《かんはつ》を容《い》れず荷の一部を奪われて、玉葉は面食らった。

「前が見えないほど抱えているのがいけない」

ぶっきらぼうに指摘してきた男と相対して、玉葉は息を呑んだ。

二十歳《はたち》をいくつか過ぎたらしき青年は、眦《まなじり》の切れあがった目をひたと玉葉に据えている。精悍《せいかん》さをより強調するような褐色《かっしょく》の肌を彩《いろど》るのは、翠玉《すいぎょく》の色をした瞳と短く切りそろえた赤銅色《しゃくどういろ》の髪。たくましくも均整のとれた体軀《たいく》にまとっている藍《あい》色の膝までの長衣と褲子《ズボン》には、色糸で飛雲《ひうん》と鋭い爪の鷲《わし》が鮮やかに刺繡《ししゅう》されている。

「北燕の者がなぜここに……」

呆然《ぼうぜん》としながらつぶやいた玉葉は、事前に伝えられていたことを思い出した。

今日は北燕から和睦《わぼく》の使者が来る日だったのだ。

「ここまで案内した者は誰です？　こんな奥まで連れて来るなんて」

柳眉《りゅうび》を跳ね上げて問いかける。

いくら使者といえども軍営の中を自由に動けるはずがない。和平に向けての話し合いが始まるとはいえ、北燕はついこの間まで剣を交わし合っていた敵なのだ。食料の備蓄量や兵士の様子など子細に観察されては困ることだってある。

青年は質問を鼻で笑い飛ばすと、ふてぶてしく答えた。

「案内役なら振り切ってきた」

「な……」

「ところで、このあたりに捕虜の天幕があるだろう？　どこだ」

射るような眼差しで、しかも有無を言わさぬ調子でたずねられた。並の娘ならすくんでしまうところだろうが、彼の口調は玉葉の反発心を煽りたてるだけだ。

「あなたに答えるわけにはいきません」

取り付く島もない玉葉の返答に、彼は呆気《あっけ》にとられたのか、美しい宝石のような瞳を丸くする。

「楚々《そそ》たる美女のわりに、随分と気が強いな」

「な、何を……」

見知らぬ男に外見と性格の感想をずけずけと言われ、狼狽《ろうばい》するあまり真っ赤になった。ろくに反撃できぬ玉葉に、青年は改めて問いを投げかける。

「ここ辺りにあると案内役から聞き出している。頼むから、教えてくれ」

「そんなことを言われても、答えられるわけがないでしょう？」

東華の案内役から逃れた北燕の男が捕虜の天幕を探している。もしかしたら、捕虜を逃がすかもしれないという疑惑は捨てきれない。

むろん和平の使者がそんな愚かな真似《まね》をするとは常識的に考えられないが。

用心深く青年を観察する玉葉に、彼は猛禽《もうきん》のような鋭い眼差しをやわらげた。

「安心しろ。変な真似はしない。ただ、様子を知りたいだけだ。同胞が……しかも、捕虜になっている民がどうなっているか気になるのは当然だろう」

声も差し出すように穏やかになっていた。東華人と北燕人の言葉は似ているので、聴き取りにはほとんど苦労しないのだが、北燕人の発音は東華人には耳に痛いほど鋭い。それが今はかなり丸くなっている。

「頼む」

青年は真顔で軽く頭を下げる。

しげしげと彼を注視し、神妙な態度にためらいをゆっくりとほどいた。

(この人の気持ちもわかるわ)

せっかく東華の軍営内に入れたのだ。捕虜が——まして怪我をした者たちの状況を知りたいと思うのは自然な感情の動きだろう。何も行動しないより、かえって情が深いとも言える。

「……わかりました。案内します。様子を窺《うかが》うだけだと約束してくださいますね？」

念押しすると、青年は真摯《しんし》な表情を崩さずうなずいた。

「約束しよう。ところで、これはどこへ運ぶものなんだ」

彼が目線で指したのは自身が抱えている敷布や毛布だ。持たせっぱなしだったという事実に気づき、玉葉はあわてた。

「ごめんなさい。わたしの荷の上に置いてくだされば けっこうですから」

「また前が見えないほど積む気か。さっきはそのせいで俺とぶつかりかけただろうが」

呆《あき》れたように言われて、玉葉は頰を赤らめる。

「で、いったいどこに運べばいい？」

「……北燕の捕虜の方々の天幕に運んでいます」

面食らったように目を丸くされ、きまり悪さに瞼《まぶた》を軽く伏せてつぶやいた。

「今から行くところだったのです。ちょうどよかったですわ」

案内をするために彼の先を進もうとしたら、大股《おおまた》で横に並ばれた。

「看病をしてくれているのか」

「看病というほどのことでは……。寝具を交換したり、包帯を取り換えたりしているだけですわ」

「それを看病と言うんじゃないのか？」

翡翠《ひすい》のような瞳で見つめられ、なぜか鼓動が速度を増す。玉葉は心持ち目線を下げて、つぶやいた。

「……薬も足りませんし、つきっきりでお世話ができるわけでもありません。看病と言うにはおこがましいですわ」

薬だって充分に用意できないでいる。玉葉が捕虜の窮状《きゅうじょう》に気づくのが遅かったせいで、傷が化膿《かのう》して完治がいつになるかわからなくなってしまった者まであらわれた。看病しているのだと胸を張れるような状況ではない。

「とにかく、怪我人の世話をしてくれているんだろう？　ならば看病だ」

力強く断じられ、玉葉は彼の覇気《はき》にあふれた横顔を見上げた。北燕人の彼からそう言ってもらえると、罪悪感で岩のように重くなった心が少しは軽くなる。

「……捕虜の方々もそう思ってくだされればよいのですけれど」

病気や怪我に苦しむ彼らと言葉を交わしたことはほとんどなかった。世話をされる彼らは、意識が朦朧《もうろう》としているか、あるいは疲れ果てているのか反応に乏《とぼ》しいのが普通だったし、まれに会話をしようとすると、見張りの東華兵から制止されたのだった。

深く考えずに放った一言だったのに、青年は明らかに驚きをあらわした。

「おまえは変人か？」

「え？」

檻《おり》に入った珍獣を眺めているような目つきに、玉葉は不快というよりも戸惑った。

「東華人は俺たち北燕人を野蛮だと罵《ののし》ってばかりだ。それなのに、おまえは敵である北燕人を看病する。相当な変わり者扱いをされているんじゃないか？」

真顔でたずねられて呆気にとられたが、それは一瞬だった。すぐにおかしくなって、肩を震わせて笑ってしまう。

「どうした？」

「よく言われるんです、変わり者だと」

軍営でもそうだ。敵である北燕人を看病する玉葉には、咎《とが》めるような眼差しがしばしば向けられる。

「東華の兵はみなそう思っているのでしょう。わたしを非難するように見るのに、わたしが目を合わせようとすると、逃げるようにそらすのです」

彼らの気持ちもわかる。敵を看病するなんて、裏切り行為だと思われても仕方ない。それでも、玉葉は自分の行動は正しいと信じ、それを貫いているわけだが。

「そいつらはおまえを非難しているわけじゃないと思うが」

青年は複雑な表情で玉葉の全身を眺める。不躾《ぶしつけ》な仕草に自然と眉が寄った。

「何を言って――」

「たぶんおまえが美しいから見とれてるんだと思うぞ」

いたって真面目《まじめ》な口調なのに、玉葉はうろたえた。

「じょ、冗談を言わないでください」

「きれいな女が男ばかりの軍営の中をうろうろしていたら、そりゃ見るだろう。ごく普通の反応だと思うが」

青年の一言に頰を張られたような衝撃を味わい、頭が白くなりながら歩を進める。

「……そんなこと考えもしませんでした」

「不用心だな。少しは注意をしたほうがいいぞ」

呆れたように言われ、玉葉は彼を注視した。

そういえば、こんなふうに遠慮《えんりょ》なく外見や性格について赤裸々《せきらら》な感想を告げられるのは初めてだ。

「どうした？」

「いえ、あなたみたいな不作法《ぶさほう》な方は初めてだと思って」

「どこが不作法なんだ？」

「わたしがきれいだとか不用心だとかいう発言は不作法じゃありませんか」

嚙《か》みつくように睨《にら》むと、彼は本気で不思議そうにした。

「本当のことだろう？　きれいなのも不用心なのも」

啞然《あぜん》とし、玉葉は彼と見つめ合った。互いの瞳の奥で揺れる感情を探り合う。

（なんなのかしら、この人は）

今まで会った人間の中でもとびきり失礼な男だ。玉葉に対して、こんなにも赤裸々《せきらら》な文言を投げつける人間は実の兄以外いなかった。

「それとも、俺のように正直なほうがおかしいのか？　東華人は奥ゆかしいらしいから、美しい女を見ても知らぬふりをするのが当然なのか」

青年の言葉には揶揄《やゆ》の響きがあった。玉葉はむっとして、すかさず反論する。

「北燕の者は思ったことをすぐに口にしなければ気が済まないようですね」

爪を立てて引っかく猫の気持ちで発した嫌味にも、青年は少しも動じなかった。

「東華人のように建前《たてまえ》だけを口にするよりはましだと思うが」

「東華の民だって本音で話す者はたくさんいます」

むきになって反論したが、彼の瞳に宿る光に後悔した。

めったに見られぬ珍宝を目にしたような興味津々《しんしん》といった視線は、玉葉を居心地悪くさせる。

「おもしろい女だな。おまえみたいに気の強い女なら、北燕でも生きていけそうだ」

「何を言っているんです?」

玉葉が北燕に暮らすなど、天地がひっくり返ってもありえないことだ。まず兄が許さないだろう。

「わたしは北燕になど住みません」

「か弱い東華の女には無理か」

「そういうわけでは……だいたい、わたしが北燕に暮らすなど、嫁《とつ》ぐ場合しか考えられませんもの。北燕にはそんな相手などおりません」

素っ気なく言い放ってから、なぜか胸の奥に広がる熱を感じた。あたりまえのことを言っただけなのに、どうして感情が昂《たかぶ》るのか不思議で仕方がない。

「まあ、そうだな。東華の女が好んで北燕に住みたがるとは思えない。野蛮な国だしな」

「わ、わたしが北燕に住むはずがないと言っているのは、野蛮だと思っているからではありません。事情が許さないというだけです」

東華は北燕を野蛮だと罵《ののし》っているが、玉葉はその点に同調したことがない。

北燕に関する知識は書物や人伝《ひとづて》に得たものばかりで、実際に北燕人と話したことは戦場に来るまで一度もなかった。

だから、蛮族だとか文明的でないという侮蔑《ぶべつ》を素直に受け取ることなどなかった。

そもそも、文化が違うからといって北燕を蔑視するのは、愚かなこととしか思えなかった。

(そういえば……北燕人と長々と話すのは、この男が初めてだわ)

初めての邂逅《かいこう》がこんなにずけずけと本音を口にする男だなんて、よいことなのか悪いことなのかわからない。

「それは残念だ。おまえのように強い性格だったら、北燕でもやっていけるだろうに」

「強い性格で悪かったですわね！」

「褒めてるんだぞ。北燕の女は男を尻に敷くような強い女が多いからな」

「わたしは夫を後ろに従えるような女に見えますか?」

さすがにここまで言われると、いささか落ち込まざるを得ない。

東華で理想だとされる女は、慎《つつし》み深く従順で、自分の意見は口に出さないような女なのだ。

「夫を床に敷いた絨毯《じゅうたん》のように扱うのが北燕の女だ。おまえもそうなりそうだぞ」

「……それって喜ぶべきことなのですか?」

自然と眉尻が下がってしまう。おそらく相当に情けない顔をしているのだろうが、青年は他意のなさそうなさっぱりとした笑顔を見せた。

「俺はそう思っているが」

「……過分な褒め言葉をありがとうございます」

力なくそう言ってから、玉葉は前に視線を向け、足裏に意識を集中させて歩を進める。

（本当に失礼な男）

とはいっても、さほど腹は立たなかった。奇妙なことに、おかしくて笑いだしそうな気持ちにさえなっていた。

（たぶんこの人があまりに率直《そっちょく》だからだわ）

麗《うるわ》しく整えられた――けれど、中身のない言葉でなく、素直な思いと感情をのせた言葉を聞いていると、こちらの思いまで小気味よいほど揺さぶられる。玉葉は強《し》いて真剣な面持《おもも》ちになりながら――そうでなければ、頬が緩《ゆる》んでしまいそうだったのだ――天幕を目指す。

「ところで、おまえは夫にもそういう態度をとっているのか？」

横を歩いていた男が沈黙を破って放った一言に、玉葉は大粒の黒真珠《くろしんじゅ》のような瞳をさらに丸くした。

「お、夫？」

「いないのか？」

「い、いませんわ。あなたこそ奥さまにそんな失礼な話し方をなさっているのですか？」

「妻はいないが。しかし、いればこんなふうに話すだろうな」

玉葉は饅頭《マントウ》を喉《のど》に押し込められたように押し黙った。

なぜか、叫びだしたくなるような恥ずかしさに襲われてしまう。

「どうした？」

「いいえ、なんでもありません。どうでもよいことを訊いてしまったと思ったんです」

「どうでもいいって、ずいぶん失礼だな……」

気分を害したような彼を背後に置いて、大股《おおまた》で前方へと歩く。少し離れたところで、玉葉は並んだ天幕のひとつを指した。

「あそこですわ」

周囲は東華兵の天幕が囲み、簡単には逃げられないようになっている。常時見張り番もいるはずなのだが、このとき、近寄った天幕に東華兵の姿はなかった。

「見張りもいないとは、逃がしてくれと言っているようなものだな」

揶揄《やゆ》するような彼の口調に思わず身構えたが実行に移す気配はなく、悠々《ゆうゆう》と歩いている。内心ほっとして天幕の前までやってきた。

扉代わりに垂れた幕の隙間《すきま》から覗《のぞ》くと、薄暗い室内では、三十名ほどの北燕の兵が、玉葉でさえ楽々と持ち上げられるほど薄い布団に寝かされている。北燕との戦闘はいったん休止状態になったため、顔ぶれに変化はないが、それは彼らの怪我《けが》がなかなか回復しないということも意味していた。

彼は玉葉の横に立ち、寝転ぶ兵を見渡している。

眉を曇らせている横顔にたずねた。

「中に入りますか？」

彼はしばし黙して考えを巡らせていたが、やがて首を横に振った。

「いや、やめておこう。俺が来たと知れば、国に帰れると早合点《はやがてん》する者がでるかもしれない。東華との話し合いは始まったばかりだ。どう転ぶかもわからないのに、期待をふくらませるのは忍びない」

「わかりました。では、ここにいてください」

彼に持ってもらっていた寝具を受け取り、ひとりで中に入る。汗と薬の臭《にお》いがこもる天幕の端に毛布や敷布を置くと、玉葉は水盤で手を清め、兵の様子を見て回る。

この天幕にいるのは重傷者ばかりだった。傷が深くて動けない者や体力を損《そこ》なったせいで病に罹患《りかん》した者たち――。汚れた包帯をほどいては軟膏《なんこう》を塗り、新しい包帯に換える。

（やっぱり軟膏がもっと必要だわ）

貴重な生薬を使った膏薬を惜しむようにして塗る。そうしなければ全員に行き渡らない。

手当てが済んだら、寝具を交換する。身体《からだ》をそっと動かして汚れた敷布を新しいものに換え、清潔な毛布をかけてやる。最後のひとり、まだ顔立ちのあどけない少年に毛布をかけてやったとき、手首をつかまれた。傷が化膿《かのう》し、ひどい熱を出している少年は唇から熱い息を吐き出した。

「……母さん」

玉葉は彼の手をそっとはずすと、布を水に浸して額にかけてやる。それから、あわてて外に出た。涙があふれて頰を濡らす。漏《も》れそうな嗚咽《おえつ》を必死にかみ殺した。

「なぜ泣く」

飛び出してきた玉葉を出迎えた青年は眉をひそめる。手の甲で涙を拭《ぬぐ》いながら、声を細く絞《しぼ》り出した。

「お気の毒だからです。こんな敵地にいて、さぞ心細いだろうと思うと……。きっと国に帰りたいはずですわ」

「北燕の男は勇猛で我慢強い。これしきのこと、耐えられなくてどうする」

突き放すような一言を聞くや、玉葉は潤んだ瞳で彼をきつく睨《にら》んだ。

「たとえそうでも、怪我をしたとあれば心が弱ります。一刻も早く国に帰さなくては――」

「おまえはどっちの味方なんだ」

呆《あき》れたようにつぶやくと、彼は玉葉の涙を指先で拭《ぬぐ》う。ほんの少しかさついた皮膚《ひふ》の感触に動揺《どうよう》が走り、心臓が大きく跳ねた。

「わ、わたしは東華人です。東華の味方に決まっているでしょう」

「それなのに、北燕の兵を親身になって世話してくれているんだな」

顎《あご》を摑《つか》まれ上向かされた。否応《いやおう》なく目と目が合い、玉葉はとっさに言葉を失う。

彼の緑の瞳は神仙が遊ぶ湖のように澄んだ色をしている。心持ち熱を帯びた眼差《まなざ》しに捉えられ、玉葉は凍りついたように動けなかった。

「おまえの名を教えてくれ」

いつのまにか腰に回された手にぐっと力が込められる。ほとんど抱き寄せられた状態に、玉葉は狼狽《ろうばい》した。

「ぶ、無礼な真似《まね》はよしなさい！　放して！」

「名を教えてくれたら解放してやろう」

「だったら、まずはあなたの名を――」

身をよじりながら反撃のつもりで彼の胸を押したときだった。荒っぽい足音が近づいてきたために動きを止める。

「公主《こうしゅ》さま、大丈夫ですか⁉」

皇帝の妹姫の危機を救わんとしてか、数人の東華兵があわてふためいて駆けてくる。中には抜き身の剣を手にした者までいた。

「公主さま、今、お助けします！」

驚きのためだろうか。青年の目が大きく開かれ、まじまじと玉葉を見つめる。生じた隙を見逃さず、玉葉は彼の胸をさっきよりも強く押して離れた。

「お、おのれ、北燕の兵め！　公主さまをかどわかそうとするか」

「この方は北燕の使者の方です。無礼な言葉は謹《つつし》みなさい」

玉葉は兵の前にことさらゆっくりと歩み出ると、努めて冷静を装って彼らをなだめる。

「道に迷ってしまわれたそうです。たまたま出くわしたところ、ここまで寝具を運ぶのを手伝ってくれました」

「公主さま、あの……恐れ多いことですが、何か狼藉《ろうぜき》を働かれたわけでは……」

兵のひとりがおそるおそる問いかけてくる。玉葉は余裕を示すように、強《し》いてにっこりと微笑《ほほえ》んだ。

「そんなこと、あるはずがないでしょう？　本当に手伝いをしてくれただけ。さ、会談の場に送ってさしあげて。きっと兄が——皇帝陛下が待ちくたびれていらっしゃるでしょうから」

皇帝とひとたび口に出すや、彼らは剣を鞘《さや》におさめ、直立不動になった。

「かしこまりました。さ、使者どのこちらへ」

青年は何か言いたげに唇を動かしかけたが、玉葉は淡い微笑と共にそれを受け流す。余計なことを口にされ、兵士の疑いを招きたくない。

玉葉の意図を察したのか、黙したままの青年は兵士に囲まれ、おとなしく立ち去る。玉葉は彼の背を見送りながら、無意識に数歩そのあとを追い——我に返って、立ちすくんだ。

(何をやっているのかしら)

離れられてよかったと安堵《あんど》するべきなのに、足が勝手に動いてしまった。そのことになんとか合理的な理由を見つけだそうと思考を巡らせる。

（少し心配になっただけだわ。あの兵士たちが物騒だったから）

北燕の使者たる青年に途中で暴挙に及ぶ――ような愚かな真似はしないだろうが、小突いたりはするかもしれない。

（でも、あの人だったら、うまくあしらうでしょう）

そう考えて、心配の種を心の中にある柔らかい土の中に押し込む。

玉葉は彼の去った方角に背を向け、天幕と向き合った。

（さ、まだまだやることがあるわ）

彼を忘れて、仕事の続きに取りかかるべきだ。そう思うそばから種はみるみる芽吹《めぶ》いて、玉葉の脳裏《のうり》には青年の姿が勝手に描かれてしまう。

玉葉の身分を知って、なんと思っただろう。騙されたと憤《いきどお》ったりはしていないだろうか。玉葉の立場を考えたら、そう易々と己の正体を明かすわけにはいかないと理解できるだろうが、それでも、腹を立てたりしないだろうか。

とりとめなくあふれる危惧《きぐ》や憂《うれ》いに玉葉はふたをした。

「もう会うこともないのだから、気に病む必要などないわ」

公主である玉葉が北燕の使者と面会するなど、兄皇帝が命じない限りありえないことだった。女は政治に関わらない――それは東華の常識だからだ。

玉葉は首を緩《ゆる》く振ると天幕へと歩み寄る。身体を動かして働いていたら、きっと無駄なことを考えずに済むと祈るような気持ちで願っていた。

「公主さま、手が止まっていらっしゃいますよ」

侍女《じじょ》に指摘され、玉葉は憂《うれ》いがちに伏せていた瞼《まぶた》を開いた。折りたたみ式の簡素な卓の上に置いていた鏡の中の自分と向き合う。

椅子《いす》に座し、沐浴《もくよく》をしたあとの生乾きの髪を梳《す》いていたところだった。まとっているのは緑青色の上衣と長裙。金銀宝飾の類《たぐい》は身につけておらず、一見しただけでは公主という尊《とうと》い身分の女とはわからないはずだ。

(あの人もわたしが公主だなんて想像すらしなかったでしょうね)

北燕の青年と出会ってから、十日以上過ぎてしまった。あの日以来、北燕の使者は何度か訪れたが、遠目に見る限り、抜き身の刃のような鋭利な眼差しの青年はどうやらいないようだった。

「公主さまったら、最近ぼんやりがすぎます。何かあったんですか？」

三十近い侍女は長年の付き合いからか、ささいな変化を見逃さない。玉葉はぎくりとしたが、なんでもない表情を取り繕《つくろ》い、髪の間に櫛《くし》を通す。

「そんなことはないわ」

「お疲れではないんですか？　公主さまだというのに、戦場なんかにいらっしゃるから……」

侍女は低い寝台に腰かけて衣裳を畳《たた》みながら、心配そうに玉葉をちらちらと見やる。

「わたしは生粋《きっすい》の公主じゃないのよ。田舎《いなか》にいたときは、畑仕事や薪割《まきわ》りだって、やっていたじゃないの」

今では若き皇帝のただひとりの妹公主として何不自由のない暮らしを甘受《かんじゅ》できる立場になったが、一年半ほど遡《さかのぼ》れば、玉葉は皇族だというのに、東華国の辺境で連日家事や農作業に追われていた身だった。朝は水くみから始まり、昼は畑仕事に糸紡《つむ》ぎや機織《はたお》り、夜は細い蠟燭《ろうそく》を灯して繕《つくろ》いものに勤しんだ。

そんな生活が一変したのは、先帝が急死したせいだった。先帝は世継ぎをもうけなかったため、皇族から次期皇帝が選ばれることになったのだ。

競争相手である他の皇族を退け、兄である靖邦《せいほう》が玉座に座ることになると、玉葉は長陽《ちょうよう》長公主という雅号《がごう》を与えられ、後宮内に宮殿を与えられることになった。

「でも、今や玉葉さまは公主さまなんですよ。何もこんなところで汗水たらして働かなくてもよさそうなものです」

「だからといって、お兄さまが戦場で苦労をなさっているというのに、わたしだけ宮殿でのんびりなんてできないわ」

それは公主と呼ばれる女にとっては当たり前のことなのだが、今まで培《つちか》った経験からしたらどうにも許容できないものだった。

なにより、先帝が遺《のこ》した公主たちと同じようになるのが嫌だった。

先帝は、息子はいなかったが、数人の娘がいた。彼女たちは皇帝の寵愛《ちょうあい》をよいことに、後宮で勝手気ままに暮らしていた。

適齢期をとっくに過ぎたというのに、後宮内の宮殿で贅《ぜい》を尽くした衣裳を競い、美食をむさぼり、時にはこっそり外出して男と情事にふけったという。

彼女たちは父である皇帝が崩御《ほうぎょ》したとき、その死を悲しむどころか贅沢《ぜいたく》な生活を失うことを恐れ、靖邦に媚《こび》を売って、今までと同じように後宮で暮らせるよう画策したらしい。

靖邦は政策を立案するときとは異なり、前例がないという理由で彼女たちの要求を退け、身分だけは高いが中身の伴《ともな》わない高官たちの家に彼女たちを嫁に出した。

『共倒れしてくれればいいんだけどね』と涼しい顔で言い放ったことを玉葉はよく覚えている。

ただ豪勢な暮らしをしていただけの女たちは、後宮を去り際に、嫉妬《しっと》混じりの視線を玉葉に向けて、捨て台詞《ぜりふ》を吐いた。

『これからはあなたの時代ね』

それを耳にしたとたん、玉葉の胸には猛烈な怒りの嵐が吹き荒れた。

『わたしはあなたたちのようにはなりません』

棘《とげ》にも似た鋭い眼差しで彼女たちを睨《にら》み渡し、とっさに宣言したのは、玉葉が東華国の下々の民の暮らしを知っているからだ。

辺境の民の生活は、それは質素で、生きるために働きづめだった。

天候が味方してくれるように祈りながら、払暁《ふつぎょう》から日没まで農作業に従事する彼らは、夜は市で売り物にできるような小物を竹で製作していた。

女たちは農作業に出ないときは、機織りや刺繍《ししゅう》に勤《いそ》しんで、小銭を稼《かせ》げる売り物作りに励《はげ》んでいた。美しい織物や刺繍をされた布は彼女たちの身を飾ることなく、市場に手放されていくのだ。

（それを知っているのに、わたしがのうのうと過ごせるわけがないわ）

だから、北燕との戦《いくさ》が始まり、靖邦が兵を率《ひき》いるため前線に赴《おもむ》くと聞いたとき、玉葉は自分も連れていってほしいと志願した。医術や調薬の知識が少しはあるから、それを役立てたいと主張して、靖邦に頼み込んだのだ。

彼は玉葉のわがままを聞き入れてくれた。やさしい兄には感謝してもしきれないと思っているからこそ、少しでも役に立たなければならないと考えている。

「玉葉さまの性格は存じておりますけどねぇ」

彼女は苦笑混じりにつぶやく。田舎に暮らしていたときから身辺の世話をしてくれた彼女は、玉葉にとって年の離れた姉のような存在だ。郷里の母の体調が思わしくないというのに、玉葉に従って都へ、さらには戦場にまでついてきてくれた。

「ま、来てしまったからには仕方ありません。靖邦さまが戦を終わらせてくださるでしょうし、もうすぐ都に帰れますよ。さ、ご準備は済みましたか？」

気を取り直したような彼女に問われ、玉葉はうなずく。

「ええ。皇帝陛下をお待たせしてはいけないわね。早く行きましょう」

今日は三日ぶりに靖邦と逢《あ》う日だ。天下の頂点に位置する皇帝となってしまえば、実兄といえども以前のように気安く顔を合わせられる存在ではない。それでも兄は激務の合間を縫《ぬ》い、数日おきに玉葉と面会する時間を設けてくれる。茶を飲みながら他愛《たわい》ないおしゃべりに興じるだけだが、玉葉にとっては心安らぐひとときとなっていた。

髪を結い紐で軽くまとめ、天幕の外に出た。常と同じくすっきりと澄んだ空では雲が早足で通り、鳶《とんび》か鷹かしれぬ鳥が風に逆らうようにして飛んでいる。

「本当に早く帰りたいものですね。ここは殺伐《さつばつ》としていていけませんよ」

「……そうね」

頭を深く下げて見送る兵に軽く会釈《えしやく》して歩みながら、玉葉は侍女に力なく相槌《あいづち》を打った。

（あの話を知っているのでしょうに、口に出さないのはわたしを気遣っているからね）

北燕との和平の条件。その中には、予想もしていない条項があった。

玉葉を北燕の王太子の花嫁として迎えたいというのだ。それは皇帝につき従って戦場にやってきた大臣たちの議論の種になっているらしい。

（公主が異民族の王族に降嫁《こうか》する——大昔は頻繁《ひんぱん》だったけれど、今ではまったくというほどな

いもの）

　理由は明白だ。大国としての矜持《きょうじ》が許さないというものである。

　和平のための花嫁はある意味、人質でもあるのだ。

　それゆえ、一部の大臣は猛反対し、賛成派の大臣を烈火のごとく責め立てているとか。

　そんな調子だから、北燕の使者が来てから半月が経っているというのに、議論は未だに決着がついておらず、堂々巡りをしているらしい。

　会議の場で靖邦は意向すら示さず、臣下が意見を戦わせる様子を見守っているのだという。

　戦に疲れた兵士たちは、玉葉が嫁して和平が実現するならそれでいいじゃないかと暗に語り合っているようだ。

（わたしが嫁げば、すべてが丸く収まる）

　犠牲がただひとりならば、和平の対価としては安いものだろう。

　だから、理性は納得しているのだ。玉葉は北燕に嫁ぐべきである。嫁いで、両国の友好のために力を尽くすべきなのだ。

（でも、北燕に嫁げば、東華には帰れなくなる）

　唯一の家族である兄と逢えなくなる。生活も気候もまったく違う国に嫁がなくてはならないと考えると、石の塊《かたまり》を呑《の》んだように胃の底が重くなった。

（本当になんて情けないのかしら）

大臣たちの議論が紛糾《ふんきゅう》するのにまかせ、決断を先のばしにしている自分の優柔不断《ゆうじゅうふだん》に唇を嚙《か》む。考えをぐるぐると廻らせていたせいで、侍女の心配そうな目に気づくのが遅れた。

「公主さま」

侍女が気遣わしげに呼びかけてくる。

「ああ、ごめんなさい。大丈夫。あら、今日はお兄さまの天幕が静かね。いつもひっきりなしに大臣たちが出入りしているのに」

彼女の気をそらそうと差し障りのない話題を提供する。侍女は玉葉の心の動きを悟ったように、愁眉《しゅうび》を解いてうなずいた。

「本当ですね」

周囲よりも際だって立派な天幕に近づく。槍を持った兵が何人も守備をする天幕は皮をなめした上等なもので、三角形の屋根の頂点には、五爪《ごそう》の龍が織られた綾錦《あやにしき》の旗が風を受けて翻《ひるがえ》っていた。

入り口を警護している若い兵が恭《うやうや》しく頭を下げる。玉葉は気を取り直すと、ねぎらいの気持ちを込めて笑みを浮かべる。

「いつもご苦労さま」

とたん、兵の頰に赤みが差し、玉葉から視線をそらした。いつまでも決断をせずにいることを暗に責められているようで密かに落ち込んでいると、背後にいた侍女が呆《あき》れたようにつぶやいた。

「まったく、身の程知らずな……」

「やめて。わたしが悪いのだから」

玉葉の制止に、侍女は不思議そうにする。咳払《せきばら》いをしてから、ごまかすように早口で告げた。

「では、行ってくるわ。待っていてくれる？」

「もちろんですとも」

彼女は兄妹水入らずのひとときを邪魔してはいけないと常に外で玉葉を待つ。その気配りに甘えてしまうのは、大好きな兄と過ごす機会があまりにも少ないためだ。

昔、田舎で住んでいた邸は部屋数が十にも満たない小ささで、靖邦とは毎日顔を合わせていたのに、今ではごくわずかな時間を惜しむようにして互いの近況を語り合う。

「悪いわね。ちょっと待っていてね」

侍女にそう告げ、玉葉が入り口に近づくと、兵が垂れていた幕を持ち上げてくれる。名乗ってから入室すると、正面に設けられた高座の上の執務机の奥では、椅子《いす》に座した靖邦が何やら書きものをしていた。

「玉葉、少し待っていてくれ」

「はい」

涼しげな声の主を見上げると、彼は声と同じくらい怜悧《れいり》な眼差しを玉葉に向けていた。

二十代半ばになろうかとする皇帝は若木のようなしなやかな体軀《たいく》に威厳をかもしだしている。面差《おもざ》しは数多《あまた》の宮女たちの心を乱れさすほどに端正だ。結った黒髪を一筋の乱れなく幞頭《ぼくとう》に入れ、凪《な》いだ瞳は上質な琥珀《こはく》を嵌《は》めたようである。

鮮やかな糸で龍が織り込まれた豪奢《ごうしゃ》な龍袍《りゅうほう》を兄は見事に着こなしている。生まれたときから皇帝になるべく定められていたように堂々と振る舞う姿を目にするたび、誇らしさが胸に湧いてくるのを止められなかった。

靖邦は書き上げた巻子を明晰《めいせき》そうな秘書官に渡すと、椅子から立ち上がった。秘書官が天幕を辞すると、軽々とした足取りで玉葉に近づいてくる。

軽く膝を曲げて兄に敬意をあらわした。

「陛下」

「玉葉……ふたりきりのときは、昔と同じようにお兄さまと呼ぶように言っただろう？」

「では、お兄さま。お忙しいのに、わざわざお時間をいただき、嬉しく思います」

「寂しいね。可愛《かわい》い妹は、いつからそんなよそよそしい挨拶をするようになったんだい？」

靖邦は玉葉を抱くようにして卓へと導く。椅子に座ると、計ったように宦官《かんがん》が入室し、馥郁《ふくいく》たる香りの茶を淹《い》れてくれた。

「だって、お兄さまは皇帝陛下ですもの。わたしは妹といえども、臣のひとりですわ」

「玉葉、臣などとへりくだるな。おまえは大切な身内だよ。父も母も亡くなってから、ふたりきりで助け合って生きてきたじゃないか」

「はい」

靖邦の言葉が温かく心に沁《し》みる。

(政争に負けたお父さまは領地とは名ばかりの辺境の地に至るやご病気で亡くなり、お母さまもあとを追うようにこの世を去って……家族といえばお兄さまだけになってしまったもの)

玉葉は両手で茶の入った茶杯《ゆのみ》を包み、小さくうなずいた。

「本当にあのころはふたりで働かなければ生きてさえいけませんでしたもの。お米がめったに口にできず、粟やお芋ばかり食べていた皇族なんて、わたしたちくらいでしょうね」

「けれども、あの日々があったからこそ、今、至尊《しそん》の地位につけたのだと思うよ」

靖邦はあくまで穏やかに微笑《ほほえ》んでいるが、実際、田舎に住んでいるときの生活ときたら、ひどいものだった。

邸は雨漏《あまも》りがするわ、すきま風が吹き込むわで常に修理が欠かせなかったし、ふたりで鍬《くわ》を握って畑を耕さなければ、三度の食事にも事欠いた。

それでも、靖邦は愚痴《ぐち》ひとつこぼさず、領地の農民の様子をこまめに見て回っていたし、彼らの相談にも気さくに応じていた。日々の勉学も怠《おこた》らず、玉葉も自国の歴史から北燕の風習など、あらゆることを靖邦から学んだものだった。

(お兄さまは本当にご立派だわ)

民を思いやり、率先《そっせん》して苦労を分かち合おうとする姿には尊敬するしかない。

「お兄さまはあのときとちっともお変わりになりませんのね。天下の主になられてさえ、戦場に足をお運びになるのですもの」

北燕との戦《いくさ》が始まったのは夏を迎えたころだった。靖邦は急使が国境から都に来るや、すぐに自らが戦場に行き、軍の指揮を執ると決めた。

むろん実際に兵を動かすのは将軍たちだ。しかし、皇帝が前線までやってきて軍を率いるというのは、極めてまれなことだった。

靖邦は瞳を丸くすると、稚気《ちき》にあふれた眼差しで玉葉を見つめる。

「わたしが戦場に来たのは、兵に本気を出させるためだよ」

「確かにお兄さまがいらっしゃったら、手は抜けませんわね」

玉葉の微苦笑に靖邦は似たような笑みを浮かべてうなずいた。

「東華の兵は惰弱《だじゃく》だと北燕人の間では評判だからね。少しは気骨のあるところを見せないと、北燕人は嵩《かさ》にかかって攻めてくるよ」

「北燕人は勇猛果敢《ゆうもうかかん》だと昔から言われていますものね」

百年前、北燕の領土が広がる北方は東華が制圧していた。しかし、北方の民族から指導者があらわれ、東華との戦に勝利して独立を果たす。

彼らは北燕という国を新たに建て、東華と対立するようになった。それ以来、東華と北燕の仲は険悪で、ことあるごとに国境沿いで紛争が起こってきた。

「ここ十年ほどは穏やかなものだったのだが。交易場ができて、物資の輸出入が進んでいたのに」

靖邦が形のよい眉を寄せる。玉葉はぬるい茶を飲むと、同じように眉間《みけん》に力を入れた。

「交易場でのごたごたが戦にまで発展したのだと聞きましたけれど、原因は判明したのですか？」

春先、東華と北燕の国境沿いに設けられた交易場で、とある事件が発生した。

北燕の名産品である貴重な生薬・人蔘《にんじん》を運んできた北燕兵が、東華の兵に殺されたのだ。交易場から去る北燕兵を東華兵が矢を放って射殺してしまったのだという。

殺された兵の仲間は報復の名のもとに交易場を守る東華兵を攻撃した。当然、東華兵も応戦したために、戦闘は次第に苛烈《かれつ》になっていき、互いに援軍を呼びあうと、ついには本格的な戦になってしまった。

東華側では靖邦が親征を決断し、北燕側では次期王の呼び声高い王太子が駆けつけ、互いに兵を指揮するという事態にまで発展してしまったのだった。

「この戦の発端となった、北燕兵射殺の犯人が行方《ゆくえ》不明になっていてね。同僚もなぜその男が北燕兵を射たのかわからないと言う。つまり、真相はわからずじまいだ」

「そうなのですね」

「原因を追究したいのは山々だが、今、重要なのは、北燕との戦を終わらせることだ。あちらもその気でいるうちに、早くまとめてしまいたいのだが……」

額に手を当て、靖邦が疲れたように重い息を吐き出す。玉葉は喉《のど》を鳴らした。

「和平の条約はまだ結ばれませんの？」

「大臣の意見がまとまらないからね」

靖邦は皮肉めいた笑みを唇にまとわせる。

「賛成派と反対派が歩み寄る気配は皆無だよ。いつまでたっても平行線だ」

玉葉は卓上のすっかり冷えた茶杯を両手で抱く。手に力が入らないのは、かすかに震えているからだ。

（いつになったら、意見がまとまるのかしら）

静かな水面にも似た茶に視線を落とし、玉葉は今こそ兄に言うべき言葉を脳裏《のうり》に思い浮かべる。

（わたしが意志を伝えたら、議論の行方《ゆくえ》を左右できる？）

北燕に嫁《とつ》ぐと決心したと言えば、大臣たちの議論を方向づけられるだろうか。

「お兄さま……」

そのとき、心の中で決意の足を引っ張る躊躇《ためら》いがにわかに生まれた。

（北燕に嫁げば、めったに東華には戻れない）

靖邦とも逢えなくなってしまう。そう考えると、続きを口にできなくなった。

「玉葉、どうした？」

靖邦が不思議そうに玉葉の瞳を覗《のぞ》く。

「な、なんでもありません」

「遠慮《えんりょ》はいらないぞ。何でも話すといい」

そう促されると、ますます言えなくなってしまった。

嫁ぐといったん口にしてしまえば、あとで前言を翻《ひるがえ》すということはできないだろう。公主という立場上、そんな軽率《けいそつ》な真似《まね》はできない。

（もう少し考えよう）

いつか決めるべきことを先送りにしているだけだとわかっていた。それでも、迷いがあった。決定的な一言をどうしても告げることができない。唇を噛《か》んで軽くうつむいた。上目づかいで靖邦を見れば、彼は心配そうに玉葉を一瞥《いちべつ》したあと、茶を含んだ。

「冷えたな」

「新しい茶を淹れましょうか」

いたたまれなさから解放される安堵《あんど》を胸に立ち上がろうとすると、手を伸ばして制された。

「いや、いらない。どのみち次の予定がある」

「では、わたしはお暇を――」

「玉葉。すまんが、これから王舜《おうしゅん》を訪ねてくれるか?」

表情はにこやかだが、口調には有無をいわさぬ響きがあった。唐突《とうとつ》な申し出に、玉葉は躊躇《ためら》いがちにうなずく。

「王舜どののところですね。確か体調を崩していると聞きましたが」

ここ数日、宰相《さいしょう》である王舜は具合が悪いと申し立て、会議を欠席しているらしい。

「奴が悪くしているのは、ご機嫌だよ。わたしが奴の〝忠言〟を無視して戦場に来た上、奴が反対している北燕との和睦《わぼく》に乗り気だから、拗《す》ねてしまったらしい」

そう揶揄《やゆ》する靖邦の双眸《そうぼう》は、腹の底が冷えるほどに冴え冴えとした輝きを放っている。

(王舜との間にすきま風が吹いているという噂《うわさ》は本当のようだわ)

辺境に住み、政界ではほとんど忘れられた存在だった靖邦が、競争相手である他の皇族を押し退けて玉座に座れたのは、先帝のころから権勢があった王舜が強く推挙《すいきょ》したからだ。

しかし、靖邦は皇帝になるや、王舜の傀儡《かいらい》になるどころか思うままに政治を動かし始めた。そのため、王舜との仲がぎくしゃくしていると官の間で密かに語られているらしい。

「王舜は官の間に一定の影響力を持っているから、あまり拗ねて反抗期の子供のようになられては困る。かといって、わたしが足を運ぶわけには……」

「お兄さま、わたしが様子を見て参ります。もしも体調がよさそうだったら、政務に戻るようお願いしましょう」

玉葉は心得たとばかりに笑顔になる。

皇帝である靖邦が臣下の見舞いに軽々しく赴《おもむ》く訳にはいかないだろう。下手《へた》をすると、王舜に屈した、あるいは、王舜は皇帝にとって無視できない存在なのだという印象を周囲に与えてしまう。

しかし、玉葉が行けば、そんな間違った心象をもたらす心配がない。その上、公主がわざわざ見舞いに出向いたことで、王舜の面目も保たれる。

「すまないね、玉葉。王舜もおまえと直に話したいことがあると言うから、行ってくれるか？」

「お兄さまのお役に立てるなんて嬉しいですわ。どうかこれからも、わたしをどんどん使ってくださいませ」

玉葉はすらりと立ち上がると、優雅に一礼して天幕を退いた。垂れ布を持ち上げてくれる兵に軽く会釈《えしやく》してから外にでる。

西に傾きつつある陽光がまぶしくて、目に染みた。

「玉葉さま」

「待たせてごめんなさい。悪いけれど、これから王舜どののところに行くわ」

「宰相さまのところに？」

怪訝《けげん》そうにする侍女に見舞いに行くのだと告げれば、彼女は不満げに頰をふくらませた。

「そこまでなさらなくても……」

「かまいわしないわ。どうせ戦場に来るような変わり者の公主なのだし、見舞いに赴《おもむ》くくらい何でもないもの」

そう言いながら、足はすでに王舜の天幕のある方角へと向いている。従う侍女は不満を隠しもしない。

「臣下の見舞いに公主さまご自身がわざわざ赴かなくてもよいと思いますけれど」

「王舜どのの面目を保つためには、わたしが行ったほうがよいのよ」

王舜は官の間に自身の派閥《はばつ》を持つくらい有力な臣下だ。靖邦即位に多大な尽力をしたこともあり、その影響力は無視できないものがある。

靖邦は彼の勢力を殺《そ》ぐために、王舜と敵対する派閥を援助してみたり、自分の息のかかった官を顕職《けんしょく》に取り立てたりと、自らが政務を執りやすい状況をつくり出して、着々と足場固めをしている。

かといって、王舜をないがしろにしすぎるわけにもいかない。だからこそ、今回は玉葉を見舞いに派遣したのだ。

公主がわざわざ見舞いに出向いたという事実は、王舜の自尊心をいくらかは満足させるだろう。

王舜の天幕へ向かうと、周囲はひとけが絶え、しんと静まり返っていた。兵の姿がないのは、具合が悪いという王舜に遠慮《えんりよ》をしているためだろうか。確かに、足音や話し声は眠りを妨げる一因になるものだ。

誰もいない入り口に立つと、垂れ布越しに声をかける。

「玉葉ですわ」

「おお、公主さまがお越しくださるとは……どうぞお入りくだされ」

中からの答えに従い、侍女が持ち上げてくれた布の下をひとりくぐる。天幕の内は生薬独特の苦い薫香《くんこう》が濃く満ちていた。

王舜は寝台に腰かけ、侍従の手渡した碗を両手で受け取っている。頬がこけるほどに痩《や》せこけている彼は、しかし、常に覇気《はき》を感じさせる男だった。目は炯《けい》と輝き、五十という実年齢よりは常に年若に見える。

「お薬の時間ですの？　お邪魔をしてしまったかしら」

「お気になさらず。体調を整えるために、人蔘を煎《せん》じましてな」

「まあ、人蔘を」

近くにある卓に寄り、ふたを開けて置いてあった土瓶《どびん》を何気なく覗《のぞ》き込むと、目を丸くした。

人蔘が土瓶いっぱいに入っている。

とたん心がざわめいて、碗を傾ける王舜に恨めしげな視線を向けてしまった。

（人蔘は貴重な生薬で、なかなか手に入らないというのに……こんなにたくさん使うなんて、

信じられないわ）

　戦の原因にもなった人蔘は北燕でしか産出しない植物で、滋養強壮《じようきようそう》に強力な効果があり、かつ副作用が少ないという上薬だ。高値で取り引きされるために、北燕では貴重な天然ものを採取するだけでなく、栽培までして東華に輸出している。

　しかし、その量は非常に限られていて、市中の医師は欲しくてもめったに入手できないと嘆《なげ》いているらしい。実際、この戦場にやってきた医師も手持ちは少しだと言い、兵には使えないと断言した。

「どうしましたかな、公主さま」

「いいえ、なんでもありません」

　訝《いぶか》しげに問われ、無理やりに笑みをつくって首を左右にした。薬があればと常に考えているせいか、人蔘を贅沢《ぜいたく》に煎《せん》じている王舜に憤りを覚えてしまう。

「公主さま、立ち話もなんです。こちらへどうぞ」

　干した碗《わん》を侍従に手渡すと、寝台のそばに置かれた椅子《いす》を勧めてくる。玉葉は椅子に近寄り腰かけた。

「お加減はいかがです？」

　気を取り直し、声をやわらかくして容態をたずねると、王舜が鼻息荒く身体《からだ》を揺する。

「悪いもんですな。こんなところにいては、よくなりようもありませんが」

「そうですの」

　玉葉は頰をかすかにひきつらせる。不満をあからさまにする王舜に、どうしても苛立《いらだ》ちを覚えてしまっていた。戦場に出て傷つく兵と異なり、安全な帷幕《いばく》の中にいて体調不良をことさらに騒ぎ立てる王舜が傲慢《ごうまん》にさえ感じられてしまうのだ。

「公主さまはお元気そうだ」

「わたしは田舎《いなか》育ちですもの」

「とはいっても、寒さの厳しい北燕での暮らしには耐えられますまい」

　どうやら王舜の話したいこととは降嫁《こうか》の件らしい。玉葉は内心で身構える。彼は鋭い眼光をさらに尖らせた。

「公主さま。北燕の者たちをつけあがらせてはなりません」

「……それは、わたしの降嫁のことですの？」

「そうです。はっきり申し上げるが、公主さまの降嫁には反対だ。公主さまを嫁に寄越せとは人質をくれということと同義ですぞ。もしも、それを承諾《しょうだく》したら、東華は北燕に敗北したと認めたことになる」

「そんなことはないと思いますわ。北燕が和平を結ぶことに同意したのは、あちらだって戦を続けられない事情があるのでしょうし」

　気圧《けお》されるまいと、王舜の火をつけたような瞳を見つめ返して反論する。だが、彼は攻撃の手を緩《ゆる》めない。

「北燕の致命的な弱点は人口が少ないということですからな。あまり長引けば、東華の物量に圧されてしまうと判断しているのでしょう。だが、ならばこそ、ここで叩いておくべきだ。北燕に東華を侮《あなど》ってはならぬと記憶させるべきなのです」

殴《なぐ》りつけるような勢いの口ぶりは会議の場でも同じように激しいのだろう。玉葉は、負けじと声を高くした。

「けれど、東華だって戦《いくさ》を続けられないはずです。雪が降る季節になれば、有利になるのは寒さに慣れた北燕の兵。今だって脱走する者が絶えないというのに、冬になったらどうなるかわかりませんわ」

東華の兵は元々から質《たち》がよくない。犯罪者を流罪まがいに辺境警備の役につけたり、税を滞納した民を強制的に兵にしたりと懲罰《ちょうばつ》の色合いが強いから、やる気などあったものではなかった。男はみな兵士たれと訓練を欠かさない北燕のように精強ではないのだ。今だって脱走する兵が絶えないというのに、寒さが厳しくなったら、どれほど士気が下がるだろうか。

「皇帝陛下がいらっしゃるのです。兵士どもも少しは励《はげ》むでしょう」

あからさまなあてこすりだった。彼は靖邦が親征するのに反対していたのだ。

「ええ、皇帝陛下がいらしてよかったと思います。そのおかげで早急に和平の話し合いが決まったのですもの」

あえて嫌味で返すと、王舜は苦々しげに唇を曲げた。

「ならば、公主さまは国のために犠牲になるとおっしゃるのですか？　意に添わぬ婚礼に唯唯《いい》諾諾《だくだく》と従うのですか？」

玉葉はぐっと息を呑《の》んだ。膝の上で重ねていた手をこぶしにする。

（当然じゃないの）

玉葉は公主だ。けれど、生まれながらの公主のように今の地位を与えられて当然だと思ってはいない。

靖邦が国のために働き、それゆえ皇帝と呼ばれているように、玉葉だって国のために力を尽くさなければという義務感を抱いてきた。先帝の公主たちのようになりたくないというのも、その思いに根差している。だから、もしも靖邦が北燕に嫁げと命じたら、その命令に服さなければならないと考えていた。兄はまだその意を明らかにしてはいないけれど。

（それなのに、わたしは躊躇《ためら》っている……）

北燕の王太子との結婚は和平をもたらすものだとわかっていながら、迷いに迷い、兄のそばから遠く離れることを恐れ、結論を出せずにいるのだ。

「公主さまがはっきりとお断りになれば、皇帝陛下も無理強《じ》いはなさいますまい。北燕に嫁ぐことなどありません」

王舜が親切そうに微笑《ほほえ》む。玉葉は彼を見つめ、その目が少しも笑っていないことに寒気を覚えた。

(なんて卑《いや》しい笑い……)

相手のことを思いやっているようで、実のところは自分の意のままにしたいという欲望が滲《にじ》んだ笑みだ。玉葉は憤《いきどお》りを覚えかけ――すぐに愕然《がくぜん》とした。

(この笑みはわたしの姿そのものじゃないの)

北燕に嫁ぐべきだとわかっていながら、結論を延々と先延ばしにしている卑怯《ひきょう》な自分をそっくり写し取っているようだ。

自らの怠慢《たいまん》を指摘されたようで、玉葉は唇を嚙《か》みしめる。

「公主さまも本音では北燕のような野蛮《やばん》な国に嫁ぐのは嫌だとお思いでしょう」

「いいえ。わたしは嫌ではありません」

とっさに即答したのは、王舜に対する反発心のせいだった。王舜は啞然《あぜん》として玉葉を見つめる。

「公主さま。戯言《ざれごと》をおっしゃるのはやめていただきたい」

「戯言ではありません。わたしは喜んで嫁ぎますわ。北燕の水は東華よりも合うかもしれませんわね」

そこまで言いきってから、玉葉は王舜に強い眼差《まなざ》しを向ける。

「……公主さま、あなたはご自分のお立場をわきまえていらっしゃらない。誇り高き東華の公主が北燕のような蛮族に嫁ぐなど、言語道断ですぞ」

「わたしは自分の立場をわきまえているから、嫁ぐのですわ。嫁いで両国の和平が成るなら、これほど誇らしいことはありません」

真っ赤になった彼の顔面に言い過ぎたかと反省するが、同時に相手の予想を覆《くつがえ》してやったことへの優越感が混じる。玉葉は優雅に微笑んだ。

「王舜さま。思ったよりお元気そうで、安心しました。わたしは、もう行きます。もしも容態が本復したら、どうか朝議の場に出てお兄さまを助けてください」

すらりと立ち上がると、王舜に背を向け天幕の入り口へと静々と歩く。外に出ると、大きく息を吐き出す。

(言い過ぎたわね)

これで北燕に嫁ぐことは決定だ。

「かえってよかったわ」

逃れることも前言を翻《ひるがえ》すこともできないし、したくない。けれど――。

(お兄さまとはお別れになるのだわ)

ひたひたと押し寄せる寂しさにあえて目をつむり、頬をゆるませて玉葉を迎えた侍女と笑顔を交わしたときだった。

(え？)

彼女の背中越し――立ち並ぶ天幕の陰から武装した兵士たちが飛び出してくる。しかも、彼らの赤い髪は夕日に照り映えて燃えるようだし、緑の目は光を通した宝石のように爛々《らんらん》と輝いていた。

「北燕の兵！　なぜここに⁉」

侍女は悲鳴をあげながらも、玉葉をかばい両手を広げて前に立った。

玉葉は素早く周囲を見渡す。さては捕虜《ほりょ》が逃げたのかと予想したが、その割には騒ぎだしそうな東華の兵の姿が皆無だ。

「長陽長公主だな！」

誰何《すいか》の声とほぼ同時に剣を振りあげられ、玉葉はとっさに侍女を横に突き飛ばした。

「公主さま⁉」

絶望の叫びが耳に痛い。もはや兵の刃から逃れる術《すべ》がないと頭の冷静な部分で判断したとき、目の前の兵の腕に二本の矢が突き刺さった。

兵は一瞬棒立ちになり、剣を取り落とすと、苦悶《くもん》のうめきをあげて腕を押さえ、その場にしゃがみこむ。矢は周囲の兵を狙い、次から次へと飛来した。兵が蟻《あり》を散らすように逃げ惑う中を、たくましい栗毛馬に乗った男が稲妻のように駆けてくる。

「どうなっているんだ？　これは」

あの北燕の使者だ。片手に弓を握り、もう片方の手で手綱《たづな》を操っている。兵を荒々しく蹴散《けち》らせる馬に乗っているが、腰でうまく安定をとっており、危うげなところは微塵《みじん》もない。

だが、余裕の振る舞いとは対照的に、凜々《りり》しい顔に浮かべている表情は悪鬼のように恐ろしげだった。

「こんなはずではなかったが」

北燕兵は捕まえられまいとしてか散り散りになっていた。彼に矢で射られた兵も仲間に抱えられ、とうに逃げている。

「怪我《けが》は？」

馬上から見下ろされ、玉葉は動揺《どうよう》を隠して首を左右にした。

「特には……あの者たちはいったい？」

玉葉の疑問に、青年は獲物を狙う鷹か虎の目をした。

「知らん。それにしても、俺をなめた真似《まね》をする。奴らは必ず見つけだす」

火炎のような怒りの激しさに圧倒されていると、背後で物が動く気配がした。王舜の天幕の入り口の布がそろそろと持ち上げられる。顔を出した王舜は怪訝《けげん》そうにしたあと、弾かれたように叫んだ。

「な、ほ、北燕人か、そなた、なにゆえここに！」

台詞《せりふ》を必死に思い出している役者のようにたどたどしい物言いが彼の動揺《どうよう》を示している。

「ここにいちゃ悪いか」

片眉をあげ、ふてぶてしく言い放った青年がはっと振り返る。ざわめきが潮のように寄せてきた。

「侵入者だぞ！」

「いったいどこだ！」

東華の兵がようやく異常に気づいたようだ。そちらに意識を奪われた瞬間、青年が馬腹を蹴って馬を走らせつつ、上半身を伸ばして玉葉の脇を抱える。

「な⁉」

地面から足が離れたと思いきや、馬上に抱えあげられる。彼の座っている鞍《くら》の前でうつぶせの状態にされた。

「何を⁉」

「しゃべるな。舌を噛むぞ」

憎らしいほど冷静に脅《おど》されて、唇をあわてて閉ざす。理解が追いつかない事態に、頭の中でなぜという問いかけが渦巻《うずま》いた。

「お、おまえ、何をする⁉」

面食らったような王舜の叫びを尻目に、彼は馬を走らせる。玉葉は身動きもできず、口もきけず、目の端で王舜を一瞬捉えた。

彼は啞然《あぜん》と突っ立っていた。着ている寝衣の裾《すそ》の合わせが乱れ、素足をさらすという無様な格好になっているのにも気づいていない。

「公主さま！」

誰かの悲鳴が聞こえたが、瞬く間に遠くなっていく。玉葉は疾風のように走る馬の背につかまりながら、なすすべなく運ばれるだけだった。

頬を撫《な》でるやさしい風に、玉葉の意識が浮上する。瞼《まぶた》をうっすら開けると、真っ先に見えたのは、玉葉をさらった青年の凜々《りり》しい顔立ちだった。下から見上げると、鋭い眼光を放つ目を縁取る睫毛《まつげ》が意外に長いことに気づく。

「目が覚めたか」

見下ろす彼の笑みを含んだ声に、霞《かすみ》がかかったような意識が鮮明になった。

玉葉は彼に横抱きにされていた。脇と膝下に手を入れられて、彼の胸に頬を寄せる格好で抱えられている。

「い、いつ、馬を降りたんです⁉」

馬に強引に乗せられ、東華の天幕を出てのち。速度が落ちた隙《すき》を見計らって、玉葉は馬から飛び降りた。しかし、数歩も逃げないうちに、素早く下馬した彼に捕らえられてしまった。その上、みぞおちに強力な一撃を見舞われ、気を失ってしまったのだ。

「降りたばかりだぞ。見ろ」

彼が玉葉を抱いたまま背後を向く。と、近くの木につながれた馬が見えた。いたってのんきに飼《か》い葉桶《ばおけ》に鼻を突っ込み、大きな口で草をすりつぶしている。

そののんきな姿に緊張感がそぎ落とされそうになったが、玉葉は奥歯を嚙みしめて気を引き締めると、青年を睨《にら》んだ。

「わたしをさらうなんて、どういうつもりなのです？　東華を敵にまわすつもりですか？」

北燕の使者をしていたならば、この青年は相応の身分のはずだ。それなのに、あろうことか玉葉を東華の軍営から誘拐《ゆうかい》した。せっかく成立しかけた東華との和平を壊しかねない暴挙だ。

「危ういところを救ったのに礼のひとつも言わんとは、さすがに東華の公主は誇り高いな」

青年は皮肉げに唇を歪ませて、玉葉の顔を覗《のぞ》き込んだ。凪《な》いだ湖のような瞳に映る玉葉は羞恥のあまりに頰を染めていた。

礼を言おうと口を開きかけたが、思いついた反撃で斬《き》りつける。

「あの兵士たちはあなたの味方だったのではありませんか？　わたしを助けて信用させようと考えているなら無駄です」

「味方の兵士を本気で射たりしないが」

投げ返された返答は冷淡なものだった。玉葉が息を吞《の》んで逡巡《しゅんじゅん》していると、彼がわざとらしく首を振った。

「東華の公主さまは賢いものだな。命の危機を救われたというのに、冷静沈着に相手を疑う」

「……あのときはありがとうございました」

玉葉は息を呑んで、頭を小さく下げた。不本意だし釈然ともしないが、殺されるところを救ってもらったのは事実だ。

「と、ともかく助けてもらったことには感謝します。今すぐに軍営に帰してください」

「こんな時刻に草原を渡れと言われても無理だな」

青年が西の空を見上げた。日はすでに山の下。わずかな残光がかろうじて赤い帯となり、天の底の端から端を結んでいる。闇に覆《おお》われるのはもうまもなくだろう。

「ここで一晩過ごすしかない。朝にならないと移動はできないな」

草原で生きてきた彼にそう言われたら、承服するしかない。軍営のある方角すらわからない状態では、途中で行き倒れになる確率のほうがずっと高いだろう。

「……わかりました。ところで、ここはいったいどこなんです？」

見渡せば、こぢんまりとした木造の家が立ち並び、その間を縫《ぬ》う道には、ところどころに樹が伸びている。しかし、不思議なことに、家々からは明かりがもれることも、煮炊《にた》きの煙があがることもない。

「北燕の村だ」

「誰も住んでいなさそうですが？」

「戦が始まってから、住民は逃げた」

説明を聞くや、玉葉は息を呑んだ。

「逃げたって……どこに逃げたんです？」

もしや、家族が四散するような悲惨《ひさん》な境遇に陥《おちい》ってはいないだろうか。見回した範囲に建つ家々は簡素な建物ばかりで、元から豊かな生活をしているとは想像できない。流浪《るろう》の日々ともなれば、もっと苦しい日常を送っているかもしれないのだ。

「避難の場所は国が用意した。今は都に近い安全な場所で、天幕暮らしをしているぞ」

「それはよかったですわね」

生活の場が確保されていることに一安心する。和平が成れば、住民もここに戻ってこられるだろう。ほっと息をつくと、青年の視線がじっと注がれていることに気づいた。

「な、なんなのですか？」

「おまえはやさしい娘だな」

「や、やさしくなどありません。当たり前のことを言ったまでです」

玉葉はそっぽを向いた。心なしか頬が熱い。

「敵を心配してくれるような女はやさしいとしか表現できんぞ」

「そんなふうにわざとらしく褒《ほ》めて、わたしの機嫌をとろうとしているのですか？　だったら、無駄なことですわ。賊《ぞく》から助けてくださったことには感謝しますが、誘拐《ゆうかい》まがいに連れて来たことを許すわけにはいきません」

射るように睨《にら》みつけたが、彼は視線に含まれた針などなんとも思わぬようだ。

「褒められたら素直に喜んでおけばよいのに、おまえは面倒くさい考え方をするんだな」

「め、面倒くさい……」

「それとも、東華の女は褒められたら裏があると思えとでも教わるのか？」

「教わりません！　あなたが当然のことに一々感激するのが変なだけです！」

どうにも調子がくるって、自分の反論もだんだん支離滅裂《しりめつれつ》になってきた。そうこうしているうちに、彼はとある屋敷の敷地に足を踏み入れた。周囲の家々よりも一回り以上は広い家屋の前に広がる庭には、数本の木が闇の中すっと立っている。

彼は乱暴にも足で蹴って玄関の扉を開ける。中は暗くひんやりとしていて、幽霊でも棲《す》んでいそうな雰囲気《ふんいき》だ。

「ちょっと待ってろ」

そこで彼はようやく玉葉を下ろすと、いったん外に出ていった。ほどなくして、細い枝に火をつけて戻ってくる。どうやら火熾《お》こしをしたようだ。

青年は部屋に明かりを入れていく。明かりといっても、部屋のあちらこちらにあるのは、油を入れた皿に灯芯を入れたもの。それに火をつけているだけだ。暗闇の中で増えていく火に人心地ついたのは一瞬で、危機感がじわじわと心に滲《にじ》んでいく。

「まさか、ここで一晩を過ごすつもりですか？」

「そうだが」

手あたり次第に火をつけながら、彼はとんでもないことを言い放つ。彼の背を追いかける玉葉は青くなった。

「わ、わたしは結婚前の身です。あなたと一緒にはいられません」

こんな暗闇の中を東華の軍営に帰るのは無理だろう。だから、朝を待って出立《しゅったつ》するのは正しい判断だと思うのだが、だからといって彼と共に寝泊まりなどできるはずがない。

「結婚前？　婚約者でもいるのか？」

彼が行き着いた先は、寝室だった。卓や椅子《いす》程度の簡素な家具しかない室内に備えられた寝台は、黒漆《くろうるし》で塗られた柱に蔦《つた》や花の絵が描かれて、妙に愛らしい。柱に巻き付けられた紗幕《しゃまく》は薄く、まるで蜻蛉《かげろう》の羽のようだった。

思わず喉《のど》を鳴らすと、明かりをつけ終わった青年が大股《おおまた》で近づいてきた。逃げる間もなく抱き寄せられ、あいたほうの手で顎《あご》を持ち上げられる。

「まだ答えを聞いていないぞ」

「無礼者！　手を離しなさい！　わたしは北燕の王太子に嫁ぐ身ですよ!?」

精一杯の虚勢を張って、顎を摑《つか》む手を叩き落とした。彼は北燕人だ。いずれ自分たちの王となる男の婚約者に、不埒《ふらち》な真似《まね》はできないはずだと計算しての一言だったのだが――。

引き下がるだろうと予想していた玉葉は、次の瞬間、自分を襲った変化に面食らった。青年は、玉葉をまるで腕に閉じこめるように深く抱きしめたのだ。

「な、何を」

「なんだ、おまえはとっくにそのつもりだったのだな」

見上げれば、彼は満足そうに笑み崩れている。玉葉は混乱しながら、彼の胸をこぶしで叩いた。

「は、放しなさい」

「つれないことを。俺はおまえの夫になる男だぞ」

口が締まりなく開いてしまった。青年は反応を窺《うかが》うように玉葉の瞳を覗《のぞ》き込む。

「……あなたが北燕の王太子？　からかうのもいい加減に――」

「からかってないぞ。俺の名は閃蒼影《せんそうえい》。聞き覚えがあるだろう」

「確かに、蒼影は北燕の王太子さまの名。けれど、あなたは使者だったではありませんか」

名を騙《かた》るにしてもとんでもない相手の名を挙げたものだ。

使者となれば、王や王太子に仕える官のはず。それなのに主人の名を借りて、己のものだと主張するのだ。とんでもない暴言に玉葉のほうが恐ろしくなる。

「確かに使者として訪れたが、それは、東華の軍営の様子を俺の目で観察したかったからだ。それに、おまえの兄と直に交渉したかったからな」

「嘘をつくのもいい加減にしてください。そんな理由で敵の軍営を訪れる王族などいるはずがないわ」

いくら和平の話し合いに訪れた使者といっても、話の流れいかんによっては拘束《こうそく》されたり、身を害されたりする可能性だってある。そんな場に王太子が出向くなんて、常識外れもいいところだ。

「そんな理由？　重要な理由だろう。それに、お上品で文明的な東華が和平の使者を斬《き》り捨てるなんて考えられなかったからな。命の危機なんぞ、これっぽっちも感じなかったぞ」

青年——蒼影は玉葉の顔を覗き込む。東華人は臆病だと言外にからかわれているようで、屈《くつ》辱《じょく》に頬が熱くなった。

「それに、未来の妻の下見ができたしな。この女なら、北燕でもやっていけると安心して降嫁を要求できた」

「し、下見ですって……！」

店先で品定めするような言い方に怒りが沸騰《ふっとう》した。とっさに手を上げ、頬を張り飛ばそうとしたが、蒼影に難なく摑まれる。

「ずいぶんゆっくりとした動きだな。それで俺を殴《なぐ》るつもりなのか？」

怪訝《けげん》そうに眉をひそめられて、恥ずかしさのあまり全身が震える。

「つ、次は力いっぱいぶちますわ！」

「本当に負けず嫌いだな。だが、そこがおまえのいいところだ。その気の強さなら、北燕でも充分やっていけるぞ」

「わたしの性格を知ったから、降嫁を求めたのですか？」

「そうだ。あんまりひ弱な女だったら、気の毒だと思ったからな。祖国を遠く離れるんだから、心身ともに強くないとやっていけないだろう」

　蒼影の言葉に、肩からすとんと力が抜けた。

（確かにこの人の言うとおりかもしれないわ）

　他家に嫁《か》すというだけでも違う環境に身を置かなくてはいけなくなるのだ。まして、異国に嫁ぐとなったら、心身が強靭《きょうじん》でないと難しいに違いない。

「おまえだったら大丈夫だと思ったから、安心して長陽長公主をくれと要求できた」

　玉葉の腰を抱く彼の左手にぐっと力がこもる。右手は玉葉の左頬に添えられた。愛《いと》おしげに肌を撫《な》でるその手はゆるゆると首筋にまで動いていく。

「な、何を……」

　兄にさえこんなふうに触れられたことはなく、玉葉は面食らう。おまけに蒼影の緑の瞳はひとすじもそらされることなく、玉葉の目を射抜くのだ。彼の瞳の奥には炎のような光が揺らめいている。その光を見つめていると、なぜか身動きができなくなってしまう。

「和平のための結婚だから、相手には何も期待できないと思っていたが、予想外だったな」

　思わせぶりに首を撫でていた手が顎に移り、長い指が玉葉の唇に触れる。口紅を塗るように丹念に輪郭《りんかく》をなぞられて、背筋に悪寒《おかん》のような痺《しび》れが走った。

「や、やめて……」

「おまえに会ってから、何がなんでも欲しいと思った。絶対に手に入れると決めた」

「だから、こんなふうにわたしをさらって――」

続きの言葉は、彼の唇にふさがれて行き場をなくしてしまう。

「――！」

何が起こっているのかわかったときには、体内を廻る血が沸騰《ふっとう》したように全身が熱くなった。

しっとりとやわらかな彼の唇は、何度も角度を変えて玉葉の浅い息を奪っていく。

「だ、だめ……」

唇は離れたと思ったら、すぐに重ねられた。しかも、舌先が玉葉の隙《すき》を探るかのように唇を舐《な》めていく。

「や……や……」

初めての口づけだった。やわらかなぬくもりが玉葉の言葉と息を大胆《だいたん》に封じ込める。

混乱のあまり、むやみに彼の胸を押して離れようとした。しかし、蒼影のたくましい腕から逃れるどころか、かえってきつく抱き寄せられてしまう。腰と腰が密着し、羞恥のあまり、くらくらとめまいがした。

「おまえの唇は甘いな。熟した柘榴《ざくろ》のようだ」

「な、何を」

低いささやきに、頰が火照《ほて》って呼吸が乱れる。腫《は》れたように痺《しび》れた唇の輪郭を彼の指がまたなぞった。

「紅を塗ったようだぞ」

「あ、あなたが変なことをするから……」

指が頤《おとがい》を持ち上げ、また唇を重ねられる。うっすらとあいた玉葉の唇の隙間から彼のやわらかな舌が差し入れられた。恥ずかしくてとても目を開けていられず、つい瞼《まぶた》を閉じてしまう。

「う……うう……」

舌の表面をざらりとなぞられ、糸を寄り合わせるようにからめられる。怯《おび》えて逃げようとする玉葉の小さな舌はどこまでも追いかけられ、巧みに動く彼の舌に捕らえられては貪欲《どんよく》に舐められた。

「は……」

舌をむさぼるように吸われ、唾液《だえき》まで干されてしまう。けれど、玉葉の桃色の舌は乾く間もなかった。侵入してきた彼の舌がうごめくと、互いの蜜が混ざり合って、しとどに濡れそぼってしまう。

「や……や……」

腰がかくんと抜け落ちそうになったが、彼の腕にがっちりと捕らえられているせいで、崩れ落ちることもできない。口づけという縄に縛《しば》りつけられ、彼に唾液《だえき》を注がれていると、あくことなく酒を注がれる杯のような気持ちになってしまう。

息苦しさに胸を押すと、呼吸を許すようにほんの少し唇が解放されたが、すぐに新たな攻撃が開始される。今度は舌で上の歯をひとつひとつなぞられ、玉葉はびくんと身体《からだ》を揺らした。

「んん……」

下の歯も同じようになぞられると同時に、背を支えていた彼の左の手が不埒《ふらち》な振る舞いを始めた。なだめるようにゆっくりと背を撫でていた手が下に動き、尻のまるみをやわやわと揉《も》みだしたのだ。

「や、や……」

そんなところをさわられた経験などない。玉葉は目尻に涙を滲《にじ》ませて、首をかすかに振る。

「嫌か？」

「い、嫌に決まっています。まだ、結婚前なのに、こんなこと……」

解放された唇や舌がじんじんと痺れている。鼓動はうるさいくらいに大きくなっているし、全身が燃え盛る薪《まき》を突っ込まれたように熱い。こんなふうに身体が変化した経験はなく、当惑の極致に陥《おちい》る。

（逃げなくては）

そう思うのに、彼の腕が強すぎて身をよじるのが精いっぱいだ。

蒼影の手はまだ大胆に動いている。尻肉を揉みしだきながら、鼻で笑った。

「どうせ夫婦になるんだぞ」

「まだなっていないではありませんか。それに、あなたは本当に蒼影さまなのですか?」

とにかく必死で首を振り、非難を込めて彼を見上げた。

もしも彼が蒼影本人ではなく偽物だったら、とんでもない事態になる。

自分が嫁ぐ相手は北燕の王太子なのだ。それなのに、他人に身体を許すなんて、絶対にできるはずがない。

「王太子でなければ、処女は捧げられないというわけか?」

「そ、そうに決まっているじゃありませんか。わたしと蒼影さまとの結婚は政略なのですから」

普段であれば、礼儀知らずと眉をひそめる質問にも律儀《りちぎ》に答えてしまう。とにかく今は身を守らなくてはいけない。

「北燕人は結婚相手が処女でないからといって、蔑《さげす》んだりしないぞ」

「と、東華では問題外ですわ。それにわたしの結婚は政略結婚なんですよ。それなのに、他の男とこんな——!」

語尾を鋭く呑み込んだのは、彼の大きな右手が玉葉の乳房を服の上から掴《つか》んだからだ。

「あ、いや……」

波打つように揉まれてしまい、とっさに手から逃れようと背をそらしたが、今度は尻の割れ目を探るような左手の動きに全身を柳のように揺らす羽目になる。

「偽物だったら、こんな真似《まね》はできないと思うがな。畏《おそ》れ多くも東華の公主の玉の肌を弄《もてあそ》ぶなんて真似は」

「や、さわらないで」

白々しく嘯《うそぶ》く彼に、つい涙目になってしまう。胸を揉みしだく手の動きは不穏なもので、時には指の腹で頂をつんつんとつつかれたりもする。尻の割れ目をそっと撫でる手は、ともすれば足の付け根の危うい部分をかすめそうになり、そのたびに玉葉は背伸びをするようにして逃げた。

「や、やめて……」

「俺が本物だったら、今すぐここで純潔を捧げるか？」

いったん不埒《ふらち》な遊びをやめると、蒼影は玉葉をじっと見つめる。その真摯《しんし》な眼差《まなざ》しに耳の先まで熱くなった。

「あ、あなたが本当の蒼影さまだと、どうやって証明するんです？」

緊張と不安にさいなまれながら、それでも強《し》いて厳しい表情を取り繕《つくろ》って彼を見上げる。

「なに、脱げばわかる」

呆気《あっけ》にとられる玉葉を素早く肩にかつぎあげると、彼は大股《おおまた》で寝台に歩み寄り、玉葉をその上に放り投げた。

「――!」

背を敷布団に打ち付けて、瞬間、息が止まって目がくらんだ。上半身を起こしかけようとすると、蒼影にのしかかられる。下肢《かし》を膝で固定され、体重をかけられると、もはやろくに身動きができない。

「な、何を――!」

花の刺繍《ししゅう》が愛らしい履《くつ》を脱がされて、激しく動揺《どうよう》する。素足を男に見られるのは、もっとも恥ずべきことなのだ。

隠さなければと夢中で裙子《スカート》の中に足先を縮めていると、衿《えり》の合わせを力ずくでくつろげられて、白桃のような胸があらわにされる。蒼影は大きな手で乳房を鷲掴《わしづか》みにした。まるで小麦の塊《かたまり》をこねるように揉みしだかれて、玉葉の息は乱されるばかりだ。

「や……いや……!」

服越しに感じるよりもずっと強烈な刺激に喉《のど》をそらして首を振った。かさついた皮膚《ひふ》が肌を滑るたびに、背に怪しげな感覚が走っていく。

「おまえの肌は東華人が織る絹のような感触だな。なめらかで艶《つや》やかだ。さわるのがもったいないくらいだぞ」

そんな感想を漏《も》らしながら、蒼影は遠慮《えんりょ》なくまろやかな双胸に指をめりこませる。大きく揺さぶられて、玉葉は悲鳴をあげた。

「や、やめて、本当にやめてください。わ、わたしは蒼影さまの……北燕の王太子のものにならなくてはいけないのに……！」

　涙をこぼしながら、玉葉は首を振った。

　とりかえしのつかなくなる恐怖に心が焼けこげそうだった。もしも、このまま純潔を散らされたら、和平のための結婚など成立しなくなってしまう。東華であれば、政略結婚の相手がすでに傷物だったら、面子《めんつ》をつぶされたと激怒し、禍根《かこん》を残すことになるだろう。

「わたしは処女でなければならないんです！　嫁ぐ日までは純潔を守らなくては……」

「俺は今すぐおまえが欲しい。おまえとの結婚を揺るぎのないものにするためにもな」

　蒼影が手を休め、真面目《まじめ》な顔をして玉葉を見つめる。湖のような瞳に映る玉葉は困惑をあらわにしていた。

「け、結婚を揺るぎのないものにするため？」

「ああ。東華の大臣の中には野蛮な北燕に公主を嫁がせるなど認めないと叫ぶ馬鹿がいるんだろう？　北燕の中にも似たような考えの奴がいる。脆弱《ぜいじゃく》な東華の軍などこの機に粉砕《ふんさい》して、東華の領地を少しでも多く奪うべきだと主張する人間がな」

　玉葉は息を呑《の》んだ。戦を早期に終わらせるために兄は和平を成立させるほうに舵《かじ》を切った。北燕もそうだと思っていた。

けれど、そんな単純なものではないのだ。東華に和平反対派がいるように、北燕にも和平よりは力で決着をつけたいと望むものがいる。

「そんな……だめです。これ以上、戦を続けたら――」

玉葉の手を握った北燕の捕虜《ほりよ》の少年が脳裏《のうり》に浮かぶ。戦を続行させるとなったら、あんなふうに苦しむ怪我人《けがにん》が増えるばかりなのだ。

「だから、おまえが欲しいと言ってるんだ。おまえを事実上の妻にしてしまえば、東華は返せとは言わないだろう」

頬を張られたような衝撃を受けて、玉葉は彼をまじまじと見つめた。けれど、同時に頭の隅の冷静な部分は、彼の言葉に納得していた。

（そうよ、きっとそうなるわ）

今晩何もなかったとしても、北燕の男にさらわれたという出来事だけで、玉葉の純潔は疑われるだろう。結婚前に処女を失った〝不名誉な〟公主――しかも、敵に辱《はずかし》められた女など冷たい目で見られるだけだ。

（きっと要らないと思われるわ）

そんな女など北燕にくれてやっていい――そう思うのが東華の男たちだ。そして、それが蒼影の狙いなのだ。

北燕に汚された公主など取り返すくらいなら、いっそのことそのまま嫁がせればいい。

東華の人間がそう考えてくれれば儲《もう》けものだと蒼影は考えているのだろう。なし崩しとはいえ、そうすれば和平のための政略結婚はすんなりと成り立つ。

「ほ、北燕にとってはどうなのです？　奪ってきた公主に価値があると思うのですか？」

つい小声で問うたのは、北燕に嫁いでからの周囲の反応が気になるからだ。もしも東華ならば、侮蔑《ぶべつ》の眼差しを向けられるに違いないのだから。

「おまえ、北燕には略奪婚という風習があるのを知らないのか？」

怪訝《けげん》そうに眉をひそめられるや、記憶の扉が速やかに開いていく。

「い、いいえ、知っています。兄から教えてもらったことがあります。狙った女を誘拐《ゆうかい》して妻にするという風習でしょう？」

はるか昔の略奪婚は文字通り女を家族から強奪して娶《めと》るというものだった。

けれど、現在では形式的なものとなり、親の同意のもとで、期日を定めて娘をさらわせるのだという。娘の両親が高額な持参金を用意せずに嫁がせられるという利点があるのだそうだ。娘が突然にさらわれて嫁にされてしまったことにすれば、持参金の準備を避けられる。貧しい親の面子を保ったまま娘を嫁がせられるらしい。

「おまえが北燕に来たところで、誰からも非難などされはしない」

そう言いながら、乳房の輪郭《りんかく》を指で丸くなぞられる。今まで体感したこともない甘いうずきが背を走り、玉葉は身をすくめた。

「あ、やめ……」

「だから、ここで俺に身をまかせたとしても、おまえにはなんの罪も生じない」

蒼影は耳朶《じだ》に唇を寄せてささやく。ふっと息を吹きかけられ、耳たぶを軽く甘噛《あまが》みされた。

「や……んん……」

小さな耳孔に舌をねじこまれて、こそばゆさに玉葉は彼の胸を押しのけようとした。けれど、その手からはすぐに力が抜け落ちる。双乳をもまれ、頂《いただき》を指の腹で転がされると、甘美なうずきが足のつけねにまで響いた。

我知らずもれた吐息を封じるように唇が重ねられた。丸みを絶妙な力加減で愛撫《あいぶ》され、舌をからめられていると、脳裏に白い靄《もや》が立ち込めていく。

(このままではだめ……)

まだ彼が本物だと証明されたわけではない。そもそも結婚もしていないのに、身体に触れられてはいけない。

散じようとする理性をかき集め、彼のたくましい肩を押した。

蒼影がほんのわずかに身を引いたところで、上半身を起こして彼をきつく睨《にら》みつける。

「も、もうこれ以上さわらないでください。あなたが本物だと証明されたわけではありません……!」

蒼影は呆気《あっけ》にとられたように瞳を丸くする。

「け、結婚前なのに、気安く触れるなんて――」

「わかった、わかった、俺が本物だと証明すればいいんだろう」

蒼影は面倒くさそうに言い捨てながら、なぜか玉葉の帯をほどいた。飾りの細帯を解き、その下の固く締めていた腰帯を驚くほどの器用さでしゅるしゅると解いていく。

「な、何をして――」

裙子《スカート》を脱がされてはならないと彼の手を止めようとするが、あらわになった胸に気づいて、今さらながらに衿をあわせようとする。半泣きでむきだしになっていた肩に上衣を引き上げた。

彼はあわてふためく玉葉を楽しげに眺めていたが、脱がせかけていた玉葉の衣から手を放して、己の長衣を緩《ゆる》めはじめた。木製の留め具に引っかけていた紐輪を次々にはずしていく。あらわになった筋骨たくましい半身に玉葉は呆然《ぼうぜん》とした。

「龍が……」

蒼影の胸には龍が躍動していた。正確には、龍の刺青《いれずみ》が彫られていたのだ。

左の肩口に向かって昇る龍は、猛々《たけだけ》しい目で頭上を睨《にら》み、鷲《わし》のように鋭い爪を大きく広げている。青緑色の鱗《うろこ》で覆《おお》われた身体をくねらせて天を駆ける龍は、背にまで及んでいた。

鮮やかな色彩の刺青は画師の手による絵画のようにすばらしい出来だったが、玉葉が息を呑んで蒼影の顔と龍を見比べたのには別の理由があった。

「その龍……あなたは本物の蒼影さまなのですね」

「やはり北燕の風習を知っているんだな」

「……はい。北燕では、王と次の王になる者には、龍の刺青が施《ほどこ》されるのだと聞いたことがあります」

北燕人の王族は龍の血を受け継いでいるのだという伝説がある。なんでも、人の姿をとった龍神が人間の娘を孕《はら》ませて生まれた子が王族の祖先だと言い伝えられているのだという。

それゆえ、北燕の王は龍の加護を受けるという意味を込めて、刺青をその身に彫るようになった。

(でも、この風習が東華人の目には野蛮《やばん》に映るのも事実だわ)

東華では刺青を施《ほどこ》されるのは犯罪者に限られている。刺青は針で皮膚《ひふ》を裂き、そこに色を入れていく。そのために大変な苦痛を伴《ともな》うのだが、それは東華人にとっては罪人に対する罰として考えられているのだ。

だが、北燕人は違う。その苦痛に耐えられる者こそ、王族として民を率《ひき》いる資格があるのだと考えるらしい。

玉葉はおそるおそる手を伸ばして龍に触れてみた。浅黒い肌を彩る龍は猛々《たけだけ》しい姿をしているが、指でなぞる分には滑らかな皮膚《ひふ》の感触しか伝わらない。

(刺青ってきれいなものなのね)

刺青は醜《みにく》いものだと玉葉は教わってきた。それなのに、蒼影の身体を飾る龍は勇ましくも美

しい。

「玉葉、くすぐったいぞ」

割れた腹の部分に指がさしかかったところで、笑みを交えてたしなめられた。玉葉は我に返って指を離すが、すぐに彼の手に摑《つか》まれる。

「これで納得したか?」

「は、はい……」

「俺はおまえが――おまえのすべてが欲しい。東華に結婚を認めさせるためにも」

「そ、それは……」

言葉を失って、彼を見つめる。蒼影は髪を何度も撫《な》でると、耳殻《じかく》をなぞり、首筋に手を這《は》わせた。なによりも雄弁なその手にここで身を委《ゆだ》ねなくてはいけないだろうか。

「あなたの考えはわかりますが、でも、結婚まで待っていただきたいんです」

身についた常識や道徳が歯止めする。夫でもない相手と淫《みだ》らな関係を結ぶわけにはいかない。

「それは無理だ。俺はここでおまえを妻にすると決めた」

息を呑《の》んで身をひきかけた玉葉の衣を蒼影は強引に肩から滑り落とす。

あらわになった素肌に空気がひんやりと沁《し》みる。細い灯火の下なのに、玉葉の肌は李《すもも》の花のような白さが際立《きわだ》っていた。

「ここまできてやめるなんて、できるはずがないだろう?」

蒼影は大きな両手を使い、玉葉の双つの乳房を下からすくいあげる。たわわに実った梨を思わせる豊かな乳房は彼の手の動きに従って、様々に形を変えた。毬《まり》のように、あるいは瓜《うり》のように変化する双つの乳房のやわらかな感触を楽しむように蒼影は大胆《だいたん》に揉《も》みしだく。

悪寒に似た痺《しび》れがそこから生まれ、肌を走っていく。喉《のど》がどうしようもなく震えた。

「着瘦《きや》せするほうだったんだな」

「そんな恥ずかしいこと言わないで……！」

貧しい暮らしをしてきたのに、玉葉の胸は年頃になるにつれ、しっかりと丸みを帯び、谷間も深くなってきた。かえって恥ずかしくなるほどに育った胸に蒼影は五指を巧みに這わせる。すくうように揉まれたかと思えば、軽くつぶすように指が肌に食い込む。彼の掌《てのひら》の乾いた感触が乳房に触れるたびに、ぞくぞくするような気持ちよさが全身を駆け巡り、背がつい反り返ってしまったが、まるで胸を差しだしているのと同じだということに気づかずにいた。

「も、もう、やめて……」

彼の指が蠢《うごめ》くたびに、全身がざわめいた。肌は粟立《あわだ》ち、呼吸が乱れ、なぜだかわからないが、胎《はら》の奥までじわりと熱くなってしまう。未知の感覚に翻弄《ほんろう》されて、自分がどうなってしまうのかわからない恐ろしさに苛まれた。

「気持ちいいんだろう？　ほら、おまえの乳房を飾る可愛《かわい》らしい実が桜桃の色になっている」

固く凝《しこ》った両乳首をつままれて、玉葉の喉がわなないた。

「あ、いや、そこは……」

痛いほどに固くなった頂の反応に、玉葉は羞恥と当惑で声を震わせる。寒気を覚えたときに自然と凝るときとは異なり、ずくずくとうずいてしまっていた。

「まるで宝石のようだな」

指で挟まれてくりくりと動かされる。そんなところをいじられたことはなかったから、玉葉はたやすく息を荒げてしまう。

「や、さわらないで……」

涙声で制止したのに、彼の指はいたずらをやめない。どころか、蒼影は挑発するような笑みを浮かべると、左の乳首に唇を寄せ、ぱくりとくわえこんだ。

「んん……やぁ……！」

頂に舌をからめられて、玉葉の身体《からだ》がびくんと跳ねた。ちゅるりと音をたてて吸われたかと思えば、根本をつんつんと舌先で持ち上げられ、さらには、うねる波のように乳首全体に舌をからめられた。

（なぜこんなふうになってしまうの？）

あまりにも恥ずかしい行為なのに全身が痙攣《けいれん》し、あろうことか気持ちいいなんて思ってしまった。

「いや……や……」

　淫らな感覚を味わうのが嫌で必死に首を振るが、彼は舌の遊戯《ゆうぎ》をやめるどころか、あいた手で右の乳首をもてあそぶ。指で先端をつままれ、根本で円を描かれる。ふたつの紅玉に与えられる刺激は、胎《はら》の奥の秘められた部分をじんじんと灼《や》いた。

「や……やめて……お願い、やめて……」

　なぜかわからないが、身体がどんどん変化していく。鼓動が早くなって体温が上昇し、彼の手の動きに敏感に反応してしまう。それが怖くてならなかった。こんなふうに触れられ続けていたら、自分ではない別の生き物に変わるのではないかという恐ろしさで胸がいっぱいになっていた。

「未来の夫がこんなにも求めているのに応えてくれないなんて、つれないな」

「そんな……」

　蒼影の一言に絶句する。蒼影との結婚は和平のためのものだ。ならば、今ここで彼に望むとおりにしなければならないのだろうか。迷う身体を寝台に横たえられて、とたんに危機感が生まれる。

「だめ……本当にだめって……あ……！」

　蒼影の手が裙子の布をめくり太ももの内側を大胆に撫でた。他人に触れられたことのない肌は刺激に弱く、一撫でされただけで背がびくっと跳ねる。

「そろそろ、こちらが人恋しくなるころだろう」

「や、何を言って……」

太ももの内側を大きな手が上下するたびに、これまで露とも知らなかった妖しげな感覚が下《か》肢《し》に生まれ出す。淡いうずきが足のつけねの秘められた箇所《かしょ》を苦しめ、ももを撫でられるたびに、もどかしいような物足りないような感覚にさいなまれた。

「あ……もう……」

「もっと深いところを愛されたいか？」

「え……？」

息を呑んだ隙《すき》に、蒼影の手が下穿《したば》きに侵入した。秘処に続くなだらかな丘を上下した手は、とうとう秘裂《ひれつ》にたどりつく。指先で中心をやさしく一撫でされて、身体がたまらず跳ねた。

「や、や……」

身体を清めるときに最低限しか触れない箇所を蒼影は何度も何度も指でなぞった。甘いうずきが背を駆け上がり、内ももが小刻みに震える。

「だめ、だめ……」

目のくらむような感覚におびえ、黒髪を振り乱して制止しようとするが、彼の指の動きはさらに激しくなる。

蜜口を彩る小さな花びらがこすられ、その外を飾る肉厚の花弁を内からも外からも撫でられる。かと思えば、慎《つつ》ましく閉じた膣孔をつんつんとつつかれ、秘裂の谷間を指先が何度も行き来した。

五指を巧みに使った愛撫《あいぶ》に、玉葉は息を乱れさせた。いつの間にか下穿きをすっかり取り去られてしまっていることにも気づかないほど、秘処をまさぐる手に翻弄《ほんろう》されていた。

「や……いや……」

彼の指を止めようと腕を掴むが、玉葉の非力ではかなうはずもなく、彼の微笑《ほほえ》みを誘うだけだった。

「玉葉、ずいぶん濡れてきたぞ。気持ちがいいんだな」

なぜかわからないが、確かに秘処は潤んでいた。彼の指の動きがどんどん滑らかになっていく。でも、認めたくなんてなかった。

「や、そんな、こと……ない」

こんな恥ずかしい行為が気持ちよいだなんて、そんなことあってはならないはずだ。自分でもろくに見たことのない恥ずべき箇所を執拗《しつよう》にまさぐられて、それが〝いい〟と思うなんて。でも、身体の中心が熱くただれているのは事実だった。おまけに、粗相《そそう》をしてしまったのではないかと不安になるほど、足のつけねはしっとりと濡れていた。

「こんなに濡らしているのに、感じていないと言うんだな」

濡れた下の花弁を撫でながら、蒼影は揶揄《やゆ》するように言う。羞恥で胸がいっぱいになった。

たとえ未来の夫だとしても、会ったばかりと表現していい相手にこんな行為をされて喘《あえ》いでしまうなんて、はしたなすぎるのではないか。

「わ、わたしに触れるのはやめてください」

淫《みだ》らな女だと思われたくない一心でそう言ったのに、蒼影は目をすっと細めた。尖った表情に、身がすくむ。

「北燕の男に触れられるのは嫌だと言うのか」

「ち、違います。でも、こんなふうに……い、いやらしいことをされるなんて……！」

言葉尻を息と共に吸い込んだ。秘裂を上下していた蒼影の指が先端に辿《たど》りつくと、指先でくりくりと撫でたからだ。

「や、なに、や……！」

目がくらんで、頭の中が白く焼ける。

今までとは格段に違う快感だった。苦痛にも似た悦《よろこ》びに全身を襲われ、玉葉はすがるように敷布をつかんで背を大きくそらした。彼はまるで宝石を覆《おお》った布をはがすように指先で包皮をめくり、隠れていた突起をあらわにすると、真珠《しんじゅ》のようなそこをこりこりと転がしはじめる。

「んん……は……」

腰の力が抜け、甘い痺れが背を駆けあがっていった。秘処が悦楽《えつらく》に震え、身体の奥からとろんと蜜がこぼれてしまう。

「ここがとりわけいいんだな。玉葉、おまえの花びらが雨に打たれたようになっているぞ」

蒼影は人差し指で秘玉に何十にも円を描いた。その動きによってもたらされた官能の波は大きすぎて、玉葉はろくに抵抗もできず溺《おぼ》れてしまうばかりだ。

蒼影は花芯《かしん》を可愛《かわい》がるだけではあきたらず、中指と薬指に愛液をまとわせつつ秘裂をそっと撫でて、蜜口をつんとつつく。玉葉は首を横に振って、初めて味わう悦びに沈みそうになるのを耐えた。

「や……や……」

玉葉が腰をくねらせるさまを彼は楽しげに見つめている。裙子さえもすっかり取り払われた玉葉は白い裸身を灯火に惜しみなくさらしながら、息を荒げて身悶《みもだ》えていた。

「おまえはあらゆるところが美しいんだな」

蒼影は感嘆をもらすと、あいた手で玉葉の胸を揉む。秘玉を愛撫されながら、乳首をもこすられて、たまらず高い声をあげた。

「やぁ、いや、なに……」

胎の奥がとろけるように熱くなった。下肢の感覚がなくなり、秘玉をまさぐる彼の指のねっとりとした動きしか感じられなくなる。大きな波が玉葉の全身を天へと押し上げ、頭が白くただれた。腰をびくんと跳ねさせて、玉葉は悦楽の頂点へと昇りつめた。

「いやぁ……！」

はるか高みに達した瞬間は、何も考えられなかった。ももから尻までが細やかに痙攣《けいれん》する。鼓動が全力疾走をしたかのように激しくなり、息が大きく乱れた。虚脱した身体を寝台に沈ませ、玉葉は声もなく、さざ波のように寄せる甘い余韻《よいん》に浸っていた。

「玉葉、よかっただろう。それがいくという感覚だ」

「い、いく……ですか？」

舌っ足らずにたずねると、蒼影は笑みを含んでうなずく。

「おまえの身体が最高の悦びを味わったということだ」

「あ……そんな……」

急に罪悪感に襲われて、玉葉は涙を浮かべて身を縮こませる。蒼影とはまだ夫婦になっていないのに、身体だけは夫婦の秘め事の悦びを知ってしまうなんて、恥ずべきことに違いない。

「いや……もういや……」

涙をこぼして首を振った。彼の淫らな手の動きに過敏なほど反応してしまう自分が恥ずかしくてたまらなかった。

「泣くな。おまえは夫の愛撫を受け入れているだけだ」

蒼影は玉葉をきつく抱きしめた。たくましい腕に閉じ込められた上に滑らかな皮膚《ひふ》がこすれあって、胸がどうしようもなく高鳴ってしまう。

「おまえはすばらしい女だ」

「で、でも……」

すんなりと納得できない玉葉をなだめるように、彼の手が頬から首筋を撫《な》でていく。やさしい手つきになぐさめられているようにさえ感じた。

（これで終わってほしい）

けれど、玉葉の願いはかなえられることはなかった。

「おまえの反応を見るのは楽しいが、そろそろ俺を満たしてもらおうか」

蒼影はにやりと笑ってそう言うと身を起こし、またしても秘処に指を滑らせる。今度はひそやかに息づく蜜口を何度かつついてから、そっと指を侵入させた。

「んん……」

奥に指が滑るにつれ、つんとした痛みが走り、玉葉は眉間《みけん》に皺《しわ》を寄せる。初めて異物を受け入れる粘膜が小さな悲鳴をあげたのだ。

「や、やめて……お願い、抜いて……」

涙を浮かべて首を左右にする。蒼影は指をゆっくりと規則的に出し入れしながら、内側を探るようにこすっている。彼の指が動くたびにちくちくとした痛みが生まれ、粘膜がじんじんと痺れた。

「玉葉、もう少し我慢しろ。慣れればよくなる」

蒼影は子どもを落ち着かせるような口調で言いながら、指で柔襞《やわひだ》をやさしく、しつこくこする。

痛みのせいで鳥肌が立ち、寒気のようなものにも襲われて、玉葉は睫毛《まつげ》を涙で湿らせながら、自分でさえ触れたことのなかった場所に生じる痛みに耐えていた。

（あ、なに……？）

ほどなくして、固く結んだ紐がほどけていくように変化が起こり始めた。痛みは次第に異物感に変わり、やがては奇妙な心地よさを覚えだしていた。

自然と眉の間の力がぬけ、瞳を細めてしまう。ため息のような声が唇の隙間《すきま》から漏《も》れ出た。

「ああ……」

「気持ちいいのか？」

「や……訊かないで……」

やわらかな襞をこすられていると、むずがゆいような快感が全身に押し寄せ、彼の指の動きに合わせて知らず知らず腰を揺らめかせてしまう。穏やかな愛撫は、しかし、まもなく終結した。なだらかな丘の裏側あたりを撫でられた瞬間、甘美な悦びが頭をじんと痺れさせた。

「や、そこは、だめ……」

「ここがいいんだな。おまえの襞が俺の指をきゅうきゅう締めつけているぞ」

「あ、う、嘘を」

「嘘なものか、ほら、ここなんだろう？」

そう言いながら先ほどと同じところを集中的にこする。くちゅくちゅと鳴るはしたない水音が耳を苛《さいな》み、波のように押し寄せる快感が全身を責め立てる。

「いや、いや……」

秘玉をいじられているときのように鋭くはないが、胎《はら》の奥底を痺れさせるような甘い悦びが断続的に玉葉を襲う。腰がずっしりと重くなるような快感の波に、背を弓なりにし、敷布をつかんで耐えた。

(気持ちいい)

頭の中がその言葉一色に染まってしまう。

「や、だめ、もう、だめ……!」

豊かな乳房をぷるんと揺らしながら、恥じらいを忘れて玉葉はやめてくれるように懇願《こんがん》した。

だが、蒼影は指の動きをやめるどころか、かえって挿入する指の数を増やしてしまう。

「あ、ふ……」

感じるところを二本の指が複雑な動きでこすってくる。休む間もなく襞《ひだ》を撫でこすられて、甘い痺れはつま先にまで轟《とどろ》いた。

「だめ、やぁっ……やぁ」

胎の底が焼けただれたように熱くなり、意識が白い闇に呑《の》まれる。敷布をつかんだ手の感覚が遠くなり、つま先が丸くなった。

腰をがくがくと揺らしながら、玉葉はまたしても絶頂を迎えていた。彼の指をぎゅっと締めつけながら、何度も顎《あご》をそらして、毒のような甘い悦びにどっぷりと浸っていた。

白い波が去り、ようやく我に返った玉葉は、寝台に腰を沈ませて涙をこぼした。

「だ、だめって言ったのに……」

あまりに深い快感を味わい、混乱していた。はしたなくも、蜜口から信じられないほど愛蜜があふれていたのも羞恥心をあおりたてる。

「玉葉、なぜ泣く？　よかったんだろう？」

「だって、だって……」

初めてにもかかわらず、こんな淫らな行為の数々に溺《おぼ》れてしまうなんて信じられなかった。他人に触れられてはならないところに触れられ、ことごとく反応してしまったのだ。自分がひどく淫乱《いんらん》に思えて、衝撃に涙を流していた。

「おまえは夫を受け入れているだけだ。怖がる必要はない」

蒼影は玉葉を抱きしめると髪をやさしく撫でてくれる。彼の体温に包まれて、玉葉は思わずその背にしがみついた。自分を変えようとしている相手なのに、その温かい腕に抱かれていると、どうしようもなく安堵《あんど》した。

「玉葉、おまえを早く俺のものにしたい」

蒼影はささやくと、深く口づけてくる。舌をからめられ、玉葉は瞼《まぶた》を閉じて彼の舌のうねりに身をくねらせた。

「んん……」

無防備になった隙をついたように指が秘処に這《は》わされる。すっかり濡れそぼった秘裂を指の腹を押しつけるようにして撫でられた。

「あ、ああ……」

解放された唇からは湿ったため息が漏れた。ゆるゆると高められる感覚に、腰が揺らめいてしまう。

「こんなに濡れたなら、もう大丈夫だな」

「え？」

蒼影が手早く褲子《ズボン》を脱ぐと、その中心にある雄《おす》の証《あかし》は天を向いて屹立《きつりつ》していた。先の尖った異様な形と、肌とも違う赤黒い色。初めて目にする猛々《たけだけ》しくも凶器じみた荒ぶる男根は、襲いかかってくる狼を前にしたような恐怖心を玉葉に呼び起こした。

「や……嘘……」

下手《へた》をすると、根元は親指と人差し指でかこみきれないかもしれない。指より何倍も太いそれで貫かれるのかと思うと、恐ろしさのあまり、背が無意識にずりあがる。

「ひどいな。そんなに怯《おび》えることはないだろう？」

「む、無理です。……そんなの無理……」

龍の頭をこじいれられるのと同じようなものだ。禍々《まがまが》しい剣を前にして、喉《のど》が震える。

「おまえの内は淫らな蜜でびしょびしょだ。乾いた俺をそこで休ませてくれないのか」

「や、だって」

腰を力ずくで引き寄せられ、彼の下に組み敷かれて、玉葉は身がすくんだ。どう考えても、彼を受け入れられるとは思えない。

だが、蒼影は素早く玉葉の膝をかかえると、足を信じられないほど大きく広げさせて、たくましい体躯《たいく》を滑り込ませた。蜜口に固い肉棒をあてがわれ、窺《うかが》うようにつんつんと突かれると、恐怖のあまり全身がすくむ。

「お願い……やめて……」

かすれた声ですがりついたが、蒼影は聞き入れてくれるどころか、硬く尖った切っ先を含ませてくる。

息を乱れさせる玉葉は、侵入者のもたらす痛みに目を見開いた。張り詰めた茎《くき》は船が波を切り裂くように男を知らぬ玉葉の内をめりめりと割っていく。

「や、いた……!　や……!」

「狭いな。やはり初めてなだけはある」

どれくらい収まったか知らないが、蒼影はいったん動きを止めると、彼を呑み込む淫らな膣孔をなぶるように見つめた。

「やめて、見ないで……！」

そんなところを注視してほしくない。恥ずかしさにいやいやをするが、蒼影はさらに腰を推し進める。

「おまえが俺を呑み込む様はすばらしい光景だからな。見ているだけでも、楽しいぞ」

蒼影はそう言いながら、内壁をこすりつつ繋《つな》がりを深くしていく。いつも慎ましく閉じているやわらかな襞を、蒼影の淫剣が容赦《ようしゃ》なくふたつに裂いていく。

初めて雄を受け入れる媚壁は悲鳴をあげていたが、鋭い痛みに喉を圧迫され、玉葉は息を荒くしながら涙をこぼすばかりだった。

「玉葉、つらいか？」

問われて、かすかにうなずく。熱い肉棒は指とは異なりすさまじい質量感があった。火傷《やけど》しそうな灼熱の杭《くい》を身体《からだ》の中心に徐々に呑み込まされ、玉葉はなす術《すべ》もなく喘《あえ》いだ。

「も、もう、やめ……」

「それは無理だ。言っただろう、おまえの純潔を奪うと。もう二度と東華に帰れないようにな」

歌うようにそう言いながら、蒼影はとうとう根元まで玉葉の内側に収めてしまった。鍵《かぎ》を鍵穴に収めたようにぴったりと隙間なく媚壁と肉棒が密着する感触に玉葉の肌がざわめく。

蒼影になじもうと懸命に蠢く肉襞の蠢きを感じ取ってしまい、自身の淫らな反応に絶句していると、彼がうれしそうに微笑《ほほえ》んだ。

「おまえの中はすばらしいな。俺を放すまいと襞が絡みついてくる」

「う、嘘です。そんなことない……」

蒼影の冷やかしを否定したくて、懸命に首を振った。自分がこんな生々しい睦《むつ》みあいを楽しんでいるなんて信じられない。

「本当だ。手厚い歓迎をしてくれて、嬉しいぞ」

「い、言わないでください」

羞恥を煽《あお》りたてるような言葉に顔を背けようとしたが、ほんのちょっと身をひねるだけで、胎内に居座る彼を意識させられる。

「あ……いや」

「慣れてきたか？」

蒼影のからかい通り、痛みがいったん落ち着いて彼の太さや大きさに玉葉の柔襞《やわひだ》がなんとか馴染《なじ》んでくると、今度は違った感覚が生まれてきた。胎の奥がじわりと熱を持ち始め、しなやかな粘膜が彼をより深い場所へと導くように肉棒にまとわりつく。

「や……なに……」

自分の変化に戸惑い、胸を上下させながら、おそるおそる蒼影を見上げた。

彼はまるで玉葉を安心させるかのように微笑むが、鍛え抜かれた身体に刻まれた龍の眼はすべてを食らうかのような迫力をたたえていて、火照《ほて》った肌が冷えてしまいそうな恐ろしさを覚える。

龍から目を引きはがしたその隙に、彼が抜けそうなほど淫剣を引くと、勢いよく玉葉の内側を突いた。

「やぁっ、いた……！」

無防備な粘膜がこすられる痛みに、玉葉は涙を目尻からあふれさせた。腰をきつく抱く彼の腕を押して逃れようとするが、玉葉の力ではびくともしない。蒼影は玉葉のささやかな抵抗などものともせず、今度は緩く腰を引き、玉葉の内側をなでるようにこする。

「う……や、やめて……」

艶《つや》やかな黒髪を左右に振るが、蒼影は抽挿《ちゅうそう》をやめてくれなかった。それどころか、律動的な動きで玉葉の柔襞をぐりぐりとえぐり続ける。

「……玉葉、まだ苦しいか？」

そうたずねられても、粘膜への強い刺激に身悶《みもだ》える玉葉はとっさに答えられない。唇を薄く開いたところで、蒼影を目一杯くわえ込まされている蜜口が甘く震えた。

「あ……あ……や……」

鼻にかかった声をもらしてしまう、玉葉のもっとも秘められた隧道《すいどう》には変化が起き始めていた。痛みが徐々に遠のき、蒼影の出し入れする動きにあわせて、甘美な痺《しび》れが下腹部に走る。

蒼影の腰遣いには余裕があり、欲望の杭《くい》は玉葉の快感を容赦《ようしゃ》なくあおった。肉棒の鋭い切っ先で蜜口の付近を撫で、襞をこすりあげながら奥を深くえぐる。感じるところをしつこく攻めあげ、緩急をつけながら隧道のあちこちを突きまくる。

彼が中で暴れ回るたびに、ぐちゅぐちゅと粘着質の水音が響き、腰を引くたびにこぼれた愛蜜が玉葉の真っ白な内ももを汚した。

内部を好き放題に蹂躙《じゅうりん》されている玉葉は、彼のたくましい肩にしがみついて身体の奥で高まる熱に耐えた。指先に触れる筋肉が、彼の腰の動きに合わせて躍動している。

その力強さにうっとりしてしまったせいではなかろうが、抽挿で生じた甘く苦い快感をより強く感じてしまった。

「だめ、もう、だめです……お願い……激しくしないで」

霞んだ目で蒼影を見つめ、息を荒くしながら懇願《こんがん》するが、蒼影は楽しげに口角をあげると、繋《つな》がりを深くして熱塊で奥を押し広げる。

「どこが激しいんだ？　初めてのおまえをいたわって、ずいぶん手ぬるくやっているのに」

「や、嘘、や、だめ……！」

抽挿はより激しくなり、蒼影の灼熱の杭は無垢《むく》な襞を思うままになぶりつくした。太い楔《くさび》はしなやかな膣道を引き裂くように侵入しては去っていく。

体内にあって、存在を意識しなかった器官は、今や熟した果実のようにとろけて、玉葉の感

覚すべてを支配していた。蒼影が出入りするたびに、充足感と喪失感を繰り返し味わわされ、快感に打ち震える玉葉は首をかすかに振って涙を散らす。

「や、やめて、や……」

また、自分が自分でなくなるようなあの一時が訪れようとしていた。制御できなくなるほどに熱された下腹の奥から白い炎が吹き上がり、玉葉の理性を焼き尽くしてしまう。

「もうだめ、いやぁ……！」

甲高《かんだか》い声を放って意識が遠のく。蒼影の太い楔をぎゅうぎゅうと締めつけ、背を弓なりにして、玉葉は絶頂に至った。快感が四肢《しし》にまで伝わって、全身が小刻みに痙攣《けいれん》する。

達した玉葉を見届けてもなお、蒼影は腰を何度か打ちつけた。もっとも奥深くに侵入すると、時間をかけて吐精《とせい》する。びゅくびゅくっと放たれる精液は火傷《やけど》しそうに熱く、玉葉の最奥がしとどに濡れて悶《もだ》えた。

「あ……ああ……」

子種をまかれてしまったことに本能的な恐怖を覚えた。蒼影は夫となる男だから、妻となる玉葉に種を埋めるのは当然の権利だが、そんな理性とは裏腹に、妊娠してしまうかもしれないという恐れが玉葉をすくませてしまう。

「い……いや……」

恥ずかしさや恐ろしさ、そして絶頂の甘い余韻《よいん》がぐちゃぐちゃに渦巻《うずま》いて、玉葉は涙を流していた。蒼影が安心させるように玉葉を抱きしめて、髪をそっと撫《な》でてくれる。

「玉葉、どうした？」

「わ、わたし……結婚前なのに、こんな淫らなことをしてしまって……」

結婚をするまで純潔を守らなければならないというのは、東華の娘たちが必ず教わることだ。

それなのに、玉葉は婚礼を済ませていないうちから蒼影の身体《からだ》を受け入れ、快感に溺《おぼ》れてしまった。

「おまえが操《みさお》を守ってきたのは、今日のためだ。夫となる俺を最初に迎え入れるため。そうだろう？」

髪を梳《す》きながら、蒼影は玉葉をなぐさめる。その手つきは子どもをあやすようにやさしいものだった。

「……はい」

「安心しろ。玉葉、おまえは何も悪くない」

額に口づけてくれる蒼影に、玉葉は小さくうなずく。そのときになって、まだ彼が胎内にいることに気づいた。

「そ、蒼影さま」

いつまでも繋がっているのが恥ずかしく、玉葉は身じろぎするが、蒼影は玉葉の唇をついばんで低く笑う。

「もう少しおまえの中でくつろがせてくれ」

「あ、でも……」

内に感じる彼はいまだ存在感があり、意識すると妖しげな感覚に捕らわれてしまいそうになってしまう。蒼影はそんな玉葉の考えを見抜いたのか、淡い笑みをたたえたが、ふと真面目《まじめ》な顔つきになった。

「玉葉、今日からおまえは俺の妻だ。わかったな?」

蒼影を見上げて、瞳を揺らす。

彼がまだ内にいるせいか、その言葉は体内に響き渡り、さざ波のように打ち寄せた。

「……はい……」

玉葉はうなずいた。蒼影とは身体の一番深いところで触れ合ってしまった。確かにもう彼を他人とは思えなかった。

蒼影は玉葉を包むように抱きしめる。瞼《まぶた》を閉じて、その温もりに身をまかせていた玉葉は、いつのまにか眠りに捕らわれ、彼の腕の中で寝入ってしまっていた。

翌日、空が白みだしたころにふたりは北燕の軍営に出発した。蒼影と馬に同乗したが、玉葉は身体の軸がずれているような違和感に悩まされ、ともすればぐらついてしまう。そのたびに背後に座る彼の厚い胸板が玉葉をしっかりと支えてくれた。

（もう東華には帰れないのだわ）

振り返って蒼影を見上げた。自分を落ちないように支えてくれるこの腕と共に北燕で生きていくしかない。

理性ではわかっているが、心が落ち着いてくれなかった。

形の合わない入れ物に無理やり収めたようで、あちらこちらが出っ張ってしまっている。

「玉葉、どうした？　具合が悪いのか？」

心配そうに問われて、玉葉は首を左右にした。

（いつまでもうじうじとしてはいけないわ。第一、いずれこの人と結婚はするんだから）

順番が逆になっただけだ。だから、こだわってはいけないと自分を叱咤《しった》する。

「そこまで激しくしたつもりはなかったが、もしかして身体に障ったか？」

蒼影の大きな手がいたわるように玉葉の腹を撫でる。

玉葉は真っ赤になってうつむいた。そんなこと口にされたくない。

「玉葉？」

頬が燃えるように熱くなった。昨晩の痴態《ちたい》が脳裏にありありとよみがえってしまう。

「し、知りません」

消え入りそうな声でつぶやく。こんなに陽が高いのに、淫らなことを話せない。

「玉葉、もしかして本気で具合が悪いのか？」

腹を撫でる手に力がこもる。玉葉はあわてて彼を振り返った。彼の緑の瞳は、磨《みが》きの足りない原石のようにくすんでいる。

「だ、大丈夫ですから。……あの、あまり撫でないでください」

赤面してそう制止する。玉葉の身体の芯には昨夜つけられた火がくすぶっていて、ともすればまた燃え上がってしまいそうな危うげな気配を漂わせているのだ。蒼影の手に触れられると、火の粉が舞いそうな不安が生まれる。

「ならいいが。元気がないのは腹が減っているせいか？」

「……さっき食べたじゃありませんか」

一夜を過ごしたあの邸で、彼が用意していた麵包《パン》を食べた。小麦を練《ね》って平たく焼いたもので、東華にはない、とても固い食べ物だった。

「あれじゃ足りんだろう」

「確かに足りませんけれど」

食べた麵包は一枚だけだった。細身だが健啖家《けんたんか》の玉葉にはいささか物足りない。

「もう少しで軍営に着く。それまで我慢できるか？」

心配そうに問われ、そんなに餓えた顔つきでもしているのかと複雑になる。

「が、我慢くらいできます」

「もっと早く出発するつもりだったのに、おまえが敷布なぞ片づけるから」

またもや恥辱《ちじょく》にさいなまれ、耳まで朝日の色に染まる。

「……か、片づけるに決まっているでしょう」

皺《しわ》だらけな上に、破瓜《はか》の証《あかし》である赤い血と乳白色《にゅうはくしょく》の精液の混ざった染みが散った情交の名残《なごり》も生々しい敷布を放置できるはずがなかった。あの村はたびたび北燕の兵の宿舎として使われているから、誰かに片づけさせると蒼影は平然と言い放ったが、玉葉がいたたまれなかったのだ。敷布を可能な限り小さく丸めると、荷として馬にくくりつけてもらった。玉葉自身が洗い清めなくてはいけない。

「そんなことを気にしていたら、これからどうなるんだ？　俺の妻になれば、頻繁《ひんぱん》に敷布が汚れる事態になるのに」

怪訝《けげん》そうな彼の様子にめまいがした。ということは、嫁いだら毎夜のように抱かれてしまうのだろうか。下腹の奥の悩ましげな箇所《かしょ》がうずきそうになり、涙目になって首を振る。

「そ、そのときになって考えます！」

つんと横を向いた。これ以上、きわどい会話はできない。

「怒るな、玉葉」

蒼影がなだめるように腹をまた撫でた。その手つきに惑わされてなるものかと玉葉は口を一文字《いちもんじ》に引き結ぶ。幸いにして、そのころになると軍営の影が地平線に見えてきた。蒼影が馬を小走りにさせる。

ふたり分の重量を支えているというのに、栗毛馬は危なげない足取りで軍営へと駆けていく。みるみる近づいてくる無数の天幕に玉葉はひどく緊張し、喉《のど》の渇《かわ》きさえ覚えていた。

天幕は先端を槍の穂先のように尖らせた柵《さく》で二重に囲まれていた。門衛が守る入り口から入ると、蒼影に気づいた兵が歓声をあげる。

「王太子殿下がお戻りだぞ！」

「太子殿下がお戻りになられたぞ」

みな口々に喜びの声を重ね、蒼影へと尊崇《そんすう》の眼差《まなざ》しを向ける。玉葉は圧倒されて背後を振り返った。彼は軽く挙手して兵たちに応えている。堂々とした振る舞いに、彼がこのような扱いに慣れきっていることが伺《うかが》い知れた。

（やっぱり本物の王太子なのだわ）

龍の刺青《いれずみ》を見て確信したが、もしかしたら違うかもしれないという小さな恐れは消えなかった。けれど、今や彼が玉葉の結婚相手となる北燕の王太子なのだとはっきり証明され、安堵《あんど》すると同時に結婚が現実のものとなるのだという戸惑いが胸の内でないまぜになる。

「太子殿下！」

とりわけ上等そうな長衣をまとった青年たちが蒼影を取り囲む。馬から滑るように降りた彼は、青年たちを見渡した。

「遅くなった」

それから玉葉に手を伸ばした。

「玉葉、来い」

玉葉は馬の背から手を離し、彼に抱き止めてもらいながら下馬する。

「そちらがもしや」

「長陽長公主だ。東華の皇帝の妹になる」

「本当に略奪してきたんですか⁉」

「太子殿下、ご立派です！」

青年たちは一斉に沸き立ち、口々に蒼影を称《たた》える。玉葉は目を丸くして彼らを見渡した。

（東華だったら、花嫁を略奪したほうを責めるのに）

これが東華と北燕の伝統と風習の差なのだ。東華は北燕を一時期支配したものの、彼らの風習を変えられなかったとは書物で見た言葉だが、すばらしいと感じる点が異なる部分を変えることなど容易にできなくて当たり前だろう。

「こちらが東華の公主なのですね」

いくつもの目が玉葉をまじまじと見つめる。中には不審をあらわにしたものもある。一瞬たじろいだが、すぐに気を取り直す。

（萎縮《いしゅく》する必要などないわ）

東華と北燕は戦《いくさ》をしているのだ。玉葉に敵意を向ける者がいても当然だ。けれど、臆してはならない。友好的な関係を築くために、玉葉は蒼影に嫁ぐのだから。

玉葉は息を吸い、なんとか微笑《ほほえ》みを浮かべた。だが、彼らからは目をそらされてしまう。それが東華の女など受け入れたくないという証明に見えて、つい唇を嚙《か》みしめる。

なんともいえぬ気まずい空気になった。青年たちがもの言いたげにちらちらと視線を交わしている姿に腹立たしくさえなってしまう。

「おい、玉葉が美人だからといって、そこまで緊張するな。まぬけに見えるぞ」

蒼影が苦々しげに割って入る。青年たちは弾かれたように彼を見た。

「玉葉、気にするな。おまえはちょっときれいすぎるんだ。だから、みな反応に困る」

「な、何をおっしゃっているんですか？」

玉葉は真っ赤になり食ってかかった。場違いにのろけているようにしか聞こえず、恥ずかしさを超えて怒りさえ覚えてしまう。

「……確かに公主さまはお美しい。あまりこちらを見てほしくなくなるほどです」

青年のひとりが深刻な悩みを打ち明けるように重々しくつぶやいた。

「うむ。地上に降りた天女ですら、公主さまを前にすれば裸足《はだし》で逃げるだろうな」

「あまりにお美しいと、目をそらしたくなるんですねぇ」

称賛の声を重ねられ、玉葉はおののいた。何かひどいいたずらをしでかしたような気持ちになるのはなぜだろう。

思わず傍《かたわ》らにいた蒼影を見上げた。視線でこの事態を収拾《しゅうしゅう》してくれと頼む。

彼は呆《あき》れたようにため息をこぼしてから、声を張り上げた。

「余計なおしゃべりはやめろ。それより、これから大臣たちと話をしに行く。今後の予定を詰めなくてはならん。それに、東華の皇帝に手紙を書かなければならないからな」

そう言うと、蒼影は気遣うように玉葉を見つめる。思わず胸の前で両手を握りしめた。

「お、お兄さまに手紙を」

「おまえがここにいることを知らせなければならないからな。おまえを貰《もら》い受ける承諾《しょうだく》がいるだろう」

ことさら淡々と告げられ、玉葉は無表情を装ってうなずいた。今更ながら、兄を心配させたのではないかという危惧《きぐ》と純潔を捧げてしまった自責の念が喉にせりあがり、涙の膜が張ってしまう。

「誰か玉葉に飯を食わせてやってくれ。できれば、東華風のものを出してやれ」

「しょ、食事は要りません」

できれば話し合いの場に同席させてもらえないだろうか。そう言おうとしたが、察したかのように先回りされ釘を刺された。

「俺は大臣と和平案を詰める作業がある。おまえはまだ東華の人間だ。そこにはいられない」

「……はい」

彼の言葉には同意するしかなかった。玉葉は北燕の意見を代表する立場にない。彼らの話し合いに参加できなくて当たり前だ。

その場がしんと静まり返る。重たい空気を払いのけるように、青年のひとりが快活に手を一叩きした。

「さ、公主さま。食事でもしてのんびり待ちましょう」

青年たちに囲まれて、玉葉は近くの天幕へと案内される。蒼影は側近らしき男たちを連れて、軍営の奥のほうへと去っていってしまった。玉葉は気持ちを重くしながら、彼の広い背を見送るしかなかった。

早い昼食に出されたのは、羊の骨で煮だした羹《スープ》に、葉菜と肉を炒《いた》めたもの、それから、ふかしたての饅頭《マントウ》だった。そのどれもが香り高くおいしかったけれど、玉葉は少し食べただけで箸《はし》を置いた。気もそぞろで食欲がわかない。蒼影が大臣たちとどんな話をしているのか、そして、靖邦の手紙に何を書くのか気になって仕方がなかった。

蒼影が待ち遠しくてたまらない玉葉を当の本人が訪れたのは、陽が地平線に沈み、空が藍色《あいいろ》に染まるころだった。天幕の入り口に垂らされた布を持ち上げる音に、玉葉は座っていた椅子《いす》から立ち上がる。

「玉葉、皇帝から手紙だ」

蒼影が差し出す料紙を玉葉は震える手で受け取る。折り畳《たた》まれている真っ白で上質な紙は兄が使っていたものに間違いない。開けば端正な手蹟《て》が目に懐かしい。まぎれもなく靖邦の字だった。

『事情を聞き、とても驚き、そして深く悔いている。王舜のところにおまえだけを行かせたのは、わたしの過ちだった。しかし、おまえが北燕の王太子に略奪され、妻とされたからにはそれを認めるしかあるまい。嫁《か》しては嫁ぎ先に従うのは東華の女の義務だ。おまえならば、北燕の王太子の妻として、きっと立派にやっていけるだろう』

わかっていた内容だった。兄ならばきっとこう書くだろうと予想された手紙だった。

それなのに、何度も何度も読み返すうちに、手紙に小さな染みがいくつもできる。あふれた涙が落ちたのだ。

「玉葉……」

「ごめんなさい。お兄さまのお手紙が胸に迫って」

頬を強《こわ》ばらせる蒼影にあわてて首を左右にした。

（泣いてはだめよ）

北燕に嫁ぐのが嫌なのだと勘違いされては困る。けれど、涙はなかなか止まらなかった。もう東華に帰れないのだと思うと、悲しみがひしひしとこみ上げてくる。

（お兄さまにも逢《あ》えなくなるのだわ）

新たな涙がこぼれると、蒼影が骨ばった指で玉葉の頬をぬぐった。

「玉葉、嫁ぐのが嫌か?」

彼は苦しそうにしている。何かを堪《こら》えているような表情に、玉葉はあわてふためいた。

「いいえ、嫌じゃありません。ただ、お兄さまに逢えないのだと思うと、少し悲しくなって……」

彼に誤解されてはいけない。玉葉が嫌々嫁ぐのだと思い込まれては、東華との関係改善にひびが入る。

「……そうか」

蒼影は大きな掌《てのひら》で玉葉の涙をぬぐう。乾いた皮膚《ひふ》の感触に心臓がどうしても落ち着かなくなる。

「明日、東華の軍営に赴《おもむ》き、和平案の最終調整をする。戦が終わったら、おまえを都に連れ帰って婚礼を挙行する」

玉葉は東華が遠くなってしまう寂しさに耐えてうなずく。涙がようやく止まっても、蒼影の手は玉葉の頬からなかなか去ろうとしなかった。

休戦が正式に決定されると、両国は守備兵だけを国境に残し、軍を退けることになった。和平の諸条件は定まっておらず、それは国で調整をしてから再び話し合いの場を設けるということになったらしい。ただ、捕虜《ほりょ》はただちに解放されることになった。東華に捕らえられていた捕虜が帰国の準備にあわただしい北燕の軍営に戻ってくると、歓喜の雄叫《おたけ》びが天幕を揺るがした。

「……王太子殿下」

蒼影に迎えられた兵のひとりが申し訳なさそうに頭を下げる。蒼影はいたわるように肩を叩いた。

「ゆっくり休め」

「ありがとうございます」

万感の思いを込めたように頭を下げる兵の肩を蒼影は強く揺する。

玉葉は蒼影の隣で喜びを分かち合う兵たちの姿を見ていた。

（よかったわ）

ここにいるのは捕虜の中でも無傷か軽傷の者たちばかりである。玉葉が看病をしていたような兵は、怪我人《けがにん》のための天幕に移され、帰りも担架に乗せられて運ばれるのだという。

「公主さま」

傍《かたわ》らからひっそりと声をかけられて、玉葉はそちらを見た。

「あなたは……」

目を丸くする。立っていたのは、蒼影と初めて会った折に玉葉を「母さん」と呼んだ少年だ。

傷はまだ完全に癒《い》えていないようで、包帯を身体《からだ》のあちこちに幾重にも巻いているが、身動きがとれるようになったのだ。

「怪我は大丈夫なの？」

「公主さまのおかげでよくなりました」

「わたしなんかたいしたことをしていないわ。それにしても、よかった。家に帰れるわね」

少年は腹のあたりを押さえた。確かそこも怪我していたのだと思い出す。

「あのとき、公主さまがお世話をしてくださったおかげで、ここまで快復したんだと思います」

あどけない笑顔に玉葉はつい彼の手を握っていた。

「元気になってくれて、わたしも嬉しいわ。でも、きっと一番喜ぶのはあなたのお母さまよ。国に帰ったら、まずはお母さまに顔を見せるのよ」

少年が照れくさそうに笑う。その笑顔を見ていると、玉葉の胸が定まっていった。

(もう二度とこんな戦が起きないようにしたい)

そのために東華と北燕をつなぐ役割を果たさなくてはいけない。

結婚の意味をあらためて考えていたせいか、少年の手を握る自分の横顔を蒼影がまぶしそうに見つめていることに、玉葉はとうとう気づけずじまいだった。

二章　白い婚礼

草原に立てられた無数の旗が冷たい秋風にひるがえっている。白く艶《つや》やかな布に珠玉をくわえた龍の刺繍《ししゅう》がほどこされた旗は、北燕《ほくえん》の王と王太子の婚礼のときにのみ飾られるものだ。

玉葉《ぎょくよう》は金銀の祭器を飾られた祭壇へ向かい、白い毛氈《もうせん》を踏みながら進んでいた。

まとっている婚礼衣装は純白の絹に銀糸《ぎんし》で鶴や瑞雲《ずいうん》が刺繍された高雅なもの。長い裾《すそ》を淑《しと》やかに引きずる清艶《せいえん》な姿が、取り囲む大勢の官人や高貴な夫人のため息を誘っていることに当の本人は気づかない。

黒髪を飾る金の宝冠から吊るされた翡翠《ひすい》や紅玉が歩みに合わせて澄んだ音曲を奏でるが、薄《うす》化粧《げしょう》のかんばせに緊張を浮かべる玉葉の耳には届いていなかった。

（こんなにたくさんの人がいるなんて）

無慈悲《むじひ》な冬将軍が訪れる前にと急ごしらえで挙行された婚礼だが、立派すぎて怖気《おじけ》づいていた。美しい衣裳も絢爛《けんらん》たる宝飾の数々も、喜びよりはこれから背負う責務を思わせて、細い肢《し》体《たい》に重くのしかかってくる。

（それに、この色が緊張を誘うのだわ）

立会人たちの衣裳から婚礼の場を囲む布から、そして天へ向いて立つ旗から、北燕の婚礼は白で統一されている。東華《とうか》では葬儀の色である白に。

（東華の婚礼は真紅だもの）

華やかな紅ではなく厳《おごそ》かな白に視界が染められて、めまいがしそうだ。両手から力が抜け、ともすれば水平に掲げた矢を落としてしまいそうになる。そのたびに、祭壇の前ですでに待ち構えている蒼影《そうえい》の姿をすがるように見つめてしまった。

花婿である彼もまた白い長衣をまとっていた。衣に金糸《きんし》で刺繍された龍は雲を従え、悠々《ゆうゆう》と飛翔している。まとっている背子《ガウン》は白貂《しろてん》の毛皮のもので、雪をまとっているかのように純白だ。

彼は軽く眉を寄せ、心配そうに玉葉を見つめている。

表面上はいかにも優雅な足取りで蒼影のところまで辿《たど》りついた玉葉は、ほっと息を吐き出した。緊張がほんの少しほどける。

「大丈夫か？」

小声でたずねられ、顎《あご》を引く。蒼影は励《はげ》ますように玉葉の肩に片手を置いた。

「おふたりは平伏を」

祭壇の奥に立っていた男巫《だんふ》にうながされ、ふたりは地に額《ぬか》ずく。これから、天地に婚礼を報告し、この結婚を寿《ことほ》いでくれるよう願うのだ。

「万古の時代から雌雄《しゆう》は一対なり……」

そんな文言から始まる祝詞《のりと》は抑揚《よくよう》に富み、まるで歌曲のように朗々と響き渡る。天と地に婚姻を報告し、ふたりを永久に守るようにと願う男巫の声を耳にしながら、玉葉は胸の奥を波立たせていた。

（とうとう結婚してしまうのね）

いつか来るだろうと思った日がこんな形で訪れるとは予想もしなかった。しかも、東華人ではなく、北燕の男と結ばれることになるなんて。

さらわれるように連れて来られてから今日まであっという間だった。これでいいのかと不安になるほどにすべてが粛々《しゆくしゆく》と進んでいく。

けれど、並んだ蒼影の存在感に不思議と不安が縮んでいく。彼の衣に焚《た》きしめられた清浄な香のせいか、東の間ではあるが安らぎを覚えた。声には出さないが、時折向けられる視線に玉葉へのいたわりを感じたのも一因かもしれない。

「立ちなさい」

男巫にうながされて立ち上がると、ふたりは天を見上げてから、数回頭を下げる。男巫が金碗に入っていた酒を指先ですくって、天と地に向け数滴弾きとばした。最後に、玉葉たちにも酒を弾く。

「天地がふたりの結婚をお認めになった。もはや、人の力ではふたりを引き離すことはできぬ」

男巫が厳《おごそ》かに宣言する。立会人は一斉に首を垂れて同意を示したが、その統率された動きに玉葉は圧倒されてしまう。

「玉葉、矢を」

侍従《じじゅう》から渡された弓を手にした蒼影にうながされ、玉葉は手にしていた矢を渡す。彼は祭壇に背を向けると、堂々とした足取りで会場の外に出る。

布で仕切られた婚儀の会場を出れば、都の壮麗《そうれい》な建物が地平線上に見える。その向こうには銀雪の冠を頂いた山脈が連なり、青い空を雲が駆け足で通り過ぎていた。

草原に立った蒼影が二本の矢を弓につがえる。

(これから弓射の儀式なのだわ)

北燕の婚礼は、花婿が弓矢で獲物を射て締めくくられる。北燕の男に必須の弓射の技術を披露するのが目的だ。

今でこそ定住して農耕に従事する者が増えたが、かつての北燕の民のほとんどは草を求めて草原を移動し、狩猟や牧畜で生計をたてていた。そんな時代から、北燕の男に求められていることは、狩りの技術に優れていることだった。

婚礼のときに弓射の腕前を披露するのは、妻子を養う立派な技量があると示すためであり、花嫁が矢を渡すのは、夫がたくさんの獲物を獲ってくれますようにと願いをかける意味があるのだそうだ。

　蒼影が鏃《やじり》を天に向けると、高い笛の音が空気を鋭く切り裂いた。直後、離れた場所から二十羽ばかりの鳥が空へと羽ばたく。狩りとはいっても婚礼の余興に等しいので、あらかじめ鳥は準備されていて、それを笛の合図と共に飛ばすのである。

　蒼影は自然体で弓を引き絞《しぼ》ると、頭上を舞う鳥を狙って矢を放つ。二本の矢が過《あやま》たず別々の鳥を射ると、見物していた立会人がどっとわいた。

「さすがは王太子殿下！」

「二羽同時とはすばらしい」

「幸先《さいさき》のよろしいことだ」

　立会人の一部は地上に落下した鳥へ我先に殺到する。花婿に鳥を渡した者は、婚礼のお裾分《すそわ》けとして褒美《ほうび》をもらえるという風習があるからだろう。

「すごいですわ！」

　玉葉が素直に感動して手を叩くと、彼はたいしておもしろくもなさそうな顔をして、侍従《じじゅう》に弓を手渡す。

「たかが余興だ。射てくださいとばかりに飛んでくる鳥を狩ったところでおもしろいわけがない」

「そうなのですか？」

「狩りは全力で逃げる獲物を追いつめているときが楽しいんだからな」

そう言うと、玉葉の全身に視線を滑らせる。

「おまえを抱いているときと同じだな」

「な、何をおっしゃって……」

顔から火が噴き出してしまいそうだった。あの日以来、蒼影は玉葉の身体《からだ》を求めてこないが、忙しいせいだろうと気にもしていなかった。北燕に来てから知ったが、蒼影は病弱な王の代理としてほとんどの政務を代行しているのだ。

「今日は覚悟しろ」

「え……」

頬から顎の線を指でなぞられ、胸がどうしようもなく高鳴った。本来ならば今夜が初夜となるから、彼の発言になんらおかしなところはないのだが、夫婦の秘め事の悦《よろこ》びを一足先に味わった身体の芯は、淫らにも勝手気ままにうずいてしまう。

「で、殿下。おめでとうございます」

鳥を差し出す若い男に話しかけられ、蒼影は彼の応対を始める。玉葉が胸をなで下ろしていると、見知った顔が近づいてきた。

「公主さま、おめでとうございます」

「ありがとう」

皇帝靖邦《せいほう》の秘書官だ。二十代半ばの彼は官途《かんと》について間もないが、優秀さを買われ、兄の秘書官として決済書類の仕分けや高官たちへの伝達役など重要な仕事をまかされている。戦場にもつき従っていた彼は、婚礼の見届け役として派遣されてきたのだ。

「畏《おそ》れ多くも陛下から婚礼をしっかり見届けよと命じられましたが、まばゆいお姿を拝見し、東華人として誇りを嚙《か》みしめました」

「そ、そうかしら」

まばゆいお姿などと、こちらが気おくれするような世辞《せじ》を言いながら、秘書官の冷徹そうな面《おもて》には感情の動きがない。からかわれているのか本気なのかまったくわからず、玉葉は当惑するのみである。

「今宵《こよい》もよろしくお願いいたします」

彼は神妙に頭を下げると、あっさりと次に控えていた男に玉葉の正面を譲《ゆず》る。呆気《あっけ》にとられたが、柳のようにしなやかな立ち姿の男に話しかけられ、意識をそちらに集中せざるを得なくなる。

「義姉上《あねうえ》、おめでとうございます」

伸ばした赤銅《しゃくどう》色の髪を胸元に垂らし、軽やかに宙を駆ける天馬が華やかに刺繡《ししゅう》された長衣を着た青年は、夫人たちの熱い視線を一身に浴びている。唇に微笑をたたえ、眦《まなじり》の垂れたやわらかな目をやさしく眇《すが》めて玉葉を見つめる姿には、むせかえるような色香が漂っており、質実剛健を絵に描いたような北燕の男たちとは異質な存在だ。

「藍影《らんえい》さま、ありがとうございます」

「藍影とお呼びください。わたしは義姉上《あねうえ》の義弟になるんですから」

押しつけるような物言いに、玉葉はぎこちない笑みを浮かべる。

(本当に、蒼影さまの弟とは思えない方だわ)

藍影は蒼影の母親違いの弟だ。聞いた話では、ふたりの仲は睦《むつ》まじいとは言いがたいらしい。後継を決めたときのごたごたが尾を引いているせいだという。

北燕では王の後継者を決めるときに、子を産んだ女性の血縁が重要視される。藍影の母は蒼影の母よりも有力な氏族の女性で、ふたりが幼いときは藍影が後継者として有利な立場にあった。

しかし、王が指名したのは蒼影だった。これに藍影の母や彼女の背後にいる氏族が猛反発したらしい。彼らは北燕を離脱してもかまわないという勢いで蒼影を王太子の座から引きずりおろそうと画策《かくさく》したが、結局のところ王の意志を変えることはできなかった。藍影自身も母たちを諫《いさ》めたらしく、表向きは両者の争いは収束に至ったという話だ。

「義姉上、お疲れではありませんか」

「大丈夫ですわ」

「ご無理をしてはなりません。義姉上は深窓《しんそう》の姫君なのですからね。男と同じように馬上にあり、常日頃から鍛えられている北燕の女たちとは違うのですから」

玉葉は曖昧《あいまい》な微笑《ほほえ》みを頬に張りつけた。まるで意識したことはないが、自分はよほど虚弱な娘に見えるらしい。風にあたっただけで倒れ伏すのではと心配されてしまうことが、しばしばだった。

（すごく丈夫なのだけれど……）

重い病気はしたことがなく、風邪《かぜ》で多少の熱が出ても、家事はこなしていたほど体力には自信がある。

「それにしても、義姉上にはたいへん見苦しいところをお見せし、申し訳ない」

「はい？」

声をひそませる藍影に、玉葉は目をぱちくりさせる。彼が何に対して詫《わ》びているのかわからない。

「狩りのことですよ。罪もない鳥を射ると、ご不快の念を覚えられたでしょう」

「それは……確かに少し可哀想《かわいそう》だと思いましたけれど、北燕の大切な風習のひとつですもの。不快だなんて、そんなことはありませんわ」

弓射は北燕の文化のひとつの表現だ。射られる鳥は気の毒ではあるが、だからといって北燕は野蛮だと短絡的に蔑《さげす》んだりはしない。

「そうですか？　北燕はあらゆる面で洗練された東華と違い、野暮《やぼ》の一言につきる。義姉上の目には遅れた国に映るのではないかと心配です」

ため息をつく彼は物憂《ものう》げで、目元に漂う色香はさらに濃くなっている。彼に向けられる女たちの視線もいよいよ熱を帯びてきた。

「野暮だなんて思いませんけれど」

「気を遣わなくてけっこうですよ。わたしは東華の文物に触れる機会が多いのですが、そのたびに北燕は無粋《ぶすい》な国だとうんざりします」

首を振る藍影は噂通りだった。彼は東華の茶や陶器《とうき》や織物《おりもの》を好み、東華との間の輸出入を管理する責任者に名乗りを挙げたほどなのだという。〝東華かぶれ〟と藍影を陰で誹《そし》る者までいるらしい。

（かといって、東華に友好的というわけではなさそうなのよね。今回の戦では和睦《わぼく》に最後まで反対していたというし……）

そのため、蒼影を支持していた者たちの中から、藍影派に鞍《くら》替えする者もあらわれたという。

「義姉上が降嫁《こうか》されると聞いたときは本当に驚いたものです。皇帝の唯一の妹として、その愛情を一身に浴びている東華の公主が粗野な北燕の男に嫁ぐことを承諾《しょうだく》されるなんて信じがたいと思いましたよ」

そう嘆《なげ》く彼はまさに憂愁《ゆうしゅう》の貴公子然としている。そんな彼に玉葉はなんとも表現できぬざわめきを心の内に感じはじめる。

（何もここまで自国のことを貶《おとし》めなくても……）

王が蒼影を王太子に指名したのは、藍影から北燕への愛が感じられなかったせいかもしれない。自分の国に誇りを抱かない指導者が民のために働くだろうか。国を豊かにしようと思索を巡らせたりするだろうか。

「お気の毒なことだ。兄上の妻にならねばならぬとは」

「わたしは蒼影さまに嫁ぎたくて北燕にやって来たのです。同情していただく必要はありませんわ」

婚礼を〝気の毒〟と評され、さすがに反発してしまった。和睦のための結婚を憐《あわ》れまれるなんてまっぴらだ。

「それに結婚が決まったので、和睦の話し合いがすんなり進んだと聞きましたわ。それを聞いたときは嫁いでよかったと思ったものです」

玉葉が降嫁すると決まったことで、東華と北燕の和平成立は早まったといっていい。

東華は降嫁反対派――すなわち和平反対派がとたんに力を失ったし、北燕のほうは蒼影が略奪婚を成功させたことで、彼の発言にいっそうの重みが増した。和睦の話し合いは蒼影に一任されることになったのだ。

なし崩しであったとはいえ、ふたりの結婚は大いに役立った。

「その喜びが今宵打ち砕《くだ》かれなければよろしいのですが。燭火《しょっか》の下とはいえ、義姉上は兄上に刻まれたおぞましいものを目にしなければなりませんからね」

しきりに首を振る藍影に、玉葉は目を丸くした。〝おぞましいもの〟なんて、彼の身体《からだ》にあっただろうか。

「あの、おぞましいものとはなんですの？　そんなものを見た覚えはないのですけれど」

首を傾《かし》げた玉葉に、藍影が意味ありげな微笑みを浮かべた。

「おや、義姉上は兄上の裸をもうご覧になったのですか？」

「え……ええ？」

「見てもなんとも思われないなら、喜ばしいと言うべきでしょうね」

「は、裸なんて見ていません！」

むきになって反論する玉葉は、藍影の含み笑いを見て墓穴を掘ったと臍《ほぞ》を噛む。

そこへ低い声が割り込んだ。

「何を興奮しているんだ」

頭の上にぽんと硬い掌《てのひら》を置かれ、玉葉は隣を見上げる。怪訝《けげん》そうにしている蒼影は玉葉の頭を愛《いと》おしげに撫《な》でてから、藍影に向き直った。

「藍影、玉葉が何か失礼をしたか？」

「いいえ、のろけられただけですよ。義姉上は兄上に嫁《とつ》いでよかったと思っていらっしゃるそうです」

「な……」

湯気をまともに浴びたように顔が熱くなった。確かに嫁いでよかったと口にしたが、本人の前でぶちまけなくてもよさそうなものだ。

藍影は先ほどとは打って変わって毒を吐くこともなく、色づいた唇に親しみを込めた微笑みを宿す。

「義姉上、今度、茶でもご一緒しませんか？　東華から仕入れた味わい深い茶があるのです。義姉上も故郷の味がお懐かしくなるころでしょう」

東華の茶と聞き、いやしくも喉《のど》が鳴った。北燕の茶は発酵《はっこう》した茶に乳を入れるもので、玉葉の舌はその独特の味になかなか慣れずにいたのだった。

「……ええ」

曖昧《あいまい》な笑みと一緒にうなずく。露骨に反発したばかりの相手の申し出に飛びつくのは気が引けるが、つっぱねるのは失礼だし、何より東華の茶への未練も捨てきれなかった。

「では、お待ちしております」

藍影は優雅に一礼すると、長衣の裾《すそ》を揺らして去っていく。その背中を見つめながら、軽率にも感情をあらわにしてしまった反省をしていると、蒼影が肩を強引に抱いて玉葉の意識を奪う。

「藍影はいつもああだ。気にするな」

「はい？」

「奴はいつも女には愛想がいい」

そう言うと、眉《まゆ》の間に皺《しわ》を刻む。玉葉はしきりと瞬きをしてしまった。

「だから、あいつの言葉を真に受けるな。どんな女にもなにかしらの誘いをかける」

「……そうですか」

とうなずいてみせたものの、正直なところ他人事《ひとごと》のような気がしていた。義理とはいえ、藍影は弟になるのだ。茶を誘うのだって、東華人と茶について語りたいという欲求のあらわれとしか思えない。

「おまえはなんだかんだと言いながら、北燕のことがわかっていないな」

「どういう意味ですの？」

ろくな説明をしないまま、玉葉の理解の乏《とぼ》しさについて嘆《なげ》かれても困る。小さな不満を込めて彼を見上げたのに、蒼影は答えてくれることなく大きな息を吐いた。

「もういい。さっきの奴に褒美《ほうび》をやる。おまえも一緒に来い」

なぜか不愉快そうな表情だ。気圧《けお》された玉葉は、まるで刑場へと連行されるように客の輪の中に引きずりだされた。

その夜、玉葉は早々に祝宴を辞すると、湯浴みをさせられてから閨房《けいぼう》に連れて来られた。

純白の寝衣をまとった玉葉が案内されたのは、同じ色に染められた部屋だ。寝台を覆《おお》う敷布は言うに及ばず、天蓋から吊るされた紗幕や部屋の間仕切りにされている帳《とばり》、灯籠《とうろう》まで全てが白で統一されている。

（ここも白いのね）

ただひとりで寝台に腰かけ、落ち着かない気持ちのまま部屋をきょろきょろと見渡す。北燕では一般的な炕《かん》が部屋の壁際を廻っている。

炕は竈《かまど》の暖気を通す暖房設備だ。煉瓦《れんが》で作られた暖気の通り道が壁に沿って部屋をほぼ一周している。北燕人はその上に寝台や炕卓《かんたく》、褥《ざぶとん》などを置き、酷寒の冬でも暖かく過ごせるように工夫しているのだった。

（なんだか肌寒いわ）

くしゃみをしてしまってから、衿《えり》を合わせる。今はまだ炕を使う時期ではないので、暖気が通っていないせいかもしれない。玉葉は履《くつ》を脱ぐと布団の上に座り、毛布を腰までかけた。

（蒼影さまはまだいらっしゃらないのでしょうね）

先ほどまでいた宴《うたげ》の場のことを思い出す。

祝辞を述べる客は引きもきらず、永遠に途切れることがないのではと密かに危惧《きぐ》するほどだった。新郎新婦の座る高座に蒼影と並び、彼らの祝いの言葉に耳を傾けていたが、夜明け前から化粧《けしょう》や着付けと婚礼の準備に追われていたせいだろうか。疲労が蓄積するにつれ、意識が散漫になって、仕舞いにはうなずくだけの人形と化していた。かろうじて微笑《ほほえ》みは絶やさずにいたものの、すぐそばにいた蒼影は気づいたのだろう。きりのいいところで玉葉をそっと退席させた。

（蒼影さまの振る舞いは本当にご立派だったわ）

挨拶に来た客の名はもちろん、身分や役職も把握《はあく》していたのだろう。祝辞を述べる客それぞれにふさわしい言葉をかけていた。

めざましい働きをした官がいればそれを褒めたたえ、引退した老官にはねぎらいを告げる。戦で家族を亡くした者には悔やみを述べ、怪我《けが》をした身内がいる者には経過をたずねるという心配りには、驚くばかりだった。

声をかけられた者たちは、それぞれ喜んだり涙ぐんだりしてから、蒼影に崇拝《すうはい》の眼差《まなざ》しを向けた。

（わたし、あの人のようになれるのかしら）

途中で宴を抜け出すような有様に情けなさが募《つの》ってしまう。とはいっても、常とは違う緊張にさらされた神経はすっかり参ってしまい、あそこで退席しなかったら、倒れていたかもしれないが。

ふわっと欠伸《あくび》をしてから、身震いした。

（ちょっとだけ横になってもいいかしら）

肌触りのよい敷布に横たわり、毛布を胸までかけてしまうと、ほどなくして心地よい眠気に襲われる。

（ほんのちょっとだけ……蒼影さまが来られる前に起きれば……）

そう言い訳して眠りに落ちてから、さほど時間は経っていなかっただろう。身体を揺すられ、玉葉は目を覚ます。

「蒼影さま……」

声が掠《かす》れていた。筋骨たくましい肉体を寝衣に包んだ彼は、寝台に座って玉葉を見下ろしていた。

「もう寝てしまったのか？」

笑い混じりの指摘だったが、玉葉はあわてて飛び起きると膝を斜めにそろえて座る。

「ごめんなさい、つい眠ってしまって」

夫を差し置いて先に寝るなんて、とんでもない妻だと怒鳴られても仕方がない。

「疲れていたんだろう。今日は朝から大変だったろうからな」

いたわりに胸が温かくなったけれども、そのぬくもりはすぐに消えた。彼の広い肩ごしに見えた姿にぎょっとする。

「え、なぜ、ここに？」

夫婦だけの閨室《けいしつ》に珍客がふたりもいた、ひとりは兄皇帝の秘書官であり、もうひとりは北燕の官らしき老年の男だ。玉葉は啞然《あぜん》として男ふたりの顔を見比べた。秘書官は涼しげな表情を崩さず、北燕の官は謹厳《きんげん》な顔つきを保っている。

「帳《とばり》の向こうにいろ」

蒼影の命令に頭を深々と下げ、ふたりは部屋の間仕切りの向こうに姿を消した。

「ど、どういうことなのですか？」

彼らが同室にいることがまったく理解できず、混乱して問いかけると、蒼影は玉葉の柳腰をきつく抱き寄せる。

「北燕の風習だ。王族が結ばれたことを証明しなくてはならん」

「ま、まさか……夫婦の営《いとな》みを見せるのですか？」

房事を人目にさらすなんて、絶対にできるはずがない。目にいっぱい涙をためて首を激しく横に振ると、蒼影は玉葉の抵抗を封じるように強く抱きしめる。厚い胸板に玉葉の豊かな乳房が押しつけられた。

「声を聞かせるだけだぞ」

「いやです！」

彼の身体をめちゃくちゃに叩いて逃げようとした。たとえ声といえども聞かせたくなんてない。

しかし、鋼《はがね》のように堅い縛《いまし》めは解けるどころかもっときつくなる。おまけに、布一枚で隠されているだけの乳房の先端の蕾《つぼみ》を胸板にぐりぐりとこすりつけられて、つい熱い息をもらしてしまった。

「俺もおまえの声を聞かせるのは惜しくてたまらないんだがな。おまえから妙なるさえずりを引き出すのは俺だけの楽しみだというのに」

「そんな恥ずかしいことを……！」

小声で諫《いさ》めようとしたが、続きは重なる唇のあわいに溶けてしまう。素早く侵入してきた肉厚の舌が玉葉の舌をからめとった。

「んん……」

怯《おび》えて逃げようとする舌はすぐに捕まえられ、大波のようなうねりに巻き込まれる。舌の表面も裏もねっとりと舐《な》められ、ねじるようにからめられる。唾液《だえき》を吸われ、また注ぎ込まれ、口腔《こうこう》内のあちらこちらを舐めたり、舌先でつつかれたりする。波間に翻弄《ほんろう》される小舟のように、玉葉の舌は上下左右に動かされ、動きの激しさにくらりとめまいがした。

「だ、だめ。や……」

口づけをしているだけなのに、身体は火種を埋められたように熱くなってきた。悦《よろこ》びの前兆を感じ取った胎《はら》の底が妖しげな感覚を明滅させはじめる。

「おまえの舌が甘いからいけない。蜂蜜でも舐めたのか？」

「や、舐めてなんかない……」

今度は音を立てて唇を軽く何度も吸われる。下唇を甘噛《あまが》みされ、舌先でうっすら開いた唇の隙間《すきま》をなぞられたりする。唇への軽い戯《たわむ》れは、こそばゆいようなもどかしいようなうずきの種になった。

「も、もうやめてください」

聞き耳を立てられているかと思えば恥ずかしく、彼の身体を押しのけようとするが、そうすると舌を深く差し込まれて逃げられなくなってしまう。

「んん……」

彼の舌は玉葉の歯をちろちろと舐めたかと思うと上あごの裏を小刻みに撫で、舌をからめてきては、下あごの裏をつつく。縦横無尽《じゅうおうむじん》に動く舌に乱されきって、玉葉は彼を突き飛ばすどころか、首に手を回してすがりついていた。身体が自然にくねり、胸をぎゅうぎゅうと押しつけてしまう。

「あ……ふ……」

唇が解放されたときにこぼれた息は鼻にかかって甘ったるい。淫らな反応をしたことに気づき、玉葉は我に返った。

「や、だめ……！」

不埒《ふらち》な振る舞いから逃げたくて寝台から降りようとするが、力強い腕に腰を抱かれてしまったら身じろぎするだけで精一杯だ。玉葉は寝台の上で膝立ちになったまま、可能な限り暴れた。

「放してください。声を聞かれるなんて、嫌……！」

蒼影は目をすっと細めると、声を低める。

「北燕の風習に従えないというのか？」

「ち、違います！」

北燕の風習だから従いたくないなんて真意をねじ曲げられたくない。秘めやかな閨事《ねやごと》を他人の耳目《じもく》にさらすのが恥ずかしくてたまらないだけなのに。

涙目で首を振っていると、顎《あご》を持ち上げられて、また唇を求められる。小さくやわらかな玉葉の舌は、侵入してきた彼の舌に捕まえられると、おもちゃのように弄《もてあそ》ばれてしまう。

舌を舐められ吸われている間に、彼は玉葉の帯を解いてしまった。着ているのは寝衣一枚だけだから、帯を緩められたら衣を脱がせるのはたやすい。

「んん……」

顔を背けようとしたが、彼は口腔を荒々しく犯しながら玉葉の衣の合わせをはだけてしまう。

地上に下りた初霜《はつしも》のように白い柔肌《やわはだ》が灯火に照らされ、ほんのりと輝いた。

「だめ、本当にだめ……！」

危機感が迫り、力いっぱい彼を突き飛ばそうとするが、均衡すら崩さなかった。玉葉の乳房を片手で揉みながら、もう片方の手は足のつけねに伸ばし、頼りない茂みに隠れていた花びらを割り開くと、秘処の谷間を指先でなぞる。

「や、そこは、だめ……」

全身が震えて仕方がない。何本もの指が蜘蛛《くも》の足のように秘裂《ひれつ》を撫でるたびに、喉《のど》をそらしてあえいでしまう。

「ああ、や、や……」

「玉葉、早いぞ。もうびしょびしょだ」

耳に吹き込まれる低いささやきに、背がぞくぞくと鳴った。違うと否定したくてたまらない。

それなのに、彼は耳孔に声だけでなく舌を差し入れてくる。くすぐるように穴を舐めてから、

耳殻《じかく》をそろそろと舌が這《は》う。

「や……そんなところ、舐めないで」

耳たぶを戯《たわむ》れるように噛まれると、こそばゆさに身体が震え、喉から熱い息が漏《も》れてくる。

蒼影はその間にも続けていた予告のような秘処への愛撫《あいぶ》を切り上げると、両方の手で小麦の

生地を練《ね》るように乳房を揉みしだく。質量のある豊満なふくらみは下からすくわれ、また大胆《だいたん》

に揉まれ、形を様々に変えていく。

蒼影は弾力を楽しむように揉みながら、指を戯《たわむ》れに動かして凝《しこ》りだした乳首の先端を思わせ

ぶりにかすめたり、薄桃色の乳輪に指先で円を描いてみたりする。

「こんなに尖らせて……おまえの宝石は感度がいいな」

小さいながら張りつめた両乳首をつままれて、身体がかあっと火照《ほて》った。親指と人差し指でふにふにとよじられ、玉葉の肌がざっと粟立《あわだ》つ。

「あ、いや、いや、もう、やめて」

首を振るが、彼は紅色に凝った乳首を玩具《おもちゃ》のように弄《もてあそ》ぶ。根本をこすられ、先端を押しつぶされ、全体をまんべんなく撫でられる。そうされるたびに快感が背中を這いあがり、あらぬところに熱がたまっていった。

膝が揺れて体重を支えられない。くずおれそうな玉葉を蒼影は寝台に横たえる。抵抗しなければならないと思うのに、ぷるんと揺れる乳房に五指を這わされ、頂を刺激されると、真紅に染まった唇の隙間から熱い息を漏らすだけになる。

「ああ、や、や……いやです。お願い……」

彼の言うとおり、足のつけねが潤い始めていることが玉葉にもわかった。胎の奥の秘めた泉の縁からあふれた愛液が、身体の外にとろとろとこぼれだしている。

蒼影は膝をこすりあわせる玉葉に気づくと、笑みを浮かべた。

「待ちきれないのか？　淫らな花びらがうずいてたまらないという顔をしているぞ」

「い、言わないで……」

顔を真っ赤にしてたしなめるが、彼が身を屈めて右の乳首をくわえたとたん、甘い痺《しび》れが背を走り、理性が沈黙してしまう。熟れた桜桃《おうとう》の色に染まった乳首全体を飴玉《あめだま》のように舌の上で転がされ、腰がびくんと大きく跳ねた。

「んん……や、蒼影さま、やめて」

首を振って拒絶しようとするが、蒼影はすぼめた舌先で乳首の先端をぺろぺろと舐めながら、左の頂を指の腹でやさしくこする。

「可愛《かわい》い乳首を蕾《つぼみ》のように膨らませておいて、やめてなんて言うのか？」

蒼影はそう言うなり、右の乳首をまた口いっぱいに含ませて吸い上げ、左の乳首をかすめるようにこすってくる。玉葉は甘いうずきに耐えかねて、全身をびくびくと小刻みに揺らす。

「や、そんなに舐めないで……！」

蒼影の舌の動きは巧みで、玉葉の乳首を口の中で縦横無尽《じゅうおうむじん》に転がしてしまう。左の指は、激しい舌とは異なり、そっとくすぐるように、あるいはかすめるように、凝った乳首を弄ぶ。

ふたつの紅玉を異なるやり方で刺激され、胎《はら》の奥がきゅうっと収縮した。

「あ、ああ……」

身体の芯が熱くなっていく。このままではこの熱に理性を焼き尽くされて、もっと淫らなことをねだってしまいそうだ。

玉葉は両手で唇をぎゅっと押さえた。これが北燕の初夜の儀式だというなら従うしかない。

しかし、声は聞かせたくなかった。睦事《むつごと》に溺《おぼ》れた卑猥《ひわい》なあえぎ声など、余人の耳に入れたくない。

涙を浮かべて必死に唇を閉ざしていると、蒼影が散々に弄んだ乳首をやっと解放してくれた。

「玉葉、音曲のような美声を封じてしまうなんてもったいないぞ」

挑発すると、思わせぶりに胸の深い谷間を舌先でくすぐる。両手は乳房の愛撫を休みなく続けている。

「んん……」

腰をくねらせながら、それでも手を口元から放すまいと腕に力を込めていると、蒼影は鼻で笑ってから、玉葉の胸の下から腹へすぼめた舌を滑らせた。

「んんん……ん……！」

滑らかな肌を上下する舌の動きに、精神がかき乱される。玉葉は懇願《こんがん》するように彼を見つめ、首を左右にした。

「どうして欲しいんだ、玉葉」

そう言うと、彼は小さなへその窪《くぼ》みに舌を遊ばせる。ぴちゃぴちゃと音をたて舐められたり、舌先で強く押されたりすると、胎《はら》の奥に近いせいかこそばゆさと気持ちのよさがないまぜになって、身をくねらせて悶絶《もんぜつ》してしまう。

おまけに声を封じているせいか、快感をより強く感じてしまうようだ。けれど、手を取り去るわけにもいかず、玉葉は艶《つや》やかな髪を振り乱して甘美な責め苦に耐えた。

蒼影は窪《くぼ》みのふちを舌で一廻りしてから、へそに別れを告げ、なだらかな丘へと舌を進める。

陽にさらされたことのない真っ白な恥丘《ちきゅう》に、舌先が幾重にも円を描く。濡れそぼった舌に淡い茂みをかきわけられ、玉葉は腰を波立たせると同時に危機感を覚えた。

「んん……ん……ん……！」

このままでは、あらぬところを舐められてしまうのではないだろうか。心臓がどくどくと鳴り、胎の奥がぎゅっと締めつけられるようにうずく。

逃げるように寝台をずりあがろうとしたが、蒼影の腕が素早くももを宙でつかんで大きく開かせる。潤みきった蜜口や淫らに開いた花びらを見つめられているかと思うと恥ずかしく、膝を閉じようとするが果たせない。

「ここがひくひくしている。堪《こら》え性《しょう》がないな」

言うなり、蜜口を指でツンツンとつつかれた。たまらず腰を浮かせる。

「んんー……！　んん……」

「玉葉、こちらの唇はふっくらと膨れているぞ。色も美しいな。石榴《ざくろ》の赤だ」

彼は股《また》の間に顔を近づけ、ふっと息を吹きつける。

「んんん……！」

危機感が募《つの》り、黒髪を振り乱した。そよ風のような息がかすめただけで、蜜をしたたらせる膣孔はびくっと怯《おび》えてしまうのに、もしも唇を押しつけられたら、どうなってしまうだろうか。

手で口をきつく押さえつけ、懇願《こんがん》の涙を浮かべて首を振り続ける。彼は玉葉の気持ちなどすっかりわかっているはずなのに、ふうっと息を吐きつけてから、舌先をすぼませ、扉を叩くように蜜口をつんつんとつついてくる。

「ん、んん……！」

緊張に身体《からだ》がこわばった直後、彼が蜜口にむしゃぶりついた。じゅるじゅると派手な音を立てて淫液がすすられ、たまらず手の枷《かせ》がほどけてしまう。

「や、だめ、そんな、吸わないで……！」

蒼影は唇を強く押し当てて愛液をすすると、今度は舌で蜜口から淫唇からべろべろと舐め尽くす。感じやすい秘部を唾液《だえき》と愛液で濡れた舌が這い回り、玉葉は喉を震わせて喘いだ。

「ああ、いや、いや、だめ……そんな、舐めちゃいや……」

強い快感が背を走り、腰が淫らにうねってしまう。もっとも恥ずべきところを舌と唇で愛撫され、いけないと思うのに、気持ちよくてたまらなかった。耐えるように眉を寄せ、身をくねらせる玉葉の頭の中から、立会人がいるという事実が消えかかってしまう。

「や、お願い、やめ……！」

それでも、なんとか理性を動員して発した制止の声は喉の奥に溶けてしまった。蒼影が肉の花びらを唇に挟みながら、淫唇《いんしん》の先端にある秘玉を指の腹で転がしだしたのだ。丁寧《ていねい》に包皮をめくり、あらわになった無防備な肉粒に円を描いたり、小刻みに振動を与えたりする。

小さな宝玉が生み出す悦《よろこ》びは、玉葉の肉体をたちまち支配した。

「は……だめ、ああ、い、や、ああ……」

腰が淫らにうねってしまう。快感が全身を駆け巡って、身体の震えが止まらない。

彼は秘玉を可愛がりながら、蜜口を押し開くように舌先を押し込む。ひくつく粘膜を舌が舐め、とろりとあふれた淫液をすすられて、玉葉は喉をひくひくと鳴らした。

「や、舌、入れない……で」

「それは無理だな。俺は可哀想《かわいそう》な蜂なんだ。おまえの蜜を吸わないと、生きていけない」

「嘘……言わない……で……だめ、あん、や、も、もう、だめ……！」

唾液まみれのぬめった舌と巧みな指の淫戯に膣がとろけそうになっていた。

熟しきった無花果《いちじく》のように、膣が、子宮がどろどろに溶け、自然と腰が浮きあがってしまう。止めを刺すように感じやすい秘玉が激しくこすられ、蜜口を舌が出入りする。胎の奥にたまった熱が白く弾け、玉葉の四肢《しし》を痺れさせた。

「や、やぁっ、だめ、ああ、いく、いく……！」

無我夢中で首を振った。絶頂の快感が背を貫き、蜜をしとどにあふれさせながら、玉葉は忘我の領域に至った。腰がびくびくと跳ね、甘い余韻《よいん》が子宮の奥から全身に伝わる。

腰からがくっと力が抜けたが、すぐに跳ね上げる羽目になった。蒼影が秘玉をいじる手を休めないせいだ。いたずらな指は、達したせいでぷっくりと尖り、より敏感になった淫玉をやさしく撫《な》でこする。

「は……や、ああ、また、いっちゃう……」

断続的に襲う小さな絶頂の波に、白い喉をそらし、敷布をつかんだ。小さな肉粒から伝わる快感に我を忘れ、腰をがくがくと揺らしてよがった。

「玉葉、気持ちいいか？」

「……蒼影さま、もう、だめ、お願い、やめて」

気持ちよすぎて、神経が焼き切れてしまいそうだった。けれど、蒼影は手を休めてくれるどころか、今度は切なく収縮する膣口に人差し指と中指をゆっくりと挿入する。指を出し入れしつつ、淫壁を押し広げるようにこすりあげた。

他の指もいたずらを忘れたりしなかった。快感に昂奮《こうふん》し、充血しきって肉厚の花弁と化した淫唇を上下する。

外の淫唇を弄《もてあそ》ばれながら膣の中の感じるところを絶え間なくこすられ、玉葉の腰が痙攣《けいれん》した。悦楽《えつらく》の波に呑《の》まれそうになり、踵が力なく何度も敷布を滑る。

蒼影は内側をやさしくこすりながら満足そうに笑った。

「中がぐしょぐしょだ。もう俺のものを挿れてもよさそうだぞ」

「や、あ、言わないで……」

恥ずかしくてたまらないが、自分でもすっかりわかっていた。玉葉の内は蒼影の愛撫にとろけきって、濡れに濡れている。

あとからあとから蜜があふれて、白い臀部《でんぶ》にまで伝わっていく、彼が内部をこするたびに、ぴちゃぴちゃと淫らな水音が清らかな白の部屋に鳴り響いた。

「音、立てないでください……は、恥ずかしい」

肉襞《にくひだ》の奥にたたえられた泉の存在を知らしめるようにちゃぷちゃぷと音を鳴らされ、恥ずかしくてたまらない。声は何度も発してしまったからもう仕方ないとしても、胎内からあふれるその音だけは他の人間に聞かれたくない。

それなのに、蒼影は指をもう一本中に増やして、控えた男たちに聞かせるように派手に音を鳴らす。

三本の指が内壁を複雑にこすりながら、びちゃびちゃという粘着質な音を立てて出し入れされる。玉葉は羞恥のあまり身を震わせ、涙を一筋こぼした。

「い、やぁ、ひどい……なんで、こんな……音を立て、る、なんて……」

「玉葉、これは夫婦としての営みだ。恥ずかしがる必要がどこにある？　それに、おまえの泉の音は清らかな水が流れるせせらぎのように美しいぞ」

蒼影は閉じようとする玉葉の膝の間に身体を割り込ませると、指の愛撫をしつこく続ける。肉棒のように律動的に出し入れし、中に入ったら、それぞれの指が気ままに蠢《うごめ》いて襞をこすりあげる。特に感じる場所を狙いすましてこすられると、淫靡《いんび》な熱がじわじわと胎の奥にたまっていった。

「あ、ああん、だめ、だめ、そこ、しないで……！」

恥丘《ちきゅう》の裏の甘くうずく場所を指たちが這《は》いまわる。追い詰めるかのような愛撫に耐え切れず、玉葉は蒼影の腕を押さえようとした。

「そ、蒼影さま、いや、もう、やめて」

「指じゃなくて、もう俺自身が欲しいのか？　玉葉、もう少し我慢しろ」

「いや、そうじゃない……あ、んん、ああ、そ、そんなに、こすらないで……」

胎の奥にたまった熱が重たくなっていって、弾ける余韻《よいん》を漂わせている。また達してしまうと朦朧《もうろう》としながら考えたが、それが限界だった。

蒼影が中をこする手とは違うほうの手の指で、秘玉をまどろみから起こすとやわらかく転がしてくる。くりくりとこすられた瞬間、熱が弾けて、玉葉の膣が、子宮が形なくとろけた。

「ああ、やぁ、い、やぁ……！」

腰を何度も突き上げて、玉葉は極《きわ》みを迎えてしまった。雲の上に追い上げられたように深い悦びを味わわされ、頭の芯がぼうっとかすむ。

身体の制御ができず、蒼影の指をぎゅうぎゅうと締めつけるが、その存在がまた深い快感につながって、絶頂の波が幾重にも覆《おお》いかぶさる。

息をあえがせ、豊かな胸を淫らに揺らしながら、玉葉は腰を震わせて快感に溺《おぼ》れた。四肢の力が抜けきって、ぴくりとも動かせない。

「玉葉、すばらしかったぞ。達するときのおまえは本当にきれいだ」

蒼影が玉葉を強く抱きしめる。分厚い胸板と引き締まった腕に抱きしめられ、玉葉は安堵《あんど》の涙をこぼした。淫戯《いんぎ》を尽くして玉葉を攻め立てる男なのに、彼のぬくもりを素肌に感じると、ほっとしてしまう。

「蒼影さま……」

こぼれた涙を蒼影が舌でそっと舐《な》めとった。

「玉葉、おまえは俺のものだ。そうだろう?」

「……はい」

「俺と共に北燕で生きていく。東華に帰ったりしない。そうだな?」

蒼影の瞳は磨《みが》いた刀剣のように鋭い光を宿している。気圧《けお》されて、玉葉はおずおずとうなずいた。

「……蒼影さまの妻になったのですから、東華に戻ったりしません」

彼との結婚は政略で、東華と北燕に友好をもたらすためのものなのだ。この結婚に玉葉の気持ちなど関係ないし、入り込む隙間《すきま》もない。

(そうよ。わたしがどう思うかなんて、この結婚にはなんの意味もないものだわ)

必要なのは両国の和平のために玉葉が嫁したという事実であり、ふたりがきちんと結ばれたのだと証明することである。

「俺の妻に定められたから、帰らないという意味か？」

「……そうですわ」

「では、房事《ぼうじ》を人に聞かれても大丈夫だな」

「嫌です。なぜそうなりますの？」

涙を浮かべて首を振る。けれど、彼はやさしげに目を細めながら、玉葉の懇願《こんがん》をはねつけた。

「この〝儀式〟は必要だ。おまえが二度と東華に帰れないようにするためにな」

そう言ってから、彼は頰や額に口づける。

「おまえが可愛《かわい》らしすぎるのがいけないんだ。途中でやめられるはずがない」

唇は首筋をそっと滑り落ちていく。やっと静まった身体にまた新たな火をつけられ、玉葉はそっと身じろぎした。

「だ、だめです」

彼は玉葉を手早くうつ伏せにすると、覆《おお》い被《かぶ》さるようにして、背に口づけを落としていく。

「や、やぁ……」

肩胛骨《けんこうこつ》のくぼみを唇がなぞっていく。敷布を摑《つか》んでいた手に力がこもった。こそばゆくて仕方がない。

「おまえの肌はどうしてこんなに美しいんだろうな。まるで星の光を溶かしたようだ」

「そんなことない……！」

背骨に沿って舌を這わされ、玉葉の身体がびくびくと跳ねた。意地悪な手が背後から胸を包むと、大胆《だいたん》に揉《も》みしだきだす。

「や、や、蒼影さま、やめて……」

「俺の手は休むのが嫌いみたいでな。それにこんなにやわらかいものを弄《もてあそ》ばずにはいられないんだ」

「だめ……も、もう……だめ、だめ……」

全体をこねるように揉まれ、つんと尖った乳首を指のまたに挟まれてこすられる。先端を押されたり、つままれたりしているうちに、散々になぶられた膣襞が淫らに蠢《うごめ》きはじめた。淫靡《いんび》な熱から逃れるように、無意識に下肢《かし》をよじってしまう。蒼影の含み笑いが聞こえたかと思いきや、左の耳をそっと舐められた。おまけに淫らな誘いを鼓膜に吹き込まれる。

「俺が欲しいか」

ぐりぐりと固いものが蜜口に押し当てられた。褲子《ズボン》の下からでも存在をはっきりと主張するそれの正体に思い至り、全身が熱くなってしまう。

「や、欲しくなんて……ない……」

ささやきで答えた。立会人はふたりがすでに結ばれてしまったことを知らないはずだ。今夜が初夜なのだと信じている彼らに、玉葉がすでに淫らな行為にふけって処女ではなくなっているのだと知られたくない。

「冷たいな」

今しも侵入してきそうな気配を漂わせた男根が遠ざかる。ほっとすると同時に物足りなさを覚えて、自然と腰がくねった。そんな玉葉をなぶるように、下肢に這わされた指が包皮の陰に隠れた花芯をまたもや見つけだす。

「ん……ああ……んく……あ……」

汗を吸い取るように背に口づけながら、肉粒がくりくりといじられる。快感が即座に全身を駆け巡り、玉葉はびくんと背をそらした。

「欲しいと言え、玉葉」

胎の奥が何かを締めつけたがって、きゅうっとすぼまり熱くなるのに、彼の指は外の花びらをなぞるばかりで、玉葉の波打つ膣壁をなぐさめてはくれない。

「は……や……言わな……い……」

涙が目尻に滲《にじ》む。恥ずかしくてたまらなくて認めたくないのに、心の奥底に不埒《ふらち》な欲求が芽生え始めていた。

(満たしてほしいなんて、そんなこと望んでいるはずがないわ)

指ではなく、もっと熱くて太いものを中に入れてほしいなんて言えるはずがない。けれど、身体の芯が淫らにも訴える。

あの熱い塊で玉葉の内側をいっぱいにしてほしい、激しく穿《うが》ってほしいという願いが頭の片隅をかすめる。

「や、や、そんなこと、ない」

首を左右にして自らをたしなめる。慎み深く生きてきたのに、彼に一度抱かれただけで、男女の秘め事に貪欲《どんよく》になるなんてあってはならないことだ。

「何がそんなことないんだ？」

蒼影は濡れそぼった淫唇を撫で、愛液をまとわせた指で秘玉を円《まる》くこすりながら耳元に声を吹き込む。断続的に襲う快感に身を震わせながら、玉葉は涙を浮かべてつぶやいた。

「あ、う……も、もう赦《ゆる》してください」

「俺は満足していないのに？　そろそろおまえの中で遊ばせてほしいものだな」

「あ、やぁ……！」

身体を仰向《あおむ》けにされ、寝台に沈んだ衝撃で息が止まりそうになっているうちに、蒼影は上衣を脱いでしまった。無駄なく引き締まった彼の上体には、変わらず龍が息づいている。

（まるで生きているようだわ）

凶暴な目はすべての生き物を喰らおうと狙っているかのようだ。猛々《たけだけ》しい龍にすっかり魅入《みい》られてしまっているうちに、彼は褲子《ズボン》も取り去ってしまう。天を向いた肉棒は龍と変わらず禍々《まがまが》しく、玉葉は喉《のど》を鳴らした。

「や、やめて……」

この間の引き裂かれるような痛みを思い出し、身震いしてしまう。蒼影は猫なで声で玉葉をなだめた。

「今回は大丈夫だと思うぞ」

「だ、大丈夫って、どういうこと――!」

足を大きく開かされ、彼のたくましい肩に抱え上げられた。素早く蜜口に押し当てられた男根の切っ先は鋭く尖っていて、玉葉の心臓が跳ねあがりそうになる。しかし、ためらう間も抵抗する間もなかった。

「あ、あ、ああー!」

硬い先端を含まされるや、奥まで一気に呑《の》み込まされる。いつもはぴったりとくっついている膣壁が勢いよくふたつに裂かれ、玉葉は細い喉をそらした。

「んあ……あう……ああ……」

欲望の塊を目一杯咥《くわ》え込まされた柔襞《やわひだ》は、確かにこの間と反応が異なっていた。衝撃はあれど痛みはほとんどなく、それどころか彼が内にいるという事態に、もう順応しようとしている。ひたひたと押し寄せるのは悦《よろこ》びのさざ波だ。熱塊を包む襞のざわめきに、玉葉は全身を朱に染め上げた。

「すばらしいな、玉葉。おまえの内側はとろけそうに温かい」

彼が玉葉の身体《からだ》をふたつに折り曲げるように体重をかけながら、笑みを含んでささやく。

「あ……や……おっしゃらないで……」

玉葉の意思に反するように、身体は蒼影の愛撫《あいぶ》を受け入れ、さらにはもっと悦楽《えつらく》を貪《むさぼ》ろうとしている。それが恥ずかしくてたまらず、顔をそらしたそのとき——。

ずんと音がしそうな激しさで、彼が最奥を突いた。肉壁が震え、快感がつま先まで波紋のようにいきわたる。

「んん……や……！」

身体の芯が甘く溶けるようなうずきが下腹の奥から生まれた。玉葉は豊かな乳房を揺らして、我を忘れさせるような痺《しび》れから逃げようとあがいた。

「気持ちよさそうだな。奥がそんなによかったか？」

「そんなことない——！」

彼はいったん入り口近くまで退けた肉棒を勢いよく進めた。またもや奥を叩くような激しさで突かれ、玉葉は身悶《みもだ》えた。

ぬるぬると濡れそぼった粘膜をこすられるのが、たまらなく気持ちよい。剣のように硬い屹《きつ》立《りつ》が玉葉のか弱い内側を容赦《ようしゃ》なく抉っては、昂奮を煽《あお》る。

「あ、あ、いやぁ……！」

肩に足をかけられ、膝が上体につきそうな苦しい姿勢をとらされて、飢えた獲物が肉を食らいつくさんばかりの勢いで、抽挿《ちゅうそう》を繰り返された。

ずっしりと質量のある楔《くさび》が玉葉の隘路《あいろ》を満たしては遠ざかる。錠前《じょうまえ》をかけた扉を無理やりにこじ開けようとする激しさで最奥を突かれるたびに、玉葉は瀕死《ひんし》の魚のようにのたうった。

「やぁ……お願い……やめ……」

途切れ途切れに懇願《こんがん》した。無防備な奥を突かれると、子宮が揺さぶられでもしているのか、甘美な愉悦《ゆえつ》が全身を駆け巡る。花芽をいじられたときの鋭さとは違い、鈍くて重いものだったが、胎《はら》の奥底に淫靡《いんび》な熱が着実に蓄積されていくのがわかった。

（このままでは、また、達してしまう）

じわじわとたまっていく熱は重量があり、弾けてしまったら、自分がどうなってしまうかわからない危険を秘めている。

逃れたくてたまらないのに、彼の張り詰めた男根は貪るように激しく玉葉を貫き続ける。

「や……蒼影さま……苦し……」

切れ切れに頼むと、彼はいったん抽挿をやめ、肩から足を下ろしてくれた。訪れた小休止に深呼吸をすると、とたんに内にいる彼の存在感に気づかされる。びくっと全身を震わせると、蒼影が玉葉の内心に気づいたように口角をあげて笑む。

「俺が中にいるのがたまらなくいいという顔をしているぞ」

「ち、違う……って、んん」

愛液にまみれた肉棒を抜かんばかりに引いてから、勢いよく入ってくる。意識が身体の奥に集中したとたん、彼の指が大きく開かされている肉の花びらを撫《な》でた。

「……んん！　だ、だめ！」

ふっくらと膨れきった花弁が痙攣《けいれん》する。彼の指は花びらの輪郭《りんかく》を伝い、先端の小さな肉粒に触れた。そこをくりっと撫でられた瞬間、玉葉の腰が自然と浮き上がって大きく揺れる。

「いやぁ！　だめぇ！」

もはや同室に他人がいることなど忘却の彼方《かなた》に去っていた。憚《はばか》りなく悲鳴をあげたのは、今までに感じたことのない快感が全身を襲ったからだ。

中をずんずんと抉《えぐ》られながら、外の鋭敏な肉粒をこすられる。身体の芯に重くたまっていく熱と全身を瞬く間に支配する淫玉《いんぎょく》の痺れ。質の異なる悦楽を同時に味わわされて、玉葉は胸を淫らに揺らし、白い喉を大きくそらして、絶え間なく襲う快感に翻弄《ほんろう》された。

「玉葉、おまえは欲張りだな。内も外もどっちも可愛《かわい》がられたいんだな」

「ああ……ちが……んん……！」

神経が焼ききれそうなほどの悦びが全身を駆け巡り、玉葉はびくびくと腰を揺らす。果てしない快感に身体をさいなまれるが、心がまったく追いつかず、涙があふれて止まらなくなる。

それなのに、蒼影は動きを止めてくれるどころか、柔襞を欲望のままに犯しながら、肉粒をやさしく撫でこする。

（壊れてしまう）

理性の糸が蒼影の愛撫によって、一本一本と断ち切られていく。すべて切れてしまったら、自分はどうなってしまうのだろう。

「玉葉、すごい締めつけだぞ。ちぎれそうだ」

「蒼影さま……お願い……やめ……わたし……だめ……」

うわ言のようなつぶやきを聞き流し、蒼影は片手で花芽をいじくりながら、もう片方の手で腰を抱えて中をかき回す。太い楔で膣壁をこすられるのがどうしようもなく気持ちよくて、玉葉は知らず知らず腰をゆらめかせていた。

その腰の揺らぎは抽挿の衝撃をやわらげるための無意識の産物だったが、結果的に蒼影を誘惑するものになっていた。玉葉の腰のうねりに合わせて、蒼影は狭い隧道《すいどう》をこすり、かき回し、玉葉を思いのままに乱した。

「んん……いや……ああ……いや……」

陰玉に円を描かれると快感の鋭さに身悶《みもだ》え、肉棒で無防備な奥を激しく穿たれると、胎の底に熱が宿る。

「もうだめ、だめぇ……！」

重たくなった熱がとうとう弾け、玉葉は滝からつき落とされるように悦びの渦《うず》に飛び込まされた。意識が遠くなり、四肢《しし》が動かせなくなる。なのに、甘くとろけた腰は蒼影をきつく締めあげて、欲深く悦楽をむさぼった。

「……蒼影さま……」

淫唇と同じくらいぽってりと膨れた唇で彼を呼ぶと、蒼影は悠々《ゆうゆう》と腰を使い、玉葉の奥に精液をたっぷりとほとばしらせた。

熱い液をびゅくびゅくとこぼされて、玉葉の最奥が震える。子種を受け止めると、ゆらゆらと揺れる舟に乗せられたときのような不安と相反する満足感を覚え、玉葉は涙を浮かべて息を荒くした。

「玉葉、よかったか？」

蒼影が身体に覆《おお》いかぶさり、艶《つや》やかな黒髪を撫でながら問う。ずっしりと重たい彼の存在感に安堵《あんど》を覚え、無自覚にうなずくと、蒼影が唇の輪郭に紅を塗るように指を這《は》わせた。

「玉葉、声を聞かせてくれ。そうしてくれたら、俺は安心できる」

絶頂の余韻《よいん》がまだ残っていたせいか、玉葉は夢うつつをさまよう心地でつぶやいた。

「……はい。よかった……です」

力ない声だったが、蒼影は満足したように抱きしめて、耳元でささやいた。

「玉葉、これで俺たちが深く繋《つな》がれたことを奴らもわかったことだろう」

四散していた意識が繋《つな》がり、玉葉は耳まで赤くした。

「あ、や……」

与えられる快楽に我を忘れて、あられもなく叫んでしまった。男女の営《いとな》みに溺《おぼ》れきった玉葉の反応を立会人たちはどう思っただろう。

「いや……！」

今すぐにでもここから逃げ出したいとうつ伏せになり、敷布を這おうとするが、蒼影に腰を摑まれて背中にのしかかられれば、あっさり身動きできなくなる。

「離してください！」

「あいつらだったら、もう出ていくぞ」

蒼影の言葉の直後に、衣擦《きぬず》れの音がした。足音が部屋の外に向かい、やがては途絶えてしまう。

今さらながら、羞恥とみじめさが押し寄せて、玉葉の双眸《そうぼう》は情けなくも潤んだ。

「ひどい……どうしてこんなことをなさるんです？」

「おまえが俺の妻になったという証明が必要だったからだ」

「そんな」

涙で視界が歪んでしまう。こぼれ落ちる寸前の雫《しずく》を蒼影は唇を寄せてやわらかな舌ですくいとった。

「俺だっておまえの声を他の奴らになど聞かせたくなかった。妙なる音曲のように麗《うるわ》しい声なのに、もったいない」

真剣に言われて、今度は別の意味で恥ずかしくなった。

「お、大げさですわ」

「大げさ？　どこが。奴らまで惑乱させそうな甘やかなあえぎだったぞ」

恥辱《ちじょく》に全身がわななき、白玉の肌がほんのりと薄紅色を帯びていく。蒼影が感嘆《かんたん》の息をあからさまに漏《も》らした。

「玉葉、おまえはなんて……美しいんだ」

蒼影の長い指が玉葉の背をたどり、柔尻に円を描く。

「や、やめて……」

くすぐったくてたまらず思わずこぼれた忍び笑いは、彼の指が尻の割れ目から秘裂をたどり、一休みしていた花芽を揺すり起こしたとたん、甘やかな息に呑まれた。

「あん……」

先ほどまで散々もてあそばれたというのに、指の愛撫を受けたとたん、そこはぷくりと膨れあがり、快楽の波を生み出す器官となった。貪欲《どんよく》な身体に絶望しながら、玉葉は彼の指に翻弄《ほんろう》されだす。

「も、だめ、です。さきほど充分楽しまれたはず……！」

玉葉は振り返り、彼の下肢《かし》の変化に絶句する。

さっき子種を吐いたばかりの肉鏝は再び力をみなぎらせ、腹につくほど猛《たけ》りくるっていた。

「俺はまだ満足しきってないんだ」

「う、嘘……」

乾ききれてない蜜口から指を差し入れられ、花芽と同時に中をこすられると、一度達した身体は易々と上りつめてしまう。

「あ、だめ……」

「玉葉、もっと楽しませてやる」

彼の舌が肩胛骨《けんこうこつ》にそって這わされる。濡れた舌が皮膚《ひふ》を舐《な》めるたびに玉葉は総毛立《そうけだ》ち、敷布にすがって天上へと追い上げられるほどの悦びに耐えた。その夜、玉葉は数えられぬほどの絶頂を迎え、身体の奥に蒼影の欲望の滴《したた》りを何度となく注がれたのだった。


翌日。橙《だいだい》色の太陽が薄青の空を悠々《ゆうゆう》と昇りつめようとするころ。

「昨夜はお疲れになられたではありませんか？」

髪を梳《す》いていた侍女の一言に、椅子《いす》に座していた玉葉は、ぎくりと肩を強《こわ》ばらせた。沐浴《もくよく》が終わり、自室で身支度《みじたく》を整えていたときである。

（し、知られてしまったのかしら）

明け方近くになるまで、蒼影に愛されてしまったことを。ついにはほとんど喪神《そうしん》してしまい、気づいたときには蒼影の腕の中で眠っていた。彼の体温が心地よく、再び寝てしまった玉葉が目覚めたのは、朝食を食べる刻限をとうに過ぎてからだった。

（情けないわ）

湯殿でも湯浴みに時間がかかった。蒼影が昨夜注いだ子種があふれてきたせいだ。

男女の閨事の経験の浅い玉葉は当然のことながら狼狽《ろうばい》し、ひとしきり出てくるまで洗い場で硬直していた。そのせいで、全身すっかり冷えてしまうほどだった。

「お身体を清めるのもお時間がかかっていらっしゃったので、湯殿で寝てしまったのかと心配いたしました」

玉葉の背後に立ち、少々強いくらいの力で髪を梳る《くしけず》女は、言葉とは裏腹に冷淡だ。衣裳や装身具の準備をする女たちから冷ややかな忍び笑いがもれる。

玉葉は頬をほんのりと染めて、けれど、しっかりと答えた。

「ごめんなさいね。気持ちよかったものだから、つい長居してしまったわ。迷惑をかけたわね」

髪を梳く女の手がいったん止まる。思案にくれるような気配がしたあと、彼女はまた手を動かしだした。

「それにしても、婚礼の儀のあとは、宴席でのご挨拶。お疲れだったでしょう。昨夜の王太子妃さまは、お顔色があまりに白くて心配しておりました」

玉葉の唇に紅をのせながら、他の侍女が言う。

「昨日は、気合を入れて白粉《おしろい》をはたきすぎてしまったわ。今日は控えめにしてもらったから、倒れそうに蒼白いというほどでもないと思うけれど、どうかしら？」

　さらりと冗談めかすと、周囲からこぼれる笑い声はずっと明るくなった。

「王太子妃さまは元々色白だから」

「本当に羨《うらや》ましいほどですわ」

「北燕の方々の肌だってきれいじゃないの。それに緑の瞳はまるで翡翠《ひすい》のようで、本当に美しいと思うわ」

　玉葉の言葉に、侍女たちはいよいよ笑いさざめいた。その様子に密かに安堵《あんど》の息を細く吐く。

（彼女たちに慣れるまでは、気を遣うわね……）

　先ごろまで北燕と東華は干戈《かんか》を交えていたのだ。和平の証《あかし》として玉葉が嫁《とつ》いできたが、その程度で北燕の東華に対する印象が好転するなどとは毛頭思っていない。

（しばらくは気が休まらないでしょうね）

　侍女たちはもっともそばにいる北燕人だ。まずは彼女たちの敵意や反感をやわらげないと、国と国との和睦《わぼく》どころか、玉葉の生活自体が成り立たなくなってしまう。

（それも覚悟の上だけれど……）

　卓の上に置かれた鏡の中の玉葉は、濃い憂《うれ》いを眉の下に漂わせている。

（それよりも、今からの面会のほうが気鬱《きうつ》だわ）

　兄皇帝の秘書官が帰国するにあたって、玉葉に挨拶をしたいのだという。

（あ、あんな声を聞かれてしまったあとだというのに）

にわかに恥ずかしさが募《つの》って、身体《からだ》の中の血が沸騰《ふっとう》するかのような錯覚《さっかく》に陥《おちい》ってしまう。

「王太子妃さま、お熱でもおありなのですか？　お顔が真っ赤に……」

「なんでもないのよ。気にしないで！」

紅を塗り終わったあとの侍女が気遣わしげにするので、あわてて首を横にした。感情の昂《たかぶ》りを抑えるように膝の上でこぶしを握る。

（逢《あ》いたくないけれど、仕方がないわ。向こうだって役目でやむを得ず寝所に侍ったのだもの。こうなったら、さっさと挨拶を済ませてしまいましょう）

苦手な食べ物を丸呑《まるの》みしてしまうように決心をすると、玉葉は鏡の中の自分と睨《にら》みあう。

やがて、髪を梳き終わった侍女が髻をつくって結い上げる。飾られた金細工の鳥や花が艶《つや》やかな髪の間できらめいた。

着せられたのは衿《えり》が右合わせになった上衣と裙子《スカート》だ。左合わせの衿が一般的な東華とは異なる衣裳に戸惑いを覚えつつ服を着る。飛雲《ひうん》や雁《かり》の絵が織り込まれた裙子は柘榴赤《ざくろあか》で、派手すぎるのではと危惧《きぐ》してしまう。

「これは、贅沢《ぜいたく》じゃないかしら」

紅玉や藍宝石《サファイア》を嵌めた金の腕輪や耳飾りに心が弾むと同時にはずしてしまいたくなった。

戦《いくさ》が終わったばかりなのに、こんなふうに着飾ってよいものかと心がうずいてしまったのだ。

侍女たちは互いに顔を見合わせると、尖った声音《こわね》になった。

「王太子妃さまなのですから、これくらいの飾りは当然です」

「そうです。あまり質素にされても困ります」

競い合うように言われて、玉葉は気圧《けお》されるようにうなずいた。

（東華の使者と逢《あ》うから、装いに気合を入れたのね）

地味な格好をしていたら、北燕は貧しいと侮《あなど》られてしまうと警戒しているのだろうか。

「そうね。わたしは王太子妃なのですもの。少しくらい派手でもかまわないわね」

自分の格好を見渡し、満足したようにうなずいてみせると、彼女たちは凱旋《がいせん》してきた兵士のように満足げに頰をほころばせ、後片付けをはじめる。

ちょうど外からやって来た侍女が使者の来駕《らいが》を伝えた。玉葉は手絹《ハンカチ》を手にし、彼女と共に応接間に向かう。

玉葉が与えられた部屋は北燕の王太子の宮殿にある妃のための部屋だ。他、妾妃にあてがわれる部屋もあるのだが、今は空室を守っている。

「北燕の方々といっても、みなが天幕で暮らしているわけではないのね」

「こんな宮殿に住むことができるのは、王族の方々だけですわ」

「そう。とても贅沢《ぜいたく》なことなのね」

回廊《かいろう》を歩きながら嚙《か》みしめるようにつぶやくと、侍女はこらえきれぬというように笑いをこぼした。

「北燕人には宮殿住まいを嫌うものもおりますのよ。天幕暮らしに慣れてしまって、そちらのほうが性《しょう》に合っていると好むものもいるんですから」

「東華人とは違うのね」

東華と北燕は住まいに対する考え方さえ違う。

広大な敷地に塀《へい》を廻らし、いくつもの殿閣を建てる住まいが理想だと考える東華人と自然の合間を転々として暮らすことを厭《いと》わない北燕人は、生活の仕方から異なるのは当たり前だ。

（互いの違いを理解し、それを認め合えるようになればいいのよね……）

玉葉の役目はその手伝いをすることなのだろう。今回の結婚の意味をつらつら考えていると、とうとう応接間にたどりついてしまった。

「使者の方はすでにお待ちです」

「そ、そうなの」

今さら怯《ひる》み、回れ右をして逃亡したくなった。寸前まで真面目《まじめ》な考えを廻らせていたのは、この現実から逃れるためだったのだと実感する。

侍女が両開きの扉を開けると、玉葉を先導する。重い足を引きずるようにして入室した玉葉は、拱手《きょうしゅ》して深く頭を下げる秘書官に出迎えられた。

秘書官の背後にある高座にしつらえられた椅子《いす》に座ると、彼が玉葉のほうに身体を向ける。

頭は下げたままだから、どんな顔をしているかわからない。

「頭をあげてちょうだい」

命令というよりは、むしろ懇願《こんがん》としか聞こえない口調で玉葉が告げると、秘書官はしずしずと頭を上げた。その面《おもて》には、一筋の感情の乱れもない。

「お忙しいところ、公主さまにおかれましてはご足労《そくろう》をいただき、ありがとうございました」

「いいえ、いいのよ。当然だわ。あなたは国に帰るんだもの。お兄さまに……その……ご報告をするんでしょう?」

昨夜のあられもない痴態《ちたい》を報告されるのかと想像すると、みっともなさで胸が塞がれるが、秘書官の表情にはなんの変化もあらわれない。

「はい。陛下は公主さまをたいへんご心配になり、こちらに発《た》つ前も、公主さまのことについては仔細《しさい》かまわず奏上せよとお命じになられました」

「そ、そうなの」

「ですから、昨晩の王太子殿下のご寵愛《ちょうあい》の様子を陛下がお聞きになったら、たいそうお喜びになるかと存じます」

「よ、喜ぶですって?」

かんかん照りの空から雨が降ってきたかのように驚く。

あわてふためく玉葉を前にしても、彼の沈着な態度は揺るがない。

「公主さまは敵国に嫁《とつ》がれた身。にもかかわらず、夫君たる王太子殿下は公主さまを深く愛しておられました。それゆえ、昨晩の房事《ぼうじ》の折には、わたくしもよきご報告ができるとほっとしておりました」

「ほっとしたってどういうことなの……」

あんなあられもない声を聞きながら、胸を安らげていたのだろうか。なんとも理解しがたい思考に、逆立ちで歩き続ける人を目撃してしまったような驚きと薄気味の悪さの両方を味わってしまう。

「しかし、初めての公主さま相手には、いささか激しすぎるのではないかと危惧《きぐ》いたしました。もう少し手加減されてもよろしかったのではと。公主さまはいかがだったでしょうか？」

「え、ええ⁉」

予想もしなかった質問をされ、膝の上で手にしていた手絹《ハンカチ》を洗うかのように力いっぱい揉《も》んでしまう。

（こ、答えられるわけがないわ。初めてではなかっただなんて）

結婚前に軽々しく処女を捧げたのかと軽蔑《けいべつ》されるかもしれないし、何より、そんなはしたないことを口にはできない。

「そ、その、それは……」

「ああ、失礼いたしました。不躾《ぶしつけ》な質問をしてしまい……ともあれ、ご夫婦の仲が安泰であるなら、喜ばしいことです。両国の真の和睦にもつながるでしょう」

「そ、そうかしら……」

「公主さまには今後も殿下とお励《はげ》みいただき、東華と北燕の血をひくお世継ぎをもうけていただければ最上に思います」

「わ、わかったわ」

際どい言葉を重ねながら、仮面をかぶったように表情を変えぬ秘書官に戸惑いながら、鷹揚《おうよう》にうなずいた――というよりも、それくらいしかできなかった。

「それでは、わたくしは失礼いたします」

用は済んだとばかりに秘書官は頭を深く下げる。

「東華までは遠いわ。道中、気をつけてね」

東華との国境までは半月ほどはかかるだろうか。これからの長い道のりを案じていると、秘書官は一礼した。

「温かいお言葉をいただき、感謝に堪《た》えません。幸い、王太子殿下が直属の護衛をつけてくださいました。戦後ゆえ北燕の民の中には東華への敵意が強いものもいるからと案じてくださり……。殿下は真に東華との友好を考えていらっしゃるのだと感激いたしました」

「蒼影さまがそんなことを……」

しわくちゃになってしまった手絹を胸に押し当てた。

彼は真剣に東華との関係改善を考えてくれているのだろう。その点に関しては、ひたすらに感謝するしかない。

「公主さま、これからもおふたりが仲睦《なかむつ》まじくお過ごしになられることをお祈りいたしております」

「……ありがとう」

蒼影には感謝を抱きつつも、身体を先につながれてしまったことに戸惑いや胸のきしみを覚えてしまっている。

けれども、そんな個人的な感情にはふたをしなければならない。

二国の和睦のために玉葉も力を尽くさなければならないのだから。

そんな決意を秘めてうなずくと、秘書官は無表情のまま忠告をすらすらと言上する。

「東華と北燕の戦は終わったばかり。公主さまへの風当たりも強いでしょう。まずは王太子殿下をお味方につけられれば最上策と思います。王太子殿下が公主さまを妻として厚く遇すれば、周囲の反応は変わってくるでしょうから。さらに、おふたりが毎夜の生活をお励《はげ》みになられ、世継ぎを設けられれば、公主さまのお立場は磐石《ばんじゃく》になられるかと存じます」

「わ、わかっているわ。しっかり励みます」

玉葉は恥ずかしさのあまり半泣きになると、彼にこれ以上発言させせぬように、何度も何度もうなずいてみせたのだった。

三章　深紅の花は風に揺れる

婚礼後の数日間、玉葉《ぎょくよう》は蒼影《そうえい》に指示され、彼が派遣した役人と共に王都を見学してまわった。

王都は高い壁で周囲を囲まれていて、全体的な構造は東華《とうか》の都とそっくりだ。

けれど、内部の建物の造作は異なっていて、木造の建物が多い東華とは違い、土煉瓦《つちれんが》を積み上げた建築物が多い都は、質朴《しつぼく》な印象を強く与えた。

「こちらが養心院《ようしんいん》です」

その日、案内されたのは、都の端に佇《たたず》む館だった。真新しい館で、門前にかかげられた扁額《へんがく》の墨痕《ぼっこん》が鮮やかだ。

「子どもの声がするわね」

笑い声や泣き声、金切《かなき》り声《ごえ》の合間には大人の叱責《しっせき》が聞こえるが、それもすぐに賑《にぎ》やかな雄叫《おたけ》びにかき消されてしまう。

「ここは、親を亡くした子どもたちを養育するための施設ですよ。王太子殿下のご下命で建てられたのです」

役人はにこにこしながら説明すると、先に立って玉葉を案内する。

玉葉は一瞬足を止めて、北燕《ほくえん》独特の文字が書かれた扁額をまじまじと見つめた。

（こんな施設をお建てになるなんて、おやさしい方なのね）

玉葉を賊《ぞく》から助けたとき、同国人といえども容赦《ようしゃ》なく矢で射抜《いぬ》いた彼と保護者を失った子どもたちの集《つど》う館を建てる彼。どちらも同じ人間なのだと思うと、ひどく不思議に感じてしまう。

「王太子妃さま、どうかされましたか？」

「いいえ、なんでもないわ」

玉葉は扁額から視線をはがすと、役人に先導されて門をくぐった。

中庭では数十人の子どもたちがたらいで芋《いも》を洗うように遊んでいた。下はそれこそよちよち歩きの幼児から上は十代はじめらしき子まで、追いかけっこをしたり、毬《まり》を投げあったりして好きなように楽しんでいる。

「さあ、王太子妃さまのお出でですよ。みんな並んで」

制止する間がなかった。養心院の世話係がそう叫ぶと、子どもたちを整列させる。

「王太子妃さまにご挨拶を」

世話係の女がうながすと、並んだ子どもたちがばらばらと頭を下げた。礼をしたあとに向けられた瞳には様々な感情が宿っている。

玉葉は内心でおののいていた。好奇をあらわにした瞳は微笑《ほほえ》ましいくらいだが、中には敵意を剝《む》き出しにしている双眸《そうぼう》もある。

（もしかしたら、今回の戦《いくさ》で親を亡くしたりしたのかしら）

申し訳なさや痛ましさを感じつつ子どもたちを見渡すと、官吏《かんり》がすぐそばに立ちささやいた。

「王太子妃さま。何かお言葉を子どもたちにかけてやってください」

「お、お言葉……」

喉《のど》を鳴らした。もしかしたら、東華との戦で親を失った子がいるかもしれないのに、どんな言葉をかければいいのか。

途方に暮れて子どもたちを眺める。彼らは今にも遊びたさそうにもじもじとしながらも、玉葉が口を動かすのを待っている。

あどけない表情に愛《いと》おしさがこみ上げて、頰が自然と緩んだ。

（難しいことじゃなくていい）

自分が北燕でやりたいこと、やらなければならないことを素直に告げればいい。

「……今日はわざわざ出迎えてくれて、ありがとう」

笑顔で心からの感謝を述べると、子どもたちがきょとんとした顔をした。〝偉い〟人から礼を言われる経験がないから、どうしてよいかわからないのだろう。玉葉は笑みを深めた。

「わたしが東華から王太子さまに嫁いできたのは、北燕と東華との平和のためです。将来、あなた方が東華と戦をしないでいいように、両国が仲良くできるお手伝いをしたいと思っています。みんなに東華とお友達になってよかったと言ってもらえるように、力を尽くします」

ゆっくりと告げた言葉を聞き終わっても、多くの子どもたちは不思議そうにしている。隣に立つ子と首を傾《かし》げあう姿に、玉葉は苦笑を唇にはいた。

「東華となんか、仲良くなれるもんか」

十歳を少し過ぎたと思《おぼ》しき男の子が、顔をしかめて叫ぶ。養育係があわてて近寄ると、その子の頭をはたいた。

「なんて失礼なことを言うの！」

「いえ、いいのよ。東華とは戦を――つまり、ひどい喧嘩《けんか》をしていたのだもの。そう思われたとしても仕方がないわ」

眼裏《まなうら》に大怪我《おおけが》をした北燕人たちの姿が映る。彼らの東華への恨みは骨髄《こつずい》に達しているだろう。東華の兵もまた北燕を憎んでいる。けれど――。

「隣り合って暮らしている以上、北燕と東華は係わり合いにならないということもできないわ。ならば、親しくなったほうがいいと思うのよ。みんなだって、同じ家に住む兄弟のようなものでしょう?　喧嘩をして仲直りをしないままでいるのは、気まずいと思うの」

幼い子たちにも理解できるようにと精一杯かみくだいて説明すると、うなずく子もあらわれた。玉葉は力をもらった気になって、さらに言い募《つの》る。

「北燕と東華だって、仲良くなったほうがいいと思うのよ。お隣同士なのですもの。足りないものを分け合ったり、助け合ったりできるわ。もちろん、すぐにはできないかもしれないけれど。わたしはその手助けをしたいの」

一息に言ってしまうと、子どもたちの多くはおずおずとうなずいている。むろんそっぽを向いている子もいるが、当然の反応だろう。

「ごめんなさいね。難しい話をしてしまって。さ、みんな、遊びの時間よ」

玉葉が晴れやかな笑顔で告げると、子どもたちは解放された喜びをあらわにして駆け回っている。そのにぎやかな光景を眺めながら、玉葉は胸に右手を置いた。

（わたしったら、こんなところで演説めいたことをして……）

思いのたけをいたいけな子どもたちに表明するなんて、自己満足としか思えない。それでも、誰かに玉葉が嫁《とつ》いだ意味を伝えたかったのだと隠れていた我が意を悟る。

自分の意志は置き去りに、品物のように運ばれて嫁いだけれど、だからといって物のように何もしないでいいわけではない。自分が嫁いだことで何かを改善しなければと切に思う。

足元を踏み固めるように考えていると、小さな物音が近くでした。

「お妃さま」

声をかけられて、玉葉は意識をそちらに向けた。童女が鮮紅色の結い紐を突き出す。

「これ、あげる」

「まあ、こんなきれいなものもらえないわ」

「お妃さま、がんばって。だから、あげる」

つたない言葉に心からの励《はげ》ましを感じ、玉葉は胸を熱くした。

しゃがんで彼女と目を合わせる。

「ありがとう。気持ちだけで充分よ。これは、あなたの大切なものじゃないの？」

「うん、お母さんの形見なの。でも、お母さん言ってたの。大切な人には、自分が大切にしているものをあげなくちゃって」

「まあ」

感激で喉《のど》に息がせりあがり、玉葉は童女をまじまじと見つめる。

母の遺《のこ》した言葉を忘れず、宝物のような紐を初めて逢《あ》った玉葉に与えようとするなんて――。

「大切なものだったら、なおさらもらえないわ。そうだわ。これであなたの髪を結ってあげる」

背を向けさせると、髪をまとめて結い紐でまとめてやる。細い首があどけなく、玉葉の頬は自然と緩んだ。

「さ、できたわ」

「本当？」

童女が花ほころぶように笑う。

「とても可愛《かわい》いわよ」

くれる。


「お妃さま、ありがとう！」

ぴょこんとはねる姿に胸の内が洗ったように清々しくなった。東華人の自分を受け入れてもらったのだという感激に、しばしひたる。

「王太子妃さま、行きましょうか」

案内役にうながされ、玉葉は立ち上がった。外に出ようとすると、子どもたちが手を振ってくれる。

「さよならー！」

一番大きく手を左右にしているのは、髪を結ってやった童女だ。玉葉は微笑みを浮かべて、彼らに負けじと手を振り返す。

養心院の外に出ると、思いもよらぬ人物と鉢合《はちあ》わせした。

「義姉上《あねうえ》、このようなところで何をしておいでで？」

「藍影《らんえい》さま」

馬上から玉葉を見下ろす彼は、色を塗ったように鮮やかな唇に笑みをはいていた。

「都の視察をしていたのですわ。蒼影さまに勧められたのです」

「それで哀れな子どもたちを慰めていたわけですか？　兄上は新妻に随分《ずいぶん》しみったれたことをさせるのですね」

藍影の言い方にむっとし、眉根《まゆね》をぐっと寄せる。

「子どもたちが可愛いらしくて、わたしは楽しんだくらいですわ」

「おやさしいことですね。義姉上の立派な心映えは、まさに王太子妃にふさわしい」

称賛とも揶揄《やゆ》ともつかぬ言い方にどう反応すればよいか迷っていると、藍影が優美に手を差し出す。

「義姉上、よろしければ、わたしの宮殿も視察なされませんか？　お疲れでしょうから、東華の茶で一服なされればよろしい」

「お誘いは嬉しいのですけれど……」

困惑して案内役の官吏《かんり》を見れば、彼も困ったような顔をしていた。官吏は蒼影の命令で玉葉を案内していたのだが、自分より明らかに身分の高い藍影の申し出を断るわけにはいかないと思っているはずだ。

玉葉は試しに官吏に問いかける。

「あとひとつ見学するところがありましたわね」

「……ありましたが、どうしても今日行く必要はないかと……」

彼の返答は歯切れが悪い。藍影に遠慮《えんりょ》をしているのは明らかだ。玉葉は心中で考えを練《ね》り上げる。

（ここで断るのは失礼よね）

周囲には玉葉や藍影の護衛も控えている。彼らの面前で誘いをつっぱねれば、藍影の面目は丸つぶれだろう。

（この機に藍影さまがどんな方か見定めるのもいいかもしれないわ）

蒼影と藍影はあまり仲がよくないらしい。確かに性格はかなり異なるようだが、他にも何かしらの理由があるのかもしれない。せっかく誘いを受けたのだし、藍影の人物を知る好機として生かすべきだろう。

（それに、東華の茶が懐かしいわ）

蒼影に頼めば取り寄せることが可能だろうが、北燕の茶になじむためにも我慢をしていたのだ。けれど、そろそろ東華の茶の味が恋しくなってきたのも事実だった。

「では、藍影さまのお邸を視察させていただきますわ」

冗談めかして答えると、藍影の笑みが深くなった。彼は玉葉の護衛に向け、顎《あご》をそらす。

「義姉上の馬の用意を」

「藍影さま、わたしはひとりでは馬に乗れないのです」

あわてて制止すると、彼は不思議そうな顔になり、それから手を打った。

「ああ、そうでしたね。東華の令嬢は北燕の女たちと違い、馬に乗ったりはしないのだった」

「すみません。こちらでは当たり前のことができなくて……」

首をすくめて答えた。北燕では、名家の娘といえども馬に乗れて当然らしいが、東華では違う。馬が貴重なせいというより、東華では未婚や既婚を問わず、尊貴《そんき》な家の女は家に閉じこもって過ごすのが当たり前だからだ。もっとも、玉葉が馬に乗れないのは、貧しくて馬を購入できなかったからだが。

「ならば、わたしと同乗なされればよい」

藍影に手を伸ばされ、玉葉はほんの少し躊躇《ためら》い——結局は彼の腕を借りた。鐙《あぶみ》に足をかけ、彼の腕をつかむと、存外に強い力で鞍《くら》に引き上げられる。前に座らされると、当たり前のように腰に手を回された。振り返ると、藍影はやさしげに目を細めた。

「危ないですからね。もたれてもかまいませんよ」

背にあたる彼の胸は筋肉質で、華麗《かれい》な見た目に反して鍛え上げているらしいことがよくわかる。玉葉は戸惑いながらも、うなずいた。

「ありがとうございます」

「では、参りましょうか」

馬首を返すと、馬を小走りに進ませる。さすがに北燕の男らしく、操りかたは巧みだった。

ふたり分の体重を運ぶ馬を危なげなく走らせる。

「義姉上もひとりで馬に乗れたほうがよろしいと思いますよ。北燕で生きていくならば、必須の技能だ」

「そ、そうですわね」

相槌《あいづち》を打ったものの、視界の高さに目がくらみそうになっている上、ひっきりなしに揺れるのに、ひとりで乗るなんて果たしてできるのかと不安になる。藍影は涼しげに言い放った。

「なんでしたら、わたしがご指導しましょうか？」

「いえ、蒼影さまに習いますわ」

当たり前のように即答して、思わず頰を色づかせる。蒼影は夫なのだから、乗馬を習得するには彼に習ったほうがいいのは確かだけれど、当然のように彼の名を口にした自分に照れくさくなってしまった。

「それは残念ですね」

言葉とは裏腹に、彼はさして失望していないようだった。安堵《あんど》すると同時に、首を傾《かし》げたくなるような違和感がある。もやもやした何かを抱えたまま、彼の邸に到着した。護衛と引き離されて、邸宅の中に案内される。

藍影の宮殿は、蒼影のそれと同じように、主人の暮らす主宮殿が北にあり、中庭を囲んで左右に夫人や使用人のための部屋があるというつくりになっていた。主宮殿は炕《かん》が設けられている点は蒼影の宮殿と同じだが、寝室の隣にある応接間は東華の品々で埋め尽くされている。青磁《せいじ》や白磁《はくじ》の焼き物に、螺鈿《らでん》細工のきらきらしい箱。濃淡様々な墨《すみ》で描かれた山水画に力強い筆致の書。

「藍影さまは東華の文物が本当にお好きなのですね」

懐かしいそれらを眺めているうちにふと思いつく。

東華と北燕で職人の行き来を推奨《すいしょう》するのはよいかもしれない。

（たとえば北燕の馬の飼育法を知ることができたら、どんなに役に立つかしら）

逆に北燕に東華の製陶《せいとう》や農耕の技術を伝えるのはどうだろう。

（馬の飼育係を東華に派遣したら……ああ、でも、馬は戦争に必要だから、北燕側は渋るかもしれないわ）

相手を利するような真似《まね》はできないと拒否されるかもしれないが、蒼影に相談してみる価値はあるのではないか。

考えに没頭していると、不意に肩に手を置かれる。

ぎょっとして飛び上がりかけると、すぐそばに藍影がいた。

「義姉上、何をぶつぶつと呟かれておられるのです？」

「ああ、いいえ、その北燕と東華で職人を派遣しあうのはどうかと思って」

自らの考えを話すと、藍影の口元に笑みが広がっていく。皮肉気な微笑に玉葉は自らの考えの甘さを悟った。

「義姉上の考えはおもしろいですが、賛同を得られるかはわかりませんね。特に良馬の飼育は北燕の軍の生命線ですから、そう簡単に東華には教えられませんよ」

「そうですわね……」

「しかし、義姉上がそのようなことを考えているとは意外でした」

「どういう意味ですの？」

小首を傾《かし》げれば、藍影がそっと玉葉の右手を摑《つか》む。両手でくるまれて、驚きのあまり鼓動が鳴った。

「義姉上は兄上に略奪されたとお伺《うかが》いしたときから、胸を痛めておりました。無理やりに花嫁にされ、さぞ北燕を——いや、兄上を恨んでいるだろうと」

彼の発言に瞼《まぶた》を開く。恨みに思ったことはないといっていい。蒼影とはいずれ結婚しただろうと思えたからだ。

（そうよ。納得したわ）

だけど、本心はどうだろう。本当に結婚を受け入れたのかと問われれば、即答はできない。

「義姉上、東華に帰りたくありませんか？」

「藍影さま、何をおっしゃっているのです？」

「わたしだったら、義姉上を東華にお戻しすることができますよ」

息を吞《の》んで彼を見上げた。そんなことは不可能だ。第一、帰ったとして、誰が喜ぶというのか。

「……わたしの居場所は北燕にしかありませんわ」

藍影がどうやって玉葉を東華に戻すのか知らないが、帰国したとしても、出戻りの公主など肩身が狭いだけだ。

「兄上がいなくなれば、義姉上は東華に帰れますよ」

弾かれたように藍影を見つめる。危険な匂《にお》いのする発言におののいた。

「藍影さま……」

「兄上にもしものことがあれば、義姉上はわたしの妻になる。そうなったら、義姉上を東華にお戻しすることが可能だと申しているんです」

「な……！」

頬を張られたような衝撃にとっさに言葉を失った。心の底にじわじわと滲《にじ》んでくる嫌悪と不快を表に出さぬよう唇を引き締める。

（わたしが藍影さまの妻になる？）

藍影は義理とはいえど弟になるのだ。弟に嫁ぐなんて、禽獣《きんじゅう》の行いだとしか思えない。

（むろん知っているわ。それは北燕の風習のひとつなのだもの）

夫を亡くした女を夫の親や子や兄弟が娶《めと》るのは北燕の因習だ。弱い女を庇護《ひご》するための結婚だというが、東華でもっとも毛嫌いされている風俗である。自分の親や兄弟に嫁ぐのと等しい蛮行《ばんこう》だと考えられているのだ。

（……藍影さまに嫁ぐなんて絶対に嫌だわ）

想像しただけで、気分が悪くなる。風習に従いたくないという理由以上の何かがある。

（なんなのかしら、これは……）

蒼影に嫁いだときは、心は揺れ動いたけれどもなんとか納得できた。

だが、藍影と結婚すると考えると、気味が悪くて仕方がない。

名状しがたい感情の波に内心で驚いていると、藍影が意識を奪うように手を引いた。

「茶でも飲みましょうか、義姉上。顔色が真っ青ですよ」

動揺《どうよう》の収まらない玉葉を藍影は卓に案内してくれる。おずおずと椅子《いす》に座ると、彼は玉葉と卓を挟んで斜めの位置に腰を落ち着けた。

ほどなくして黒髪の侍女が盆を掲げて入室する。盆には茶杯と急須《きゅうす》が載っていた。

「まあ、あなた……」

侍女は東華人の娘だった。丸顔の少女は、背の半ばまでの黒髪を耳の脇でまとめ、胸元に垂らしている。笑うと唇のそばにできるえくぼが可愛《かわい》らしさを強調していた。

「お、お初にお目にかかります。王太子妃さま」

「あなた……どうして東華の娘がここにいるの?」

侍女に投げた問いを受け止めたのは藍影である。

「借金のかたに売られていたのを買ったのですよ」

安売りの品でも手にいれたように告げられ、玉葉はとっさに何も言えなかった。

「さ、早く茶を用意しろ」

侍女は小さく頭を下げると、茶を茶杯に注ぐ。簡単な所作《しょさ》なのに、よほど緊張しているのか、急須を傾ける手は小刻みに揺れていて、茶の雫《しずく》が卓にこぼれるほどだ。

「し、失礼を」

歯の隙間《すきま》からしぼりだすような謝罪を聞いても、藍影の表情は冷たく凍りついていくばかりだ。

「茶を注ぐことすらまともにできんとは」

「そのようにおっしゃらなくても――」

叱責《しっせき》の冷ややかさに思わず彼女をかばってしまうと、藍影から微笑《ほほえ》みかけられた。卓に置いていた手に藍影の大きな手を重ねられ、動揺のあまり玉葉は肩を小さく揺らしてしまった。

「義姉上は不出来な者でもおかばいになる。実におやさしいことですね」

茶の香りがふんわりと漂う。黄金色の茶の香りは清々《すがすが》しいものだったが、それに混じる果実のような甘い芳香がやけに鼻につく。

「よい香りでしょう?」

藍影の一言に戸惑いつつうなずいた。瞼《まぶた》を伏せて逃げるように退室する侍女が気の毒で、つい目で追ってしまう。

「義姉上、さあ、どうぞ」

茶杯を手にして、茶の香りをあらためて嗅《か》ぐ。爽《さわ》やかな薫香《くんこう》の下の甘ったるい匂いに、なぜか嫌悪感を覚えた。

「義姉上、さあ」

藍影の微笑は、仮面に刻んだそれのように感情を伴《ともな》わないものだった。それでいて視線は熱を帯び、ねばりつくように肌を滑っていく。玉葉は茶杯を唇のそばに近づけながら、しかし、中味をどうしても口に入れられずにいた。

そのとき、控えめな衣擦《きぬず》れが扉の向こうからした。

「あの……藍影さま、お客さまがお越しです」

聞こえてきたのは、あの侍女の声だ。藍影は苛立《いらだ》たしげに吐き捨てた。

「今、取り込み中だ。待たせておけ」

「で、でも、王太子さまの使いで……」

消え入るような語尾を聞くなり、藍影は派手に舌打ちした。椅子《いす》を乱暴に動かして、立ち上がる。

「義姉上、すぐに戻ってまいります。少々、お待ちを」

押し付けるような言葉を残して藍影が出て行くと、玉葉はほっと息を吐いた。茶杯を卓に置くと、全身がかすかに震えていた。

「王太子妃さま、大丈夫ですか？」

飛び込んできた侍女に肩を揺すられ、玉葉はあわてて彼女を見た。

「え、ええ」

「……お茶をお飲みになりました？」

喰らいつくような眼差《まなざ》しに驚き、首を左右にした。

「いいえ、まだ」

「よかった……！　王太子妃さま、ここからすぐに出ましょう」

「ええ？」

侍女は返答を待たず、玉葉を引っ張りあげた。つられて立ち上がると、手首を掴まれ、半ば引きずられるようにして部屋の外に出される。

「わたしは藍影さまを待たなくては……」

「お待ちになってはだめです！　護衛の方をこっそり呼び出して、太子殿下の使いに仕立てているんですから、その隙に逃げなくては！」

唖然《あぜん》として言葉が出ない玉葉に、侍女は眦《まなじり》をあげて言い募る。

「あのお茶の中には、眠り薬が入っていたんですよ。お飲みにならなくてよかった……！」

早足の彼女が小声で告げた内容に目を剝いた。なぜそんなものが入っているのか、さっぱりわからない。

「ね、眠り薬？　そんなものを入れて、わたしをどうしようと――」

「藍影さまは王太子妃さまの美しさをことあるごとに称賛していらっしゃいました。きっと、よこしまなことをなさろうとしたに違いありません」

「ま、まさか」

玉葉は頬をかすかに引きつらせて、首を軽く横にした。

蒼影の妻である自分を眠らせて手を出そうとするなんて信じられない。

「そんなこと、ありえないわ」

「藍影さまと王太子さまは不仲です。太子さまへの嫌がらせに王太子妃さまを襲おうとしたんです！」

恐怖のためか目を見開いて侍女は断言する。そうまで言われると、玉葉も迷った。

「まさか……」

後継になれなかった恨みを晴らすために玉葉の肉体を蹂躙《じゅうりん》しようとでもしたのだろうか。それとも、蒼影への嫌がらせのつもりなのか。

どっちにしろ、そんなことをしたら破滅を招くも同然だ。彼がそんなことすらわからないほど愚かだとは信じられないのだが。

脳内で考えを廻らせているうちにも、侍女は玉葉を門庭に連れ出すと、外の詰め所にいる護衛を呼んできた。集まってきた護衛たちは面食らったような顔をしている。

「王太子妃さま、息を切らしてどうなさったのですか？」

「その……」

玉葉は視線を泳がせてしまう。まさか、藍影に襲われそうになったのだとは口に出せない。

（証拠がないもの。軽々しくは言えないわ）

見れば、侍女も眼差しで雄弁に語っていた。どうか自分のことは告げないでほしいと黒い瞳が必死に訴えていた。

「少し気分がすぐれなくて……帰りたいの」

護衛たちは表情をきりりと引き締めた。

「それはいけません」

「何かあったら一大事。急ぎましょう」

護衛たちはすぐに馬に鞍《くら》をつけて引いてきた。

「王太子妃さま、どうぞ」

馬に乗るよう勧められ、玉葉は侍女を見た。彼女は今にもこぼれそうに涙をためて玉葉を見つめ返す。胸をつかれたような心地だった。彼女の目は濃墨《こずみ》にひたしたような暗い色をしていた。

（この娘をおいていくわけにはいかないわ）

もしも娘の言うとおり、藍影が玉葉を穢《けが》そうと狙っていたなら、彼女にまんまと欺《あざむ》かれたことになる。茶をこぼしただけで、鞭打《むちう》つように叱責《しっせき》をしていたのだ。騙されたと知ったら、どうするか。

「一緒に行きましょう。あなたにはわたしの侍女になってもらうわ」

娘の目が燦然《さんぜん》ときらめいた。玉葉はすでに馬上にあった護衛に彼女を押し出す。

「この娘を乗せてちょうだい」

「は、はい」

護衛の手を借りて、侍女が鞍上《あんじょう》に腰を落ち着けたのを片目に見るなり、玉葉は他の護衛の手を借りて馬に乗る。

「行きましょう」

藍影に押しとどめられぬうちにとあせる玉葉の命令を聞いた護衛たちは、ただちに馬を門外へと進ませていった。


宮殿に帰った玉葉に素貞《そてい》と名乗った侍女がしたことは涙ながらの謝罪だった。

「藍影さまが眠り薬を盛ったというのは嘘なの？」

唖然《あぜん》として問うと、彼女は桃色の頬に涙を伝わせた。

「……申し訳ありません。藍影さまの元からどうしても逃げ出したくて、公主さまのお力をお借りしてしまいました……」

床にひれ伏す彼女を見下ろして、玉葉は呆然《ぼうぜん》と立ち尽くす。

藍影から逃れたいばかりに茶に眠り薬を盛ったと嘘をつき、玉葉と共に逃げ出したのだと告白され、困惑の極致に陥《おちい》った。

「なぜ逃げたかったの？」

まずはそれを知らなければと静かに問えば、無言で袖《そで》をめくってみせた。

血色のよい肌に走るみみずばれに口元を覆《おお》う。

「……まさか、藍影さまに？」

直感の働くままに確認すれば、小さく顎《あご》を引く。痛ましさに眉《まゆ》を寄せた。

「失敗をするごとに叩かれて――」

またたきをするたびに涙がこぼれて床に落ちる。玉葉は奥歯を嚙《か》んだ。

「素貞、安心なさい。これからはわたしに仕えてくれればいいわ」

「本当ですか？」

顔を上げた彼女は本当に嬉しそうだった。玉葉は力を込めてうなずく。

「わたしがあなたを守ります。だから、これからはわたしのために働いてくれる？」

藍影のところには帰せない。蒼影の使者が来たなどと嘘をついて藍影を騙《だま》したのだ。戻したら折檻《せっかん》どころではなく、下手をしたら命さえ奪われてしまうかもしれない。

（そんなことさせるわけにはいかないわ）

嘘をついたことを含めて彼女を守らなければ。そんな決意を秘めて手を差し出すと素貞を立たせる。

「公主さま……」

ったのだと」

「藍影さまにはわたしから手紙を送っておきましょう。あなたを欲しくなったから、連れて帰
「そんなことをなさって大丈夫ですか？」

不安げにする素貞に微笑んでみせた。

「大丈夫よ。わがままな女だと思われる程度で済むでしょう」

藍影が公《おおやけ》に玉葉を非難するとは思えない。含むところはあるかもしれないが、おそらくは素知らぬふりを通すのではないか。

そう期待して手紙を書いた玉葉だが、果たしてその返事は『義姉上のお好きにどうぞ』という素っ気ないものだった。玉葉は晴れて素貞を侍女としたが、彼女は恩返しのつもりなのか、実によく働いてくれた。

「素貞、がんばりすぎよ。今日は夜明けから起きて厨房《ちゅうぼう》の手伝いをしていたんでしょう？」

藍影の邸から帰宅した数日後の夜。卓上の鏡を前に、椅子《いす》に座った玉葉は湯浴みのあとの髪を素貞に梳《す》いてもらっていた。

「わたしが今あるのは公主さまのおかげですもの。なんでもいたします」

ほがらかに玉葉の髪を梳く少女を見ていると、軍営で別れたきりの侍女を思い出す。

玉葉が北燕に来たのちに、兄から手紙がきた。侍女が北燕に行きたがっていると書いたその手紙への返信で、玉葉はきっぱりと断った。故郷に病がちの母がいる侍女を遠い北燕に招くわ

けにはいかなかった。

「公主さま、どうされたんですか？」

「いいえ、あなたを家に帰さなくちゃいけないと思っていたの」

鏡の中の自分と見つめ合って温めていた考えを話す。

彼女は悲しげな笑みを浮かべて玉葉の横顔を見つめた。

「わたしは親に棄《す》てられたも同然なんです。だから、公主さまにお仕えさせてください」

「そうはいかないわ」

「いいえ、公主さまのおそばにいさせてください。遠い北燕の地で犠牲になられている玉葉さまのお手伝いをしたいんです」

「犠牲……」

そんな単語で玉葉の立場を完結させられると、心がきしんだ。黙りこくると、彼女は慰めるように怒りをあらわす。

「皇帝陛下はわたしの親と同じです。公主さまを好きに利用して……。婚礼に反対していた王《おう》舜《しゅん》さまも、結局は公主さまを利用して自分の考えを示していただけじゃないですか」

「よく知っているのね、王舜さまの気質を」

確かに彼女の言う通りなのだ。婚礼反対派は玉葉のことを心配してくれたわけではない。玉葉の名を利用して、自分の考えを主張していただけなのだ。

「……いえ、人伝えに聞いたことから推察しただけです。それより、公主さま。東華にお帰りになりたいと思われないんですか？」

「帰れないもの」

玉葉は鏡の中の自分と見つめあった。和平のための結婚なのだ。帰れるはずがない。ここを故郷にしなければいけないのだ。

けれど――。

「お気の毒です。こんな辺鄙《へんぴ》なところでお過ごしにならないといけないなんて」

しんみりと言われると、心に疼痛《とうつう》が走る。玉葉はうつむいた。櫛《くし》を通される豊かな髪がさらさらと鳴る。

「……きっといつか、ここが故郷だと思える――」

口にしかけた言葉が途切れたのは、扉が開いたからだ。

蒼影が入室するや、部屋に緊張が走った。

「今夜はお越しになられるとのご連絡をいただいておりませんわ」

「なんだ、妻の部屋を訪れるのにも許可がいるのか。それは東華のしきたりか？」

飾りのほとんどないあっさりとした長衣をまとっていても、彼には為政者《いせいしゃ》らしい圧迫感がある。玉葉は気圧《けお》されるまいと目の前に立った彼を睨んだ。

「礼儀の問題です」

「北燕にはそんな礼儀はない。昔から家族はひとつの天幕で暮らしてきたからな」

真っ向から主張がぶつかり合う形になり、玉葉は内心で密かに腹を立て、かつ、この事態をどう穏便に収拾《しゅうしゅう》するか悩んだ。

(わたしが謝るべきなのかしら)

それが一番簡単にこの場を収める手段なのかもしれないが、むくむくと膨らみはじめた怒りが完全に拒否している。

(今夜行くと言えばいいだけじゃないの)

その手間を惜しんだ相手に謝るなんて業腹《ごうはら》だ。

口を引き結んで互いに睨《にら》み合っていると、横合いから素貞がそろりと口を挟んだ。

「あの……お茶でもお運びしましょうか」

その言葉に肩から力が抜ける。この間合いでお茶を出したら、蒼影が部屋から去らないではないか。

「しばらくこの場をはずしていろ」

蒼影がうんざりしたように命じると、素貞はあからさまに赤面した。

「すみません、夫婦水入らずのところにお邪魔して……」

この場の険悪な空気を吸っているのにその表現はないだろうと思っている間に、彼女は退室していく。とたんに静まり返った部屋は居心地が悪くてたまらない場所になった。

「なんなんだ、あの侍女は」

「……まだ慣れていないだけです」

「藍影のところから連れて来たんだろう。なぜだ？」

いきなり問われて、玉葉はしばし黙った。ひねりだしたのは事前に蒼影に報告していた文面だった。

「蒼影さまにはご報告しましたわよね。東華人の侍女が欲しいから、藍影さまのところからいただいたのだと」

物をもらったように言うのは不快だったが、細かい事情を隠して言うには手っ取り早かった。

「北燕人の侍女は嫌いか」

「そういうわけではありません。……言いにくいことですが、あの娘は藍影さまから折檻《せっかん》を受けていたようですから、わたしが召し上げることにいたしました。同じ東華の女として、見過ごしにはできませんもの」

「北燕人の侍女だったら、見捨てたのか？」

「どうしてそんなふうにおっしゃるのです？　北燕人の侍女だとしても、ひどい折檻を受けていたら、助けていましたわ」

怒りを隠せず声を荒げると、蒼影が気まずそうにそっぽを向いた。

「そうか。それは悪かった」

「あの侍女を雇ったことがそんなにお気に召さないのですか？」

「藍影との連絡役に使えるからな」

言われた言葉の意味が真にわかったのは、しばらく考えてからのちだった。

「……まさか、不貞《ふてい》をお疑いになりますの？」

こみ上げた怒りは、黙って飲み下すには大きすぎた。

「あんまりですわ。そんなことするはずがありません」

「藍影は東華にかぶれているからな」

「だから、わたしが藍影さまと関係を持つとお思いですの？　冗談にしてもひどすぎますわ」

玉葉は立ち上がると、蒼影の胸を押した。

「出て行ってくださいませ」

蒼影は玉葉の〝暴挙〟に唖然《あぜん》とした顔をした。

「玉葉……」

「わたしはあなたに嫁いできたんです。それなのに、他の方との関係を疑われるなんて、心外ですわ！　とにかく、出て行ってください！」

怒りが昂《こう》じて涙が出そうだ。めちゃくちゃに蒼影の胸を叩くと、唐突《とうとつ》に抱きすくめられた。

抵抗を封じる腕の力の強さに玉葉が悲鳴をあげかけると、蒼影が強引に口づけてきた。舌をからめられると、身動きを忘れてしまう。

「う……んん……！」

しゅるんと音を立てて腰帯がほどけ、衿《えり》を乱暴にくつろげられた。

「おまえは東華の公主である前に、俺の妻であるべきだ」

大きな手が鴇色《ときいろ》の乳首を弄《もてあそ》びはじめる。男らしい固い皮膚《ひふ》がかすめただけで、感じやすい蕾《つぼみ》はきゅっとすぼまり、蒼影のさらなる愛撫《あいぶ》を待ち焦がれて勝手に色を濃くした。指先でつままれ、くりくりといじられると、甘い波が腰を波立たせる。

「や……やめて……」

他愛《たわい》もなく服従する肉体が恥ずかしい。官能を知った身体《からだ》は触れられただけで、たやすく変化をはじめてしまう。

「こんなに男を欲しがる身体に成り下がっておいて、東華に帰れるのか？」

蒼影の嘲《あざけ》りに頭から冷水を浴びせられたような心地になった。火照《ほて》りかけた肌が氷の浮かんだ風呂にでもつかったかのように冷えていく。

「さわらないで……！」

腰を抱いた蒼影を力いっぱい突き飛ばした。彼は体勢を崩すどころか、身体をわずかに揺らしただけだったが、鋭い頬の線が強《こわ》ばっている。

「玉葉……」

「さわらないでください！」

怒りをあらわに睨《にら》みつけると、彼はしばし沈黙し、感情を呑《の》みくだすように何度か喉《のど》を動かして玉葉を見つめる。ほどなくして背中を向けると、無言のまま部屋を去った。

音もなく閉められた扉を見て、玉葉は呆然《ぼうぜん》とした。静けさが耳に痛いくらいだった。

（どうしよう……）

落ち込んだが、同時にみじめさが胸を洗っていく。

（悪いのは蒼影さまじゃないの）

不貞《ふてい》を疑った。あまつさえ、玉葉をもとから淫《みだ》らな女のように罵《ののし》った。

（そうよ。悪いのは蒼影さまだわ）

寝衣を整えると、憤《いきどお》りをあえて忘れようとして寝台に近寄ると横になった。けれど、ひとりの寝台は妙に広く感じられ、安らかな眠りはなかなか訪れてくれなかった。


それから数日、蒼影の訪れはなく、玉葉は部屋で書をめくったり、高官の妻たちと集まり縫《ぬ》い物をしたりして過ごした。

その間、頭を悩ませたのは素貞のことだった。素貞は玉葉に恩義を感じてくれているのか、甲斐甲斐《かいがい》しく仕えてくれる。それが北燕の侍女たちにはおもしろくないのか、素貞をあからさまに無視したり、競うように玉葉の世話を焼こうとしたりしたのである。

玉葉はあえて北燕の侍女たちに用を頼んだり、素貞との仲を取り持とうとしたりしたが、なかなかうまくいかない。神経をすり減らすばかりだった。

気晴らしに邸の中庭に立てば、水色の空を雲が悠々《ゆうゆう》と進んでいく。

(こんな空の下で馬を駆けさせたら気持ちいいでしょうね)

王都の郊外は見渡す限りの草原だ。今頃は草も枯れ、荒涼とした風情《ふぜい》だろうか。そんな光景も趣《おもむき》があるのかもしれない。目を閉じれば、枯れ草の間を幾頭もの馬が疾駆していく。

「墨《すみ》をすってもらえるかしら」

傍に控える北燕の侍女に声をかけると、彼女は不思議そうにする。

「蒼影さまに手紙を書くわ」

そこにしたためる内容はすでに頭にあった。

どうか馬の乗り方を教えてくださいませ、と書くつもりだった。


三日ほどを経て、玉葉が呼び出されたのは、王太子宮の馬小屋だった。邸の敷地の端に軒《のき》を連ねる馬小屋の中には、黒や栗色の毛をした駿馬《しゅんめ》がすぐには数え切れないほどにつながれている。昼間でもやや薄暗い小屋の中に入ると、蒼影が待っていた。

精悍《せいかん》な肉体にまとっている簡素な長衣は裾《すそ》から腰まで脇を縫《ぬ》い合わせていないために、乗馬がしやすいようになっている。玉葉がまとっているのも、同じような衣裳だった。

玉葉は湿った空気を鼻から吐く馬たちを眺めてから、蒼影を横目で見上げる。

「たくさんいますのね」

「馬は、北燕人にとっては乗り物であると同時に財産だからな」

「そうですの」

久々に逢う蒼影は素っ気ないものの、この間のように不機嫌ではなさそうだ。安堵《あんど》したのも束《つか》の間《ま》、そっと腰を抱かれて心臓が跳ね上がりそうになる。

「な、なにを」

「玉葉、褲子《ズボン》を下ろせ」

言われた言葉がとっさには理解できなかった。長衣の下には普段のような裙子《スカート》ではなく、褲子をはいている。馬に乗るとき、裙子では不便だからだ。

「聞こえなかったか？　褲子を脱げと言ったんだ」

「どうしてそんなことをしなければなりませんの？」

瞬間的に脳裏《のうり》に湧いた戸惑いと反感をぶつければ、蒼影はため息をつき、玉葉の上衣の留め具から紐輪を素早くはずしてしまう。あらわになった下衣の衿は易々と開かれて、ぽろりとあふれた胸を下からすくいあげられた。

蒼影に触れられたとたん、目のくらむような甘いうずきが背を走る。数歩後ずさった玉葉は背を馬小屋の柱に預けた。

「どうやら誰にも触れさせなかったようだな」

胸は蒼影の手の動きに従順に形を変えていく。乳輪を指でなぞられれば喉がひくつき、感じやすい乳首をつままれれば、全身が波打った。

「いや……こんなところで……いやです」

王太子の馬小屋だ。常に清掃を欠かさずにいるのだろうが、小屋には獣の匂いが充満していた。馬の放つ体臭と糞尿《ふんにょう》の臭気《しゅうき》、草の匂《にお》い。ここで抱かれるなんて、どうしたって嫌だ。

「安心しろ。人払いはしてある」

「ち、違います。そんなことを心配しているんじゃ――――！」

語尾を鋭く呑《の》み込んだ。蒼影の不埒《ふらち》な手は玉葉の褲子《ズボン》の帯を緩《ゆる》めるや、中に侵入してきたのだ。なだらかな丘をつと撫《な》でた五指は玉葉の淫唇《いんしん》にたどりつくや、それぞれ淫靡《いんび》な動きを開始する。

慎《つつ》ましく閉じていた花びらは蒼影の指に触れられるとたちまちに咲き誇った。固く封じられている蜜口に円を描かれれば、つい熱い息が漏《も》れ、蜜口を飾る小さな花弁を指が這《は》えば、胎《はら》の奥がうずいて自然と腰を蒼影に押し付けてしまう。

「んん……だめ……だめ……！」

「ここをさわられても、だめなのか？」

流れるような動きで花びらを愛撫していた彼の指は突端に行き着いた。包皮をめくり、小さな小さな秘芽を無防備にしてしまうと、指先でやわらかく転がしはじめる。

そのとたん、総身を痺《しび》れさせるような甘い波が生まれた。痛覚すべてを麻痺《まひ》させるような抗《あらが》いがたい快感に腰からすっかり力が抜けてしまう。まともに立っていられず、蒼影の広い肩にすがりついてしまった。

「あ、あ、だめ、だめ、さわらないで……！」

気持ちよくてたまらない。ごく小さな肉の突起をもてあそばれるだけで、日ごろの慎ましさはまやかしかと思うほどに腰が妖しくうねり、悦《よろこ》びを全身で味わってしまう。

「玉葉、こんなにも濡れているのに、さわるなと言うのか？」

蒼影は褲子から抜いた指を玉葉の目の前に差し出す。蒼影の五本の指先は粘着質な愛液でしっとりと濡れていて、玉葉の頬は真っ赤になる。

恥ずかしい。けれど、同時に彼の指をもっと欲しくなる。もっともっとしとどに濡らすほどに玉葉の淫らな秘部を愛してほしいと願ってしまう。

（わたしったら、なんてことを）

自らの淫蕩《いんとう》な思考にめまいがする。そんな玉葉をなぶるように、蒼影はあろうことか蜜に濡れた指を口に含んだ。親指から小指まで、見せつけるようにゆっくりと指を舐《な》めつくしていく。その挑発めいた姿に、炎が吹き出るほど顔が熱くなった。

「やめてください……！」

「この間と味は変わっていないな。他の男には使わせなかったということか」

あまりに失礼な言いように、思わず右手を振り上げた。だが、頬を張る寸前に手首を摑まれる。

「あんまりですわ！　わたしは……夫を裏切るような女ではありません！」

怒りにまかせて叫んだ。

まさか、蒼影は藍影との仲を本気で疑っているのだろうか。彼の邸を訪れた玉葉がすでに不貞を働いたとでも考えているのか。

「わたしは……あ、あなたにしか抱かれたことはありません」

涙が目のふちにもりあがる。こんなにも馬鹿にされるなんて、情けなくて仕方ない。そむけようとした顔は頤《おとがい》をつかまれて彼に向きなおされる。

「玉葉……」

彼の緑の瞳は、さきほどの激情は影を潜め、熾火《おきび》のような光が底で光っている。そこに欲望の証《あかし》を感じて、玉葉はひるんだ。

「あ……」

唇を重ねられると、繭《まゆ》のような瞼を自然とおろしてしまう。差し入れられた舌には、玉葉の蜜の味がわずかに残っていた。

「んん……」

蒼影の舌はあっというまに玉葉の口腔《こうこう》を支配した。怖気《おじけ》づく玉葉の舌をからめとる動きは巧みで、波にもまれる小舟のように翻弄《ほんろう》されてしまう。

上あごや下あごをなめられ、頰の裏側をつつかれると、その巧妙な舌の技にすっかり意識を奪われてしまう。歯をこする舌先の感触がこそばゆく、肩がはねあがってしまった。

舌を夢中でからめあっていると、彼の手がそろりと腹を這《は》い、またもや恥丘《ちきゅう》に滑り落ちる。

「う……ん……」

ようやく解放された唇から漏れた自分の声はなまめかしい。恥ずかしさを隠すように小さく首を振るが、蒼影は口角を持ち上げ、楽しそうに丘を撫でている。

なだらかな丘に生えた下草は頼りないほど薄い。それにからめていた指は丘をくだると、谷間を割って蜜口にたどりつく。中指の先端をそっと埋め込ませつつ、他の指は膨れつつある花弁をやさしくなぞった。

「口づけだけですっかり濡れるなんて……おまえをこんな身体《からだ》にしてしまったのは、俺か？」

耳たぶを嚙《か》みながら吹き込まれた言葉に、玉葉はびくんと背を揺らした。反論したくても、秘玉をとらえられ、蜜をまぶした指で転がされれば、反抗心は粉々になり、喘ぎ声が漏れ出すだけになってしまう。

「あ……あん……だめぇ……」

小さな突起は、腰をとろかすような忘我《ぼうが》の波を生み始める。玉葉は綿のように白い喉をそらし、柳眉《りゅうび》をぎゅっと寄せて、その波に溺《おぼ》れてしまわないように耐えようとした。

「蒼影さま、いや、いやです……！」

かろうじて残った理性をかきあつめて、必死に訴えた。

馬小屋で夫婦の営《いとな》みをするなんて、みっともなさすぎる。おまけに、人払いをしているといっても、誰かが覗《のぞ》く可能性がまったくないわけではない。

「お願いです……ここは、いや……！」

「感じているのに〝いや〟なのか？」

蒼影は低く笑いながら、中指を根元まで埋めてしまう。

「あ……ああ……」

ゆっくりと出し入れされると、媚壁が歓喜にさざめき、甘いうずきが秘処から全身に伝わっていく。

「久しぶりだからか？　ずいぶんきつい」

蒼影にささやかれると、全身がわななき、豊満な胸がぷるんと弾んだ。

確かにしばらく夫婦の営みをしていなかった。そのせいだろうか。膣壁は蒼影の指を明らかに喜んで迎えていた。彼の指にからみつき、物欲しげに締めつけてしまう。

蒼影は指をわずかに曲げ、丘の裏をひっかけるように撫でこする。鈍くて重い悦《よろこ》びが生まれ、玉葉は逃げるようにつま先立ちしてしまった。

「や……もう……だめ……、指はだめ……」

「もっと太いものじゃないと、満足できないのか？」

耳元で笑い混じりに告げられて、懸命に頭を振る。

（本当に最後までしてしまうのかしら）

淫技に乱された頭が白く霞《かす》む中、玉葉はそんなことを考えていた。

蒼影は彼しか受け入れたことのない粘膜を中指で刺激しながら、他の指は秘処への愛撫《あいぶ》を続けているのだ。花弁をやさしくなぞり、秘玉《ひぎょく》を親指と人差し指でそっとつまむようにして転がす。

快感がどんどん加速する。この悦びをもっと味わいたいが、同時に逃げ出してしまいたくもなり、相反する感情に玉葉は翻弄《ほんろう》されていた。

「や……いや……蒼影さま、お願い、やめて……」

甘い波が下肢《かし》の感覚をおぼろにしていく。鼓動が早くなり、頭の中が白濁《はくだく》して、内ももが痙攣《けいれん》する。

「い……いく……！」

だが、絶頂は訪れなかった。我を忘れる甘美な風に乗り、天に舞い上がろうとした寸前で、蒼影は指をあっさりと抜いたのだ。秘玉も解放され、身体にたまった熱は弾けそこなって、胎の底に中途半端に残ってしまう。

空に飛び上がる寸前の鳥が羽をもぎ取られて無理やり籠《かご》に入れられたら、こんな気持ちになるのだろうか。

玉葉は涙を浮かべて、彼を睨《にら》んだ。

「ひ、ひどい……！」

「最後までいきたかったのか？　すまんな」

蒼影は唇を意地悪く歪めると、懐《ふところ》から棒のようなものを取り出した。

「それはいったい……」

問いかけの途中で思わず口を掌《てのひら》で覆《おお》ってしまった。棒かと思ったが、よくよく見ればそれはいびつな形をしているのだ。

先端はなめらかな三角で根元にいくにつれ太くなっていく。その形はまるで――。

(殿方《とのがた》のものとそっくりだわ)

木製らしきそれは陽根と同じ形状をしている。ただ、太さは張り詰めきった蒼影のそれとは比べ物にならないほど細い。半分ほどだろうか。

(わ、わたしったら、何を仔細に観察して……！)

目をそらしたとたん、蒼影は棒を玉葉の蜜口にあてがった。ぎょっとするや否《いな》や、ぐいっと半ばまで押し込んでしまう。

「な、何をなさって……！」

涙目で自分の下肢を見たとたん、気が遠くなりそうになった。

木製の陽物の半分がにょきっと股《また》の間から覗《のぞ》く光景は、たまらなくいやらしく、また羞恥を煽《あお》りたてた。

「張形《はりかた》くらいで驚く必要もあるまい」

蒼影はこともなげに言い放つ。異物を断りもなく挿入された玉葉は総身を震わせながら、抗議した。

「あんまりです！　こんなものを挿《い》れて、いったいどういうおつもりなのですか⁉」

「馬に乗るための訓練だ」

冷静に告げられ、呆気《あつけ》にとられた。蜜壺に張形を含ませられたまま馬に乗れとでも言うのか。

「玉葉。馬に乗るためには馬の背を股でしっかりと挟む必要がある。その張形を収めたまま馬に乗れば、落とさないように自然と股に力が入るだろう」

「そんな……」

馬の乗り方を教えてくれと頼んだが、まさかこんなことをされるとは思わなかった。

情けなさに涙を浮かべて蒼影を見上げる。

「ぬ、抜いてください」

「だめだ。うまくなりたいんだろう？」

顔を覗きこまれ、玉葉は躊躇《ちゅうちょ》した挙句にうなずいた。

北燕の女たちはひとりでも手綱《たづな》を繰り、自在に馬に乗るというのだ。王太子妃の玉葉がいつまでも蒼影と同乗していたら、民を率《ひき》いる立場にあるのに、なんとみっともないと嘆《なげ》かれてしまうだろう。

「……うまくなりたいですわ」

「ならば、それを挟んだまま馬に乗れ。細いから、落とさないよう注意するんだな」

突き放すような蒼影の一言に、玉葉が渋々うなずく。

「では、行くか。その前に、衣を整えておいたほうがよいぞ」

玉葉はあらためて自分の格好を見渡し、ぎょっとする。くつろげられた下衣の衿《えり》から乳房があふれ、褲子《ズボン》は足元に落ちた破廉恥《はれんち》な格好だ。

「い、言われなくても整えます！」

もとはと言えば、あなたが脱がせたのよと文句を言いたくなる気持ちを抑え、玉葉は衿をあわせ、褲子をはいて帯を締めた。

あわてふためくさまを眺める蒼影の瞳に、怪しげな炎が揺らめいていることには、ついぞ気づかぬままだった。

王都郊外の草原は、家畜の放牧らしき光景が遠く見られるくらいで、ひとけもなく物寂しい。草をなぎ倒しながら走る風は冬の先触れのように冷たく、天を渡る雲も急ぎ足になっている。

馬上の玉葉は水色の空をぼうっと見上げていたが、頬に視線を感じて隣を見た。

「うかうかしていると、落ちてしまうぞ」

そう言う蒼影は座るのに飽きたのか、鐙《あぶみ》の上で足を踏ん張り、立ち上がって馬を走らせている。力んだ様子もなく、余技のひとつでもあるかのようにやるのがすさまじい。北燕が戦《いくさ》に強いのは、すぐれた騎馬の技能が背後にあるからだとよく理解できる。

「どうした？　玉葉」

「い、いえ、なんでもありません」

頬を辰砂《しんしゃ》の色に染め、玉葉は下を向く。

（どうしよう。さっきから……おなかがうずいて仕方ないのだけれど）

蒼影の忠告に従い、揺れる馬の背を内ももで挟むようにして乗馬することしばし。鞍上《あんじょう》にぺたりとお尻をつけてしまうと、すれて痛くなる。それを防ぐための乗り方なのだが、こうしていると、蒼影に挿れられた張形の存在をいやでも意識してしまう。おまけに馬に揺られるたびに張形が微妙に振動して、あらぬところを刺激するのだ。

（こんなものに感じてしまうなんて……）

乗馬に集中しなくてはと思うのに、張形の雁首《かりくび》のふちが膣内の感じる部分をかりりとこすっていく――。

「あ……！」

かすれた声がつい漏《も》れてしまう。動揺《どうよう》のあまり、身体《からだ》がぐらりと傾《かし》いだ。

蒼影はすぐに着座すると、馬を近接させて滑り落ちかけた玉葉を支えてくれる。

「あ、ありがとうございます」

「熱でもあるのか？　顔が赤いぞ」

素知らぬふうの蒼影の指摘に、頬がさらに火照《ほて》ってしまう。

「な、なんでもありませんわ」

「一休みするか。馬に水を飲ませないといけないからな」

草原の間を縫う道は下り坂になっていて、その先には湖が広がっていた。対岸に立つ人が豆にしか見えないほどの湖は澄み渡り、水に映った薄青の空にも雲が流れていく。

湖畔《こはん》に近づくと、蒼影は一足先に馬を降りて水辺に連れて行く。馬が水を飲みだしてから、玉葉のそばに近づいてきた。

「玉葉、降りろ」

「はい」

彼の助けを借りて馬を降りる。馬の背をまたぐときは、張形が落ちないかと冷や冷やし、降りたら慣れぬ乗馬で緊張しきっていた膝がすっかり萎えてしまい、その場に崩れ落ちてしまった。

「玉葉。少し走っただけで、そのザマでは、いつになったら騎馬の技を身につけられるかわからないな」

蒼影の冷やかしに悔しさが募り、思わず睨みあげてしまう。

「練習を重ねれば、すぐに慣れますわ」

「我が妻はなかなか気が強いな」

顎《あご》を撫《な》でながら楽しげに見下ろされ、玉葉は唇をきつく嚙《か》む。

(すぐにひとりで乗れるようになってみせるわ)

けれど、今のところの問題は張形だ。これが気になって、騎乗に集中できないのだ。

かといって、ここで張形を取り出すわけにはいかない。彼に抜いてくれと頼むのも、悔しくてたまらない。

(これを抜けたらいいのだけれど)

「玉葉、おまえの馬はおまえ自身が水辺まで連れて行ってやれ」

「は、はい」

蒼影に命じられ、玉葉は力の抜けた足を叱咤《しった》しながら立ち上がる。馬の手綱を握ると、湖へ続くゆるやかな勾配《こうばい》を下っていたのだが——。

「ああ……」

か細い声で悲鳴をあげた。蜜壺に収まっている陽物が抜けぬようにと内股気味に歩いていると、余計に肉襞《にくひだ》を刺激するのだ。膣の内側を偽の男根に小刻みにこすられ、身体の芯が焼けたように熱くなる。

（だめ、我慢しなくては）

手綱を握る手までが震えてしまっていた。後ろからついてくる蒼影に気づかれぬように息を吐くと、玉葉は傍らの馬の気配に集中して、そろそろと歩く。

水辺にいたると、馬は頭を下げていかにもおいしそうに水を飲みはじめた。玉葉はその光景を目にするや、全身から力が抜け、その場にしゃがんでしまった。

下肢《かし》がとろけそうなほど熱をもち、淫らにうずいている。もう一歩だって歩けない。

「玉葉、どうした？」

そばに立った蒼影に声をかけられ、気力を振り絞《しぼ》って彼を見上げる。

「なんでもありません。少し疲れただけです」

「本当にそうか？」

「そ、そうですわ」

つんと顎をそらすと、彼は鼻で笑って腰に吊るしていた革袋の紐をほどき、口元へと運ぶ。

（水だわ……）

喉《のど》をそらしてうまそうに水を飲む姿を眺めていると、急に渇きを覚えた。水が欲しくてたまらなくなる。

唇からあふれて顎先へと伝う水を手の甲で乱暴にこすると、蒼影は微笑《ほほえ》みかけてきた。

「玉葉、おまえも飲むか？」

「はい」

「じゃあ、立て」

蒼影の笑みには含意があった。まるで立てないだろうとでも言いたげだ。

（知っているのかしら……）

玉葉の身体に起こっている淫らな変化を。鼓動が乱れて、呼気まで荒くなってしまっていることを。

「立ちますわ」

よろめきながら立つと、蒼影がすぐに手に革袋を押しつけてきた。口元に運ぶと、水を喉に流し入れる。

一口飲むと、水への渇望《かつぼう》がさらに強まった。無我夢中でぬるい水を飲んでいると、蒼影から抱き寄せられた。腰をぐりぐりと押しつけられて、肉壺の張形《はりかた》をいやでも意識させられる。

「何をなさって……！」

水を飲むのをやめて彼を睨むと、蒼影は革袋をさっと取り上げてふたをしてしまう。

「まだ、足りません！」

喉の渇《かわ》きはまだ治まっていなかった。抗議の意を瞳に込めるが、彼は玉葉が視線に含んだ針など歯牙《しが》にもかけず、革袋を地面に放り投げてしまう。

「玉葉、本当に欲しいのは他のものだろう？」

からかいを口にする彼の細められた瞳には、羊を前にした狼か虎のように獰猛《どうもう》な光が揺らめいていた。

思わず喉を鳴らし、首を左右にする。

「な、何をおっしゃって――」

蒼影に腰を抱かれ、近くの岩場まで運ぶように連れて行かれた。大きな岩に背を押しつけられ、玉葉は恐怖にかられて間近の彼を見上げる。

「蒼影さま――」

彼を押しのけようとするが、のしかかるように抱きしめられ、噛みつくように口づけられると、抵抗などできないも同然だった。

歯列をこじあけ、食いちぎるような勢いで舌をからめられる。舌を縦横にこねまわされ、息ができなくなるほどに唇を吸われ、恐ろしさのあまりに彼の分厚い胸を必死に叩いた。

「んん……う……んー！」

玉葉が懸命に抗っても、しなやかな筋肉という強固な鎧に守られた彼を突き放すことなどとうてい不可能だった。全身に体重をかけられて、岩との間に挟まれたら、もはや逃げることなどできなくなってしまう。

舌を執拗《しつよう》に追い回されて、あふれた唾液《だえき》が唇から漏れ出していく。みっともないと思うのに、飲みこむことができなかった。彼が新たな唾液を絶え間なく注いでくるせいだ。

（いや！　いや！）

息を許してもらえないほどの接吻《せっぷん》は、愛情のあらわれというよりも折檻《せっかん》としか思えなかった。まるで引きずり回すように舌を上下に揺すられ、意識が遠のきかけたころに、蒼影はやっと唇を解放してくれた。

「あ、や、もう、いやです……！」

涙を浮かべた玉葉を見つめる蒼影の瞳は宝玉のように美しいが、底には苛立《いらだ》ちの火がちらちらと瞬いている。

「いやだと言いながら、誘うような目つきだぞ」

「そんな……」

言いがかりとしか思えない悪罵《あくば》に、胸がえぐられたように痛くなる。と同時に、腹も立った。いたわりの欠片《かけら》のない彼に、身体を差し出したくなんてない。

「こんなところでわたしを求めるなんて、下品ですわ」

のしかかる彼の厚い胸板を押しながら、玉葉は冷たく言い捨てた。外で夫婦の秘め事をしようだなんて、常識がないにもほどがある。

「それとも、これは北燕の流儀なのですか？」

何気なく放った一言に、彼が右目を眇《すが》めた。翡翠《ひすい》の瞳が燃え、玉葉は肩を強《こわ》ばらせる。

「ああ、そうだ。お上品な東華の女には理解できないか？」

「そんな言い方——」

玉葉の怒りの反撃をかきけす勢いで蒼影はきつく腰を抱き、首筋に口づけてきた。痛いほど強く吸われて、肌がわななく。

「いや……！　いや……」

「東華の女は貞淑《ていしゅく》ぶるのが好きなんだな」

耳孔に舌を差し入れながら、蒼影は鼻で笑った。毒を含んだ物言いに玉葉の胸に鈍痛が広がっていく。

「どうして……」

涙を浮かべて彼を見つめる。こんなにも罵《ののし》られるような失態をしただろうか。憎まれているといっても過言ではないほど、蒼影の眼差《まなざ》しは冷ややかだ。

わざとらしくちゅっちゅっと音をさせながら首筋を吸われ、玉葉の肌がなまめかしい色に染まっていく。喉をなめられ、くすぐったいのか気持ちよいのか判別できないような感覚に身を震わせるうちに、長衣の留め具から紐をすべてはずされ、上衣をあっさりはだけさせられてしまった。

「あ……！」

下衣の内側に易々と滑り込んだ大きな手が鎖骨《さこつ》をゆっくりと撫でていく。かさついた皮膚《ひふ》の感触に、心臓が大きく跳ねた。

「蒼影さま、お願いです。やめて……」

「従順は東華の女の一番の美徳なんだろう？　だったら、俺のやることに従うんだ」

冷たく言い放たれ、玉葉は大きく息を呑《の》んだ。

確かに彼の言うとおり、夫に従うのは東華の女の務めだ。だからといって、外で身体を求める夫に従いたくはない。それとも、こんな破廉恥《はれんち》な行為にさえ、付き合わなければならないのだろうか。

「おまえは公主。東華の女たちの見本のようなものだろう？　ならば、ここで乱れろ。乱れて、俺を楽しませるんだ」

彼の視線は針のようで、心臓が何度も突かれたようにうずいた。

「それとも、北燕の女になるか？　北燕の女なら、俺のすねでも蹴飛《けと》ばしているところだぞ」

「……そんなことできません」

当惑して答えると、蒼影が片手で下衣をひっぺがした。もう片方の手は鎖骨からするりと乳房へと下りていく。

「あっ……！」

やわやわと揉《も》まれだして、玉葉の身の内をなんともいえぬ快感が貫いた。たっぷりと質量のある双つの乳をほぐされると、蜜壺が張形《はりかた》を締め上げ、そこから新たな刺激を受けて、快感がより強くなってしまう。

「あ、あ、だめ……」

「その気になったか？　やっぱりおまえは東華の女だな。夫に従い、乱れるほうを選ぶんだろう？」

蒼影は鎖骨に舌を這《は》わせてねっとりと舐《な》めながら、胸を容赦《ようしゃ》なく揉みしだいた。やわらかな乳房は形を様々に変え、そのたびに甘いうずきが下肢にまで走っていく。肉襞が波打ち、無機質な木の棒をつい締めあげれば、そこから生まれた快感が今度は胸の蕾《つぼみ》を尖らせる。

「お願い。やめてください……」

玉葉は涙を浮かべて、必死に彼の肩を離そうとする。が、蒼影は離れるどころかますます体重をかけて、逃げられないようにするのだ。

「気持ちよくて、たまらないんだろう？　こんなに乳首を固くしておいて、感じていませんとでも言うつもりか？」

「だ、誰かに見られたら、どうするんです？」

薔薇色に凝《しこ》った乳首を指先でねじられて、玉葉は息を喘がせながら必死に彼の理性に訴えようとした。だが、蒼影は余裕の表情で周囲を見渡すと、唇を歪めてわざとらしく首を傾《かし》げる。

「どこに人がいるんだ？　馬しかいないだろうに」

「で、でも……！」

制止の言葉を続けることはできなかった。蒼影は乳首を口に含むと、乳を飲む赤子のようにきつく吸い上げた。

「んん……や……ん……！」

喉《のど》をそらして、甘い刺激に耐えた。感じやすい胸の先端を嚙《か》まれるのではと怖くなるほど吸われたり、舌先で転がされたりしていると、淫らな蜜壁までうずきが伝わって、うねった襞は偽の淫剣を物足りなさげに締めつけた。

（あ、いや……わたし、今、変なことを考えたわ）

もっと太いものが欲しいと不満を覚えてしまった。形だけ似せた木の棒ではなく、血が通ったぬくもりと重みを感じさせる肉の棒が欲しいと願ってしまった。そのことに愕然《がくぜん》としたが、そんな思いさえ、散り散りになってしまう。

蒼影の手は休むことを知らず、もう片方の乳首をつまんだり、腹を撫《な》で回したりする。柔肌《やわはだ》を大きな手が滑るだけで、玉葉は喉をそらして喘いだ。

「んん……ああ……もう……」

うわごとのような声をもらしていると、彼が乳首を解放し、喉に口づけをしてくる。まるで痕をつけるように一度きつく吸ってから、唇は顎《あご》まで移動する。思わせぶりに舌先でちろちろと舐めながら鎖骨《さこつ》の間のくぼみまでゆっくりとくだっていく。

その間にも凝《しこ》った乳首をねじられ、乳輪に円を描かれたりする。異なる感覚の愛撫《あいぶ》を同時に味わわされて、全身がわなないてしまう。

「やめて……お願い……やめてください……」

弱々しくかぶりを振るが、蒼影は腰帯を片手でゆるめながら、耳孔に息を吹き込む。

「やめて？　悦《よろこ》んでいるようだが、本当にやめていいのか？」

馬鹿にしたようなつぶやきに憤《いきどお》りの火が点る。けれど、褲子《ズボン》を下げられようとすれば、怒りをぶつけるどころか、それをなんとか阻止しようと必死になるのみだった。

「蒼影さま、やめましょう。誰かに見られたら、どうするんです？　軽蔑《けいべつ》されてしまいます……！」

王太子とその妃が外で契っているなんて、民に知られでもしたら、どうするのか。

「仲睦《なかむつ》まじいおふたりだと感心されて終わりだろう」

「そんなことあるわけないでしょう⁉」

開き直りにもほどがあると呆《あき》れたが、足首にまで褲子と下穿《したば》きを落とされてしまうと、会話を続けるどころではなくなってしまう。

「う……」

薄い下草に覆《おお》われた滑らかな丘の下。確かに存在する張形《はりかた》にめまいがした。半分ほどが蜜口に埋まった様は間抜けに見えて、惨《みじ》めさや悲しさを通り越して、笑いが込み上げてくる。

蒼影は張形をつかむと、ゆっくりと抜き差しする。細い棒はすでに潤った内壁をつるつると上下した。

「なんの抵抗もなく動く……。この木の棒がそんなに気に入ったのか？　濡れすぎだぞ、玉葉」

玉葉を辱《はずかし》める言葉には苛立《いらだ》ちがまぶされて、出入りされる張形には勢いがつきすぎていた。ぐちゅぐちゅとわざとらしく音を鳴らしているのは、耳からも犯したいと蒼影が望んでいるせいだろうか。

「や、もうしないでください……！」

膨らみきった花弁の間を浮き沈みする木の棒は、敏感な粘膜を容赦《ようしゃ》なく刺激していたけれど、腹にたまる熱は中途半端な温度で、もう一段階上の快楽を貪欲《どんよく》に欲しがっていた。

（蒼影さまのものだったら、今ごろは……）

めいっぱいに咥《くわ》え込まされた太い雄《おす》の剣であれば、膣襞《ちつひだ》はもっと激しくうねっただろうし、最奥を突かれれば悦びはもっと濃く深くなっただろう。浅いところを抜き差しされるだけでは満足できるどころか物足りなさがつのって、快楽への渇望《かつぼう》が猛々《たけだけ》しくなるばかりだった。

「蒼影さま、やめて……」

このままでは、より強い快感を欲して、とんでもないことを口走ってしまいそうだ。抽挿を止めようと彼の手首をつかむが、蒼影は張形を動かしているのとは逆の手で玉葉の手を掴むと、抗《あらが》いがたい力で下肢《かし》へと導いた。

「さわってみろ。下の口のほうがよっぽど素直だぞ。外でヤルなんていやだと言っておきながら、蜜をしたたらせてとめどない」

指先に充血しきった花びらが触れる。肉厚の花びらは開ききった椿《つばき》や牡丹《ぼたん》のように存在感にあふれていて、玉葉の思考が白く染まった。

「あ……ああ……」

ほんのわずかに滑った指は膣孔のふちに触れる。粘ついた愛液をまとった偽の陽根がずぷずぷと上下して、その淫らな動きに喉がひきつった。

「慎み深さを重んじる東華の女が、棒きれに乱されるわけか」

嘲《あざけ》りに涙を浮かべてかぶりを振る。自分の身体《からだ》の節操のなさが情けなく、口惜しかった。

「あなたなんて嫌いです！　こんな……こんな卑怯《ひきょう》なやり方で妻を辱めるのが、北燕の男の流儀なのですか？」

きつく睨《にら》むと、蒼影が一瞬言葉を失って玉葉の瞳を見つめる。軽侮《けいぶ》に我を取り戻したかのような表情をしたが、すぐに眉をつりあげ、唇をねじまげた。

「偽物に慰められるくらいなら、本物がいいわけか。ならば、望みどおりにしてやろう」

ちゅぷんと音を立てて木製の男根を抜くと、蒼影は草むらへと投げ捨てた。代わりに挿入されたのは指だ。中指と薬指を入れて中をほぐしながら、親指と人差し指でしばし花弁を撫でる。先端に行き着いた指は包皮をめくり、秘玉を丁寧《ていねい》に転がしだした。

「んあ、あ、あ、いやぁ……！」

ある意味単調だった張形の動きと異なり、指は複雑な戯《たわむ》れを同時におこなう。肉壁をこすりたてながら、花芽に芯が通るほどの愛撫を丹念に加える。

青白い喉をそらして、身体の中で高まっていく熱に耐えた。肌は火照《ほて》って内から桃の花弁を散らしたように染まっていくが、冷たい風が肌を撫でるせいで、熱はどんどん奪われていく。

ちゃぷちゃぷと派手な水音をあげて指が抜き差しされる。関節を軽く曲げ、恥丘《ちきゅう》の裏を執拗《しつよう》に撫でられると、身震いするほど気持ちよかった。

理性を酩酊《めいてい》させるような悦《よろこ》びを与えられている。それなのに、何かが足りないような気持ちが失せない。

(わたしの身体、蒼影さま自身が欲しいのだわ)

彼の肉体を求めていた。一番深いところで、彼とつながりたかった。

女としての悦びを初めて与えてくれたからか、それとも、彼を愛しているからか。

どうにも制御できない欲望が胸の内に燃え盛っている。玉葉の忍耐を試すかのようだ。

(こんなにひどいことをされているのに)

「玉葉……」

情欲をみなぎらせた声音《こわね》で名を呼ばれ、音が消えるやいなや口づけされた。舌をからめあっていると、自分が何者であるかさえ忘れそうになってしまう。

蒼影は玉葉の口腔《こうこう》内を思うがままに犯しながら、自らの褲子《ズボン》をゆるめて淫刀をあらわにした。

そそりたつそれは、まさに鞘《さや》から抜かれた剣のように禍々《まがまが》しい。目に入れたとたん、心臓が跳ねた。それはかつてのような恐怖というより、与えられるはずの悦びを目前にした期待によるものだった。

指を抜き去った彼は、肉棒を股に差し入れ淫唇《いんしん》の間を前後させる。それだけで、胎《はら》の奥がうずき、蜜口がびくついてしまった。

「中に挿《い》れてくださいとお願いしてみろ」

挑発されて首を横にした。

「いやです……！」

「強情だな、おまえは」

わざとらしくため息をつくと、蒼影は玉葉の腰を抱き、強引に身体の向きを変えた。

「な……！」

岩を抱くような体勢にされる。心臓がにわかに早く動き出し、玉葉の緊張とあせりも切羽詰《せっぱつ》まったものになる。

「何をなさるんです⁉」

「そういえば、おまえを後ろから味わったことがないと思ってな。あの馬どものように攻めてやろうか」

蒼影はそう言うなり、玉葉の豊かな黒髪を払うと、うなじに強く口づける。

「ああ……」

うなじから背骨に沿って舌を這《は》わされると、もどかしいほどの甘いうずきに襲われて、身体を弓なりにそらしてしまう。

「たったこれだけで感じるなら、こっちを可愛《かわい》がったらどうなるんだ?」

蒼影は玉葉の恥丘を撫でると、指を花芽に滑らせた。

「やぁっ……！」

指先をひねられただけで、すでに尖りきった芽は痺《しび》れるような快感を生み出す。内股を震わせて、無意識に指から逃れようとしたが、彼の手は玉葉を逃がすまいとして、腰を強く拘束《こうそく》した。

「さ、さわらないで……」

「さわってくださいの間違いだろうに」

耳に苦笑混じりの言葉を吹き込まれ、さらに秘芽を転がされた。甘い悦びの波に溺《おぼ》らされ、息も絶え絶えになってしまう。

「や、や、あ、あぁ……ああー……」

全身を支配する快楽の調べが大きくなっていく。鼓動が耳の奥で轟《とどろ》いた。

玉葉は背を弓なりにし、その調べに身をまかせた。意識が遠のき、頭の中が真っ白になる。

全身を細やかに痙攣《けいれん》させながら、玉葉は快楽の極《きわ》みを味わった。

背に彼のたくましい胸板があたる。火照《ほて》った肌に風は冷たく、頬を心地よいほどに冷ましていく。

「いくのが早くなったな。身体がすっかり覚えたせいか」

耳たぶに当たる唇の感触にさえ身震いしてしまう。絶頂を味わったせいか、どこもかしこも敏感になって、ちょっとした刺激にさえ反応してしまった。

「さ、さわらないでください」

涙目で振り返ると、蒼影はわざとらしく嘆息《たんそく》をこぼして、指を無造作《むぞうさ》に膣孔に入れる。

「あ……やめ……」

「中はぐちょぐちょに濡れて、よくほぐれてるぞ。これなら、俺が遊んだとしても、おまえに苦痛を与えることはなさそうだ」

蜜道を指が上下すると、玉葉はそれだけで息を喘がせた。蒼影は玉葉の腰を己の側に引く。尻を突き出すような格好にされて、つい岩に抱きついてしまった。

「玉葉、もう充分に楽しんだだろう？　今度は俺を慰めてくれ」

指を抜くや、蒼影は背後から男根を蜜口に押し当てる。狙いを定めるように鎖《とざ》した入り口を突かれ、硬い亀頭の感触に心臓がひとつ跳ねた。

「蒼影さま、お願いです。外ではいや……！」

「ひとりだけ天に昇っておいて、何を言うんだ。俺も導いてくれ」

そう言うや、尖った先端で肉の狭間《はざま》を割る。己の存在を知らしめるようにゆっくりと玉葉の隘路《あいろ》を広げていった。

「あ、あ、ああ……」

先ほど挿《い》れられていた張形とは格段に異なる存在感に全身がわななないた。肉襞が押し広げられていくと、理性を痺れさせるような快感が生まれ、唇からはため息がこぼれてしまう。

「そんなに俺が欲しかったのか？　食いちぎりそうに締めつける」

荒い息が混じった感嘆に、玉葉は羞恥で総身を朱に染める。

「そんな、こと……」

首をかすかに左右にしたものの、そうかもしれないとも考えていた。

確かに玉葉は蒼影を欲していたのだ。彼が結合を深めるたびに、膣襞《ちつひだ》は歓喜にうねり、さらに奥へと誘いかける。

まるでこれがよかったのだと言わんばかりの反応だ。張形《はりかた》よりもはるかに太い蒼影の雄に慣れ親しもうと、玉葉の蜜壺はうごめいていた。

「締めつけすぎだぞ」

息を荒くしながら煽《あお》られて、玉葉は首を激しく横に振る。

「や……そんなことありません……！」

恥ずかしすぎてたまらなかった。彼にはっきりと伝わるほどに肉襞が収縮しているのかと思うと、浅ましいと侮蔑《ぶべつ》されてしまうのではないかと不安だった。

「もう、やめて……」

ずぶずぶと侵食されるのを止めようと、かすれ声をしぼりだす。だが、背後からのしかかってくる蒼影がこぼしたのは、嘲笑《ちょうしょう》にも似た冷ややかな笑い声だ。

「こんなによがっているのに、やめろと言うわけか。東華の女は心で思っていることと口で言うことが全然違うな」

「そんなこと……」

あまりの言いように衝撃を受けたが、その衝撃が心痛に変わる間もなく蒼影が繫《つな》がりを深くする。胎内《たいない》に深々と押し入る男根の太さに圧され、玉葉は岩を摑む手に力を込めた。

「ああ……」

いつもほとんど意識しない器官は今や限界まで押し広げられて、玉葉の全身を支配する。

蒼影はすべてを収めてしまったのか、満足と感嘆の入り混じった息をあからさまにこぼした。

「いいな。やはりここは落ち着く」

そう言いながら軽く揺すられるだけで、総毛立つような戦慄が背を駆け抜けた。

雄の証《あかし》をしっとりとくるんでいる襞は悦びにさざめいて、満たされているという実感が胸の底にじわりと広がる。

「動くぞ」

蒼影は簡潔に告げると、緩く引いた肉棒に勢いをつけて最奥を突いた。閂《かんぬき》をかけた門扉《もんぴ》を壊すような激しさに、息が詰まる。

「や……いたっ……」

背後から犯されるのは初めてだった。抜き差しされるたびに胃や腸まで圧迫されて、鈍い痛みが下腹に広がる。体重をかけられているので逃げることもかなわず、うめくことしかできない。

「蒼影さま……お願いです……やめて……」

首を振るたびに涙が散って、岩にささやかな染みをつくる。しかし、蒼影はやめるどころか折檻《せっかん》でもするように激しく攻めた。

「おまえは俺の妻だ。ならば、俺に従い満足させるのが義務だろう？」

「そんな、いやです……！」

彼の妻であることや東華の女であることを盾に身体《からだ》だけを求められている。それが無性に悲しかった。

（蒼影さまはなぜこんなにもお怒りなの？）

やはり藍影との仲を疑っているのだろうか。彼の邸を訪れたことが、蒼影の怒りに火を点けてしまったのか。

「蒼影さま、わたしは……はうっ……」

言おうとしたことは、彼が最奥を破るほどに突いたせいで砕け散ってしまった。彼と隙間《すきま》なく密着した媚壁《びへき》は激しい抜き差しに蹂躙《じゅうりん》され、痛みよりも律動的な動きがもたらす快感に酔いしれだす。

「だめ……だめぇ……！」

淫刀が奥をぐりぐりとえぐるたびに胎の底を酩酊《めいてい》させるような悦びがわだかまっていく。淫らな雌襞《めすひだ》は猛々しい雄《おす》の抜き差しに従って、貪欲《どんよく》に収縮を繰り返した。陽根が押し入ればめいっぱい広がり、抜け出るほどに引いてしまうと夜の蓮花《れんげ》のように慎ましく閉じてしまう。

何度も繰り返されるその動きは、玉葉をはるか高みに連れ去ろうとするように力強い。

(だめなのに)

またあの絶頂を味わうのかと思った。その悦びの深さとすばらしさを味わった今では、心待ちにしてしまうのだったが。

蒼影は遠慮《えんりょ》なく玉葉を突くのをやめると、覆《おお》いかぶさるようにして耳元でささやく。

「おまえは俺のものだ」

その声には切迫したものがあった。身体のもっとも奥深いところで繋《つな》がっているのに、玉葉の存在を不確かなものだとでも感じているのだろうか。

「蒼影さま……？」

振り向こうと身じろいだが、そんな小さな動きをしただけで、胎内を埋め尽くす雄の証《あかし》をまざまざと実感させられる。

「おまえはずっと北燕にいるな？」

ずんと一突きされてからたずねられた。全身に満ちる快楽に、玉葉は言葉を失い、ただ荒く息を吐きだすだけになってしまう。

「玉葉？」

再度たずねられ、喘ぐように息を吸ってから懸命に言葉を紡《つむ》ぐ。

「……東華には帰りませんわ。わたしは……国のために嫁いできたのに……」

蒼影との婚姻は和平の証だ。普通の男女のように想い想われて結ばれたという単純なものではない。

そんなごく当たり前のことを言ったのに、背後の気配は冷たく固まってしまう。

「国のためか……」

蒼影はうなると、予告なく陽根を引くや奥を貫いた。

「あう……やぁ……」

「国のためなら外で犯されても我慢するというわけか」

ぐちゅぐちゅと音を立てて抜き差しを再開する。耳を塞ぎたくなるような淫らな音を立てられて、羞恥が募《つの》った。

「いや……！　いや……です！」

命綱《いのちづな》にすがりつくように岩を抱いた。蒼影は激しい抽挿を繰り返し、玉葉の蜜壺を思うさまになぶりつくす。角度を変えて感じるところを突き、尖った亀頭でこじあけるように最奥を貫いた。

「や……壊れちゃう……」

足裏が地についているはずなのに、奇妙な浮揚《ふよう》感に襲われる。頭が白い炎に焼かれ、胎《はら》が溶けてなくなるような甘い痺れが全身に満ちていく。

極《きわ》みの瞬間はいつもそうだ。地上から天へと続く階《きざはし》を一気に上らされてしまうような感覚に陥《おちい》ってしまう。

「い、いく……いく……」

喉《のど》をのけぞらせ、内股を細やかに震わせて、玉葉は絶頂を味わい尽くした。その瞬間は、すべての音が絶え、自らの鼓動だけが耳に響いていた。

「……ああ……」

蒼影は悠然《ゆうぜん》と腰を使い、極《きわ》みの大波に溺《おぼ》れた玉葉にさらなる小さな快楽の波を送っていたが、最奥をえぐりながら沸騰《ふっとう》したように熱い液を注ぎこむ。子種をすべて吐き出したあとも、それを定着させるように繋《つな》がりを解かなかった。

「も、もう……だめ……」

膝から力が抜け落ち、その場に崩れそうになると、蒼影があわてて胸と腰に腕を回して玉葉を引き上げる。

「玉葉……」

「……お願い、もう許してください」

淫技に反応し尽して、もはや玉葉の足腰は立たなくなっていた。虚脱した膝には、もう肉体を支える力さえほとんど残っていない。

「玉葉、大丈夫か？」

蒼影の案じる声にかすかにうなずいた。背に当たるたくましい胸板にもたれながら、浅い呼吸を繰り返す。

「大丈夫ですから」

そう答えながら、身震いした。ほぼ全裸といってよい状態のせいか、風が冷たくて仕方ない。

（心配するくらいなら、こんなところでわたしを求めなければよいのだわ）

そんな本音を言葉にすることすら億劫《おっくう》だった。とにかく寒くてたまらなかった。

「寒い……」

震えると、蒼影が落ちた衣を肩にかけてくれる。玉葉は瞼《まぶた》を閉じると、安堵《あんど》の息を細く長く吐き出した。

それから五日後。玉葉は寝台で目を覚ました。開けられた窓の狭い隙間から光の帯が差し込んでいる。陽はとっくに高いところにあるのだろうが、全身が弛緩《しかん》していてとっさに動けない。炕《かん》の上に敷いたふとんはほどよくぬくもっていて、まどろみのひと時が心地よかった。炕には特別に火が入っていて、おかげで一晩中暖かく過ごせたのだ。

「公主さま、大丈夫ですか？」

寝台のすぐそばに立った素貞が不安げに覗《のぞ》き込む。久しぶりに出した声は、低くかすれていた。

「ええ、気分はずっといいわ」

「よかった。お熱はありませんか？」

素貞に言われ、額に手を当てた。五日前は炙《あぶ》られたように熱かった額がすっかり冷えている。

「下がったみたい」

「本当によかった。一時はどうなることかと心配いたしました」

顎《あご》の下で両手を合わせて涙ぐむ彼女に苦笑をこぼした。

「大げさだわ。ただの風邪《かぜ》よ」

「何をおっしゃってるんです？　熱がすごく高くて、医者が青ざめていたんですよ!?」

彼女の剣幕に、あらためて五日前のことを思い出した。

外で蒼影に抱かれたあの日。体調がすぐれないことを訴えると、蒼影に着つけを手伝ってもらい、すぐに帰路についた。

馬で邸の門を抜けたことは覚えているものの、そこで意識を失い、次に気づいたときには、寝台に寝かされ、額には湿った布がのせられていた。

素貞はすすり泣きながら額の布を水で冷やした新しいものに換えると、気を失っていた間のことをまくしたてた。

『王太子さまが公主さまを抱えて戻られたんですよ。熱が高いって血相を変えられて……医者は風邪だろうと言っていましたが、お薬をお飲みになりますか？　それとも、お粥《かゆ》をお召し上がりになります？　厨房《ちゅうぼう》のものに訊いたら、米なんかいつも置いてないって言うんですよ。本当に北燕はこれだから嫌なんです。小麦しか食べないんですからね。ご病気のときは、お粥が一番だって言うのに』

言葉を挟めないほど早口で、しかも声が大きいものだから頭の奥に鈍痛が走った。素貞は玉葉の首筋に浮いた汗を拭いながらさらに言い募る。

『王太子さまが外に連れて行ったとおっしゃっていましたけれど、いったい何をなさってるんでしょうね。公主さまは深窓《しんそう》のご令嬢。風にも当てぬように大切にされてきた公主さまを荒野の風にさらすなんて、本当に無礼千万です！　これだから、北燕人は野蛮だと言われるんですよ！』

金切り声で叫ぶ素貞の背後――部屋の入り口に蒼影の姿が見えて、玉葉は頰を強《こわ》ばらせた。素貞の失言をどう繕《つくろ》おうかと考えた瞬間、彼は背中を見せて去っていった。緊張がほどけた玉葉は急速に気だるさに囚われ、素貞に助けられて薬を飲むと、眠りにつく。

それから今日まで、熟睡とまどろみの間を行ったり来たりして過ごした。今日は頭がすっきりと冴えて、ようやく本来の自分に戻ったのだという実感に浸る。

「公主さま、お食事になさいますか？　朝食に粥を煮てもらいました」

素貞の視線の先の炕卓上には小鍋と碗《わん》があった。鍋の中にはおそらく粥が入っているのだろう。

「ありがとう」

玉葉は身を起こした。とたん襲っためまいを静止してやりすごす。長時間眠っていたせいか、体勢を変えただけで、目の前が暗くなってしまった。

「公主さま？」

不安げに問われ、玉葉は無理やり微笑《ほほえ》んで首を左右にした。

「大丈夫よ。ちょっとめまいがして……」

言葉尻を濁《にご》してから、寝台から降りる。履をはくと、慎重に卓に近寄った。

「公主さま……」

近寄ってきた素貞が顔を曇らせる。

「悪いのだけれど、お湯を使いたいの。髪を洗いたくて」

身体は湯で濡らした布で拭ってもらっていたが、髪は洗えなかった。どうしてもすすぎたくて湯を頼むと、素貞が首を傾《かし》げる。

「具合はよろしいんですか?」

「すっかり元気よ。湯殿に湯を用意してもらえるかしら。自分で洗うわ」

「湯の準備ならいたしますけど、ご自身で洗うなんて……」

賛成できかねるというふうに眉を寄せて首を振る彼女の手を握った。

「自分でできることは自分でやるわ。お湯の用意をお願い」

強引かと案じたが、彼女は口をねじまげ渋い表情をしながらも部屋を出て行く。

その間に粥を食べようかと卓に置かれた水盤で手を洗い、何気なく部屋を見渡すと、壁際の棚上に置かれた花瓶《かびん》に目が留まった。赤い花が三輪ほど飾られている。

「あれは……」

棚に近寄って仔細《しさい》に眺める。深紅の花は菊に形と大きさが似ているが、東華では見たことがない花だった。

「王太子妃さま、お目覚めですか?」

入って来た北燕人の侍女がかわせみの色をした目を丸くした。

「ええ。長らく寝てしまって迷惑をかけたわ」

侍女は気遣わしげな表情をしながら、玉葉のそばに歩いてきた。

「ご迷惑なんてかけられていませんよ。それより、ご容態はどうです?」

「散々寝たおかげで、だいぶよくなったわ」

「お熱は下がりました？」

すっと伸ばされた手が額に触れる。彼女は手を当てたまましばらく動かずにいたが、やがて息の塊をほっと吐いた。

「下がりましたね。五日前は火傷《やけど》しそうに熱かったんで、肝《きも》を冷やしました」

「心配させて、ごめんなさいね」

「一番心配したのは、王太子さまです。何度もお見舞いに来られたんですから」

「えっ……」

驚きのあまり言葉を失う。蒼影が足を運んでくれたなんて、まったく記憶にない。二の句を継げずにいると、彼女は棚の花瓶を指さした。

「あのお花は王太子さまが持って来られたんです」

「……知らなかったわ」

呆然《ぼうぜん》として花を見た。白磁《はくじ》の花瓶に飾られた深紅の花は、固い蕾《つぼみ》からほどけたばかりのようだ。咲き初《そ》めの初々《ういうい》しさを漂わせる花が摘《つ》まれたのは、ごく最近のことだろう。

「間が悪くて、いつも王太子妃さまが眠っていたころに来られていたようですよ。おまけに、素貞がぎゃんぎゃん叫んで追い返していたんです」

「そ、素貞が？」

よくもまあそんな無謀《むぼう》なことをするものだ。呆《あき》れと驚愕《きょうがく》と恐れがないまぜになる。それが顔に出たのだろうか。侍女は信じられないとでも言いたげに首を左右にした。

「王太子さまに面と向かって言うんですから。北燕人は野蛮な民だ、公主さまを粗雑に扱ってって。首を刎《は》ねられないのが不思議なくらいですよ」

「まあ……」

「きっと驕《おご》ってるんでしょう。公主さまがかばってくれるって」

肩をすくめられて、玉葉は返答に困った。確かに、もしも蒼影が素貞を罰しようとしたら、なんとかしてやめさせようとするだろう。

「ところで素貞はどこなんです？」

「お湯を湯殿に用意してもらっているの。髪を洗いたくて……」

「あの娘、ちゃんとやってるのかしら。わたし、様子を見に行ってきますね」

ぶつぶつと愚痴《ぐち》めいたことをこぼしながら、彼女は部屋の外に出ていく。玉葉はぱたりと閉まった扉を見つめて、しばし途方に暮れた。

「お花を持ってきてくださったなんて……」

足音を忍ばせて、棚に近寄る。指を伸ばして花弁に触れた。小さく揺れる花の名は知らないが、瑞々《みずみず》しい美しさには見惚《みと》れずにいられない。

「お礼をお伝えしなくては……」

つぶやいた直後、病気の原因となったひどい仕打ちを思い出す。

風の吹きすさぶ荒野で身体《からだ》を開かされた。まるで痛めつけるようなやり口を思いだすと、あのときの寒気が甦《よみがえ》って、つい身震いしてしまう。唇を嚙《か》んで、寝衣の衿《えり》をあわせた。

(お花でごまかされたりはしないわ)

彼は玉葉を辱《はずかし》めたのだ。花を贈って赦《ゆる》してもらおうとしているなら、甘いとしか思えない。

(ひどい人なのだから)

玉葉は強《し》いて花から目をそらすと、ぎゅっと瞼《まぶた》を閉じる。蒼影を忘れようとするのに、眼裏《まなうら》にはかえって彼の面影《おもかげ》が焼きついていて、あわてて瞼を開いてしまう玉葉だった。


それからさらに五日経った。

玉葉が寝台から離れられるようになったことを知った蒼影は、何度か面会に来たが、玉葉はそのたびに具合が悪いと仮病を装って、彼と逢《あ》うことを拒否した。

侍女たちには不審がられたが、内心では冷や冷やしつつ平静を繕《つくろ》い続けた。

そんな状況下で、あてつけのように外出して向かったのは養心院である。無性に子どもたちの姿を見たかったからだ。

子どもたちの無邪気に遊ぶ姿に心を和ませ、必要なものを世話係と打ち合わせたあとで、いざ帰ろうとすると、思わぬ客があらわれた。

「迎えに来たぞ」

庭で蒼影に迎えられた玉葉は助けを求めて周囲を見渡す。

その場にいた者たちは恐れ入ったように面《おもて》を伏せて彼を迎える。身分などわからぬ幼子たちはきょとんと蒼影を見上げた。

「お忙しいでしょうに、わざわざお越しにならなくても……」

暗に来てほしくなかったと告げたつもりだったが、蒼影は玉葉の肩を抱き寄せると一見いたわりに満ちた――しかし、玉葉には嘘くさいとしか思えない笑みを浮かべた。

「病み上がりのおまえが心配だったから、迎えに来たんだぞ」

肩をつかむ手にいっそう力が込められる。具合が悪いと嘘をつき面会を拒絶し続けたことなど、すっかりばれているようだ。

玉葉は彼の手から逃げようとひそかに身じろぎしたが、無駄だった。仕方なく、同行せずにすむ方便をひねりだす。

「蒼影様は政務がたまっておられるのでしょう？　わたしのことは心配に及びませんから、お先にお帰りくださいませ」

「仕事は片づけてきたから安心しろ」

「わたし、馬車に乗って来たのです。それでのんびり帰りますから、お先に行かれてください」

「馬車なら先に帰したぞ。俺の馬に乗ればいい」

玉葉は唇を噛んだ。蒼影は一歩も引く気はないのか、ゆったりとかまえている。

内心のあせりを隠して、玉葉は笑みを浮かべつつ彼を退ける口実を探す。

「これから布を買いに行こうと思っておりますから、送っていただかなくても結構です」

「布が欲しいなら、邸に商人を呼ぼう」

「その必要はございませんわ。店頭でゆっくり選びたいのです。遅くなるかもしれませんから、一足先に戻られてください」

「帰りが遅くなるなら、なおさら俺がついていこう」

かすかにひきつる口の端を懸命に緩《ゆる》めた。

（逃がさないつもりね）

蒼影はやさしげな笑みをたたえているが、玉葉の頬に向けられた視線には隙《すき》がない。

（みなの前ならば、あからさまに断れないとわかっているんだわ）

子どもたちや世話係の前で蒼影を避けるような真似《まね》はしたくない。まして、喧嘩《けんか》するなどもってのほかだ。

玉葉と蒼影の結婚は、東華と北燕に和平をもたらし、結びつきを深めるためのものだ。それなのに、肝心《かんじん》のふたりの夫婦仲が険悪だなんて論外だった。

「お妃さまと王太子さま、仲良しー！　すごーい！」

童女の無邪気な冷やかしが耳に突き刺さるようだ。

「玉葉、子どもたちをがっかりさせたいのか？」

蒼影にささやかれ、玉葉はとうとう決心した。渾身《こんしん》の笑みを振りまいて、子どもたちや世話役たちを見渡す。

「では、お先にお暇いたしますわ」

「お気をつけてくださいませ」

「さようならー！」

無邪気に手を振る人々の視線が痛い。蒼影と馬に同乗すると、浮かない気持ちごと運ばれるのみだった。


うつむいて一言も話さぬ——話せぬ玉葉が目を見張ったのは、郊外の花園についたときだった。

部屋に飾られていたのと同じ深紅の花が野を埋め尽くすように咲いている。丈は玉葉のももまであり、花園に入ったら、埋もれてしまいそうな錯覚《さっかく》を覚えた。

馬から降ろしてもらった玉葉は、見渡す限りの花を眺めながら言葉を失った。

「見事だろう」

「……はい」

王都郊外の山間《やまあい》の谷間。そこを花が一面深紅に染めている光景は圧巻だった。まるで絨毯《じゅうたん》を隙間なく敷き詰めているようだ。

「ここは自然の花園ですの？」

「いや植えたものだ。染料として使っている」

「紅花とは違いますわね……紅花だったら、花が咲くのは夏ですし、花の色も違うし……」

興をそそられ、花園の果てまで見つめる。夕陽に照らされ、いっそう鮮やかな花たちは艶冶《えんや》な美女の群れのようだ。

不意に横の蒼影が身じろいだ。視線を移すと、満足そうに目を細めている。

「鈴を鳴らすようなおまえの声を聞いていると、心が和《なご》むな」

毒気が抜かれ、怒りの矛先《ほこさき》をどこに向けてよいかわからなくなった。玉葉は頬を膨らませると、前を向いた。

「どうした？」

「なんでもありません」

「夫婦なんだから、遠慮《えんりょ》せず話せ」

のんきな物言いに怒りがふつふつとわいてしまう。

「夫婦だったら、な、何をしてもよいと思っていらっしゃいますの？」

「やはり、あの日のことを恨んでいるのか」

蒼影がため息をつく。息の塊《かたまり》は花の間を駆け抜けた一陣の冷風が散らしていった。思わず身震いした玉葉を蒼影が背中から抱きしめる。

「悪かった」

簡潔な謝罪に心臓がひとつ鳴る。ほだされてしまいそうな気持ちをぐっと押さえつけて、彼に見られないのをよいことに眉をきつく寄せた。

「……それだけですの?」

「すまなかった。赦《ゆる》してくれ」

蒼影の声には真摯《しんし》な響きがあった。そのせいか、風に揺れる柳のように心が傾いてしまう。

「……東華人の侍女を連れてきたとき、藍影とのこともだが、おまえが国に帰りたいのかと疑った」

素貞の件でそこまで考えていたとは想像できなかった。とっさに言葉を失う。

「無理やり連れてきたからな。おまえが東華に帰りたいと願ったとしても、不思議ではない。そう思っても……おまえを繋《つな》ぎとめたかった」

「だ、だから、あんなふうに外でわたしを辱《はずかし》めたのですか?」

玉葉を抱いたのは、苛立《いらだ》ちのせいだったのか。あるいは、どこまで彼の要求に応えるか知りたかったのかもしれない。彼の心の揺れを理解しつつも、反発する気持ちは抑えがたかった。

「帰りたいからといって、帰れるはずがありませんわ。わたしは和平のために嫁いできたのに

「……」

玉葉と蒼影の結婚は政略なのだ。故国が恋しいからといって、たやすく別れられるはずはない。そのことは彼だって理解しているはずなのに。

「俺と一緒にいるのは、そんな理由しかないのか？」

すねたような口調に、振り返って彼を見上げた。

蒼影の瞳には不満げな光がちらついている。

「国のためだから、我慢しているのか？」

「そういうわけじゃありませんわ」

あわてて首を左右にしたが、なぜ彼が玉葉の身体を強引に開かせたのかわかったような気がした。

（国のためだとばかり言っていたから、きっとお疑いになったのだわ）

玉葉が本当は彼のことなど愛しておらず、政略結婚だからそばにいるだけだと疑ったのだろう。だから、身体を繋げて玉葉の心を量ろうとした。

裸で抱き合うときは、ただの男と女になるから。公主や王太子という肩書きはなんの役にも立たなくなってしまう。

「……蒼影さまのことが本当に嫌いでしたら、ふたりだけで遠出しようなんて考えません。そもそも、こんなふうに話すことさえ避けるでしょう」

ただそれだけの事実を告げるのが照れくさい。瞼《まぶた》を伏せて高まる頬の熱をこらえていると、蒼影が玉葉の向きを変え、彼に正対するようにした。驚く間もなく、強く抱きしめられる。たくましい胸板に頬を寄せていると、心臓が高鳴ると同時に深い安堵《あんど》を覚えた。

「玉葉、愛しているぞ」

あまりに直截《ちょくせつ》な告白に、全身の血がたぎったように熱くなる。

「おまえはどうなんだ？」

顎《あご》を持ち上げ瞳を覗《のぞ》かれて、玉葉の鼓動が加速した。

「どうって……」

「おまえの本当の気持ちが知りたい。率直《そっちょく》に言ってくれ」

声音《こわね》が真剣すぎて、冗談では済まされない響きがある。

「……もしも嫌いだとお答えしたら、どうなさるのです？」

「俺に惚《ほ》れさせるまでだ」

「好きだと答えたら？」

「褒美《ほうび》として全身に口づけをしよう。許しを請うまでしてやる」

得意げに言われて、頬にさした朱をさらに濃くする。恥ずかしいことを平気で語る彼を罰する心地で言った。

「だったら、嫌いです」

「どういう意味だ」

ぎゅっと腰を抱かれ、頬に唇を寄せられて、狼狽《ろうばい》が深まった。

「俺のことを好きだと言え、玉葉」

「も、もう。わかりました。わかりましたから、よしてください」

「よしてくださいじゃなく、好きか嫌いか言え」

逃げようとしたが、身を軽くひねったくらいではとうてい離れることすらできない。

「玉葉……」

名を呼ぶ声は熱をはらんでいた。まるで閨《ねや》でささやくときのように。

その熱にうかされたりしないように、玉葉は小さく横を向く。

「き、嫌いです」

好きだなんてそんな簡単に言ってやるものかと思う。いつも自分をとろかしてしまう男をこれ以上図に乗らせるわけにはいかない。

「つれない女だ」

蒼影にさらにきつく抱き寄せられた。まるで、どこにも逃がすまいと言わんばかりに腕の中に閉じ込められてしまう。

「……玉葉」

かすれた声には欲望の兆《きざ》しがあった。とっさに警戒心を抱いて見上げると、唇をふさがれる。

「ん……んん……」

角度を変えて何度もついばむように口づけされる。

（ああ、まただわ）

こうやって玉葉の理性を奪うのだ。そして、あっという間に彼の淫《みだ》らな指に屈服させせられてしまう。

口づけは何度も繰り返された。息が重なるたびに、全身に甘美な痺《しび》れが走る。そのうちに蒼影は玉葉の唇の隙間を舌でこじあけ、中に侵入してきた。舌をもつれあわせていると、背筋にぞくぞくとした快美《かいび》な調べが伝わっていく。

「だ、だめ……」

唇を解放された隙に小声で拒否してみたが、自分でも呆《あき》れるほどに力ない。案《あん》の定《じょう》、蒼影は低く笑う。

「本当にだめなのか？」

嘘をつくなと言われているようで、玉葉はむきになった。

「だめですわ」

きっぱりと告げると、蒼影はしばし玉葉を見つめる。翡翠《ひすい》の瞳は宝玉のように輝かしく、吸い込まれてしまいそうな錯覚《さっかく》を覚えた。

「おまえを床に伏せさせたばかりだしな。今日はやめておこう」

そう口にして、玉葉をきつく抱きしめる。不埒《ふらち》な行いに及ばない代わりの抱擁《ほうよう》なのだろうか。背にさっと緊張が走った。

けれど、彼の胸に頬を当てて心音を聞いていると、その緊張がやわらいでいく。ぬくもりに包まれていると、風の冷たささを忘れてしまいそうだ。

ふと胸に浮かんだ疑問をぶつけた。

「……どうしてわたしを妻としてお求めになりましたの？」

「今さら訊くのか？」

怪訝《けげん》そうに眉をひそめられ、玉葉は頬に熱を感じる。

「その……気になったのです」

「北燕の捕虜《ほりよ》を看護してくれるおまえなら、きっと国母《こくぼ》になれると思ったからだ」

「わたしが国母に？」

「俺の妻なんだから、いずれはそうなるだろうが」

呆れたように言われ、おずおずとうなずいた。

確かに蒼影が王になれば、玉葉は王后になる。すなわち国母と呼ばれる存在になる。

けれど、その響きはあまりにも重く、玉葉の手には余ってしまいそうだ。にわかに怖気《おじけ》づいてしまう。

「そんな……わたしに国母なんか……」

「おまえがふだんどおりの行動をすれば、それでいい」

「そうでしょうか？」

「捕虜の看病をして、養心院に足しげく通うおまえだったら、思うままに行動するだけで、国母のできあがりだ」

蒼影の眼差《まなざ》しは温かだった。嬉しくて――嬉しすぎて瞳が水気を含んだ。

「おい泣くな」

「ご、ごめんなさい」

またもや強く抱きしめられて、玉葉は彼の体温にくるまれながら、こみあげてくる涙をこらえた。

「まったく……こんなことで感激するようだったら、皇帝と再会したときには泣き崩れるんじゃないかと心配だぞ」

「お兄さまと再会って、どういうことなのですか？」

「もうすぐ和平の話し合いをするために、国境に発《た》つ。おまえも来い」

「お兄さまに逢《あ》えるのですね！　蒼影さま、ありがとうございます！」

蒼影を見上げて笑顔になると、彼はため息をこぼしながら髪をやさしく撫《な》でてくれた。

「兄といえども、俺の妻の心に他の男の居場所があるのだと思うと許しがたいな」

「何をおっしゃるのです？」

「おまえのすべては俺のものだと言いたいだけだ」

「まあ……」

独占欲丸出しの発言に驚き、呆《あき》れてしまった。

「わたしに子どもができたら、わたしのすべてはあなたのものではなくなりますわ」

「できたのか？」

腹のあたりをまさぐられて、玉葉は彼の胸をこぶしで押した。

「できてません！」

「そうか。まだまだ励《はげ》む必要があるな」

真面目《まじめ》な顔をされて、怒る気さえ失せてしまう。

「さっそく今夜からだ。俺を嫌いだと言い張ったおまえには、罰として全身に口づけをしてやろう」

「さっきはご褒美《ほうび》だと言っていたじゃありませんか……」

呆れながらも、身体《からだ》の芯にはかすかな火が点ってしまった。

そんな火の存在など認めたくなくて、玉葉は風に揺られる豪華な花の絨毯《じゅうたん》を眺め渡して、心を懸命に鎮めていた。

四章　湯に溶ける想い

それから二十日後、玉葉《ぎょくよう》は国境にいた。

王都よりも南にあるせいか、出立《しゅったつ》のころ雪がちらついていた空はただ青く澄んでいるばかりで、雪の欠片《かけら》さえ降る様子がない。

国境沿いの東華《とうか》側にある小さな街は、にわかに人口が増え、異様な緊張感に満ちていた。東華の皇帝と大臣たち、また、彼らを守る多数の兵がいるのだから当然だろう。

そこを玉葉たちは訪れた。こちらは王太子と王太子妃の他に王弟の藍影《らんえい》までが同行していた。

（お兄さまはどちら？）

旅塵を落とし衣服をあらためた玉葉は、兄がいるという宿館の門をあわただしく抜けた。この街の知事の館は東華で一般的な院子《なかにわ》を建物で囲む形らしいが、こぢんまりとしたもので、案内役が必要ないほどである。

追いかけてくる素貞《そてい》を顧《かえり》みる余裕もないほど、玉葉の気持ちは急《せ》いていた。門庭を歩き、回《かい》廊《ろう》を進むと、部屋から出てきた靖邦《せいほう》と鉢合《はちあ》わせする。

「お兄さま！」

ほとんど飛びついた玉葉を靖邦はしっかりと抱きとめてくれた。

「玉葉、久しぶりだね」

「お兄さま、お元気そうでなによりですわ！」

少し離れて龍袍《りゅうほう》姿の兄を見上げれば、靖邦は掌《てのひら》で玉葉の頬をそっとくるんでくれた。

「おまえこそ元気そうでなによりだ。それにしても、玉葉。いっそう美しくなったね」

「そうです？　この衣裳のせいかしら」

右合わせの衿《えり》の上衣は蒼影《そうえい》と訪問した花園の花で深紅に染められ、花や鳥の刺繡《ししゅう》が金糸《きんし》や銀《ぎん》糸《し》でほどこされている。同色の裙子《スカート》も華やかな刺繡で品よく飾られていた。

「衣裳のせいではないと思うよ」

靖邦はほがらかに笑っている。玉葉が首を傾《かし》げると、瞳にいたずらな光をきらめかせた。

「ほら、玉葉。嫉妬《しっと》深い義弟がわたしを睨《にら》んでいるよ」

「誰が嫉妬深いだ」

蒼影が顔をしかめ、悠々《ゆうゆう》と歩いてきた。

紫に染めた長衣には天を翔《かけ》る龍が刺繡されている。裾《すそ》をさばきながら歩く姿が颯爽《さっそう》としていて、思わず誇らしくなった。

「久しぶりだね、我が義弟よ」

「……皇帝直々に足を運ぶなんて、軽率《けいそつ》じゃないのか？」

ふたりの気安い口調に玉葉は啞然《あぜん》としたものの、すぐに得心する。

（そういえば、おふたりはすでに逢《あ》っているのだったわ）

蒼影は和睦《わぼく》の使者のフリをして、軍営にやってきたのだった。兄皇帝と直接に対話して和平について話し合うためだと語っていたが、初対面とは思えぬ様子を見れば、真実だったようだ。

「君の真似《まね》をしたんだよ。額をつき合わせて交渉したほうが、早く決着するかと思ったからね」

「……よく大臣たちが納得したな」

「反対するものもいたけれどね。わたしが強行したんだ」

穏やかに微笑《ほほえ》んではいるが、口ぶりには断固とした決意が感じられ、玉葉は背を正す。

靖邦は真実和平を希求しているから、自ら国境まで足を運んだのだ。

「それに、可愛《かわい》い妹が夫に虐《しいた》げられていないか心配でね。もしも大事にされていないなら、連れて帰らなくてはいけないから」

「大事にしてるが」

蒼影はふたりに挟まれている格好の玉葉を抱き寄せる。腕を勢いよく引かれたせいで、彼の懐《ふところ》にすっぽり収まる形になった。

「そ、蒼影さま、やめてください！」

真っ赤になって彼をたしなめる羽目になる。それなのに、蒼影は平然と靖邦に向き合った。

「連夜、妻として遇しているぞ」

「それは兄として嬉しいことだが、激しすぎるのも困るよ。妹は君と違ってか弱いんだからね」

男ふたりの会話は際どさを増していく。玉葉はあわてて蒼影の口を押さえた。

「夫婦の恥をさらすのは、やめてください！」

「恥じゃないだろう。おまえの寝台にもぐりこむのは、俺の仕事だ」

だから堂々としていいのだと胸を張られ、玉葉はますます悶絶《もんぜつ》する。

「そのとおりではあるな。妻の寝台で共に眠るのは夫の大切な責務だ。玉葉、おまえは幸せものだよ」

「はい……」

靖邦に諭《さと》されれば、素直に認めるしかない。頬を朱色にしてうなずくと、蒼影が顔を覗《のぞ》いた。

「兄の言葉は素直に認めるんだな」

「ほら、狭量《きようりよう》な義弟がまた嫉妬してるよ。玉葉、愛されてるな」

靖邦にからかわれ、玉葉は蒼影と顔を見合わせてどちらともなくため息をついた。

「ともかく、話し合いは明日からだ。今日は三人で夕餉《ゆうげ》でもとろうか」

兄の言葉に喜色満面《きしよくまんめん》でうなずく。傍《かたわ》らの蒼影がため息をつき、まるで玉葉は己のものだと主張するように胸の内に閉じ込めた。

翌日。朝から蒼影と靖邦は会談を始めた。

手持ち無沙汰《ぶさた》になった玉葉は、与えられた宿館の部屋で縫《ぬ》い物をしながら昼を過ごしていた。

(綿入れを縫わなくては)

養心院《ようしんいん》の世話役たちは綿入れが欲しいと言っていた。本格的な冬の始まりを迎えてしまい、気持ちがあせる。

卓上に布や綿をあふれさせ、椅子《いす》に座って懸命に針を動かしていると、部屋の扉が開く音がした。うつむけていた顔を上げてぎょっとする。

「義姉上《あねうえ》、何をなさっておいでで?」

部屋に足を踏み入れた藍影が壁にもたれて玉葉を見つめていた。麗《うるわ》しき青年は、どんな女性でも魅了できると言わんばかりの自信をみなぎらせている。もっとも玉葉にしてみれば、妖艶《ようえん》すぎて視線をそらしてしまいたくなるのだが。

口角をなんとか上げて、笑みをつくる。

「藍影さま。何かご用ですの?」

「東華の書物を手に入れたのですよ。義姉上にその価値を判断していただきたいのです」

藍影は小脇に書を抱え、微笑をたたえてゆっくりと近づいてくる。玉葉は椅子から立ち上がると身構えた。

よからぬ気配を覚えた。まるで、獲物を発見した蛇が着実に距離を縮めようとしているような空気だ。恐怖が募《つの》り、首をやんわり絞《し》められたように息苦しくなる。

「わたしではわかりかねますわ。他の者にたずねたらどうでしょう?」

「つれないお言葉ですね」

書を卓に置き、前に立った藍影はつと手を伸ばして玉葉の頬に触れる。ひんやりとした感触に背を大きく揺らした。藍影の手は思わせぶりに首までゆるゆると動いていく。

「お、おやめになってください」

「そう言われると、逆にやめたくなくなりますね」

その手は風に舞う蝶のように優雅に動き、耳を隠す黒髪を思わせぶりに持ち上げた。こぼれ落ちる髪がさらさらと音曲を奏でる。

「義姉上は本当にお美しい」

硬直した玉葉の耳たぶに唇をつけるようにしてささやく。

玉葉は恐怖に喉《のど》をひとつ鳴らしてから、彼を制止しようとする。

「……おやめになってくださいませ」

「義姉上、この間の件はどうお考えですか?　実の兄に再会したら、東華へ帰りたくなったでしょう」

玉葉は息を呑《の》んだ。蒼影がいなくなり、藍影の妻になれば東華に帰れるというあの話だろう。毒に侵されたように禍々《まがまが》しい発言に玉葉は彼をきつく睨んだ。

「わたしは東華には戻りません！　馬鹿なことをおっしゃらないでください」

ここには蒼影が護衛を配置している。藍影を追い出すのは簡単だ。大声を出せば、彼らが踏み込んでくるだろう。

（だけど、うかつに呼んでいいのかしら）

藍影は可能性を示唆《しさ》しただけで、具体的に誰かに危害を加えたわけではない。無闇に騒ぎ立てるほうが問題だろう。

なにより、今は重要な和平の会談中なのだ。よけいな騒動を起こしたくなかった。

「義姉上は責任感にあふれた方ですね。さすが北燕《ほくえん》のような蛮族《ばんぞく》の地に嫁《か》してくるだけはある」

藍影は相変わらず玉葉の髪を弄《もてあそ》んでいるだけだ。たいしたことではないと己に言い聞かせるものの、背に悪寒が走るのを止められない。

そのとき――。

「藍影さま、蒼影さまのご使者がいらっしゃいました」

外から野太い呼び声が聞こえる。藍影は舌打ちすると、玉葉を熱く見つめた。

「義姉上、しばしお待ちいただけますか？　すぐに戻ってまいります。東華の茶をふたりで楽しみましょう」

彼は優雅に頭を傾けてから外に出て行く。

扉の向こうにしなやかな姿が消えてからも身動きできずにいると、素貞がやってきた。

「公主さま、どこかへ身を隠しましょう」

「どこかへ身を隠す……」

「公主さまはおやさしいから、藍影さまを徒《いたずら》に辱《はずかし》めたくないと思っていらっしゃるのでしょう？　だから、助けを呼ぶこともおできにならない」

素貞は両手を握り、しきりにうなずきながら玉葉の気持ちを代弁してくれる。

藍影と一緒にいると、危機感と嫌悪を覚える。けれど、具体的な行動をとられたことはないのだから、ただの疑いだけで騒ぎ立てるわけにはいかないとも思う。

藍影とふたりきりにならずに済ませるには、素貞の言うとおり身を隠すのが一番だろう。

「わかったわ」

「では、参りましょう。わたしがご案内いたします」

幼子のように素貞に手を引かれ、裏口から外へ出た。

塀《へい》を抜けると、館を取り巻いているはずの護衛たちの影も形もない。不思議になって首を傾《かし》げると、玉葉の動作の意味に気づいたらしい素貞が耳打ちした。

「藍影さまを見張ってもらうようにお願いしたのです。あの方は何をしでかすかわからない方だから」

「そうなの」

誇らしげな素貞に玉葉は感謝の意を込めてうなずく。

彼女は藍影の訪れに危険な兆候を感じ取ったのかもしれない。そのため、事前に護衛たちに彼への注意を怠《おこた》らないよう警告でもしたのだろう。

「さ、急ぎましょう」

素貞にうながされ、玉葉は早足でその場を離れる。それからは彼女に手を引かれるまま狭い路地を歩き、建物の間を行き過ぎた。人目を避けるように進んでから、とある家屋へと案内された。

「ここなら大丈夫でしょう」

街を巡る城壁に近いごく小さな家だった。中に入ると、すぐに厨房《ちゅうぼう》や居間があり、奥に寝室があるという典型的な庶民《しょみん》の家屋だ。

「ここに住んでいる方たちはいないのかしら？」

「おりませんぞ。空き家ですからな」

部屋の奥からあらわれた男を一瞥《いちべつ》して、玉葉は目を見張る。

「王舜《おうしゅん》さま……！」

久々に逢《あ》う彼は相変わらず瞳を炯《けい》と不敵に輝かせているものの、口元に浮かぶ笑みは荒《すさ》んでいた。かつて彼を取り巻いていた余裕や自信といったものがそぎ落とされているように感じ、心なしか身構えてしまう。

「ますます美しくなられて……あの野蛮な北燕の王太子とよほどうまくいかれているのですかな？」

「野蛮だなんて失礼ですわ。口を慎《つつし》んでくださいませ」

玉葉は眉を寄せた。

北燕と東華が互いに歩み寄り、和平の条約を結ぼうとしている大事なときなのだ。それなのに、王舜は北燕への蔑《さげす》みをまったく隠そうとしない。

「嘆《なげ》かわしい。誇り高き東華の公主ともあろうものが、北燕の男にすっかり骨抜きにされてしまうとは……。北燕の男の陽根はそれほど具合のよいものですかな？」

宰相《さいしょう》ともあろう男が、場末のごろつきのような下卑《げび》た笑いを浮かべている。怒りと恥辱《ちじょく》で真っ赤になり、総身を震わせた。

「よくもそんな無礼なことを……！　あなたは宰相でしょうに」

「公主さまを目の前でさらわれたおかげで、宰相とは名ばかりになってしまいましたが」

失態を責められたが申し訳ないという気持ちなど湧いてこない。見当違いの恨みをぶつけられても、苛立ちが増すばかりだ。

「風になびく柳のように北燕の男に易々と組み敷かれる公主さま。あなたは公主と呼ばれるにふさわしくない」

王舜が冷徹に断じると同時に、四人の北燕兵が彼の背後からあらわれた。抜き身の剣を手にした武装兵は玉葉をたちまち取り囲む。放たれる殺気が肌に痛い。

「どういうことなのです⁉」

王舜の配下のようにあらわれた兵たちに驚愕《きょうがく》する。あれほど北燕を敵視する王舜がなぜ北燕の兵を従えているのか——。

(それよりも、今は素貞をなんとか逃がさなくては)

だが、そんな思いを込めて傍《かたわ》らの素貞を見やれば、彼女は難なく彼らの背後へと抜ける。

呆気《あっけ》にとられ、名を呼ぶしかできない。

「素貞?」

「……申し訳ございません、公主さま」

素貞は瞼《まぶた》を伏せて殊勝《しゅしょう》に詫びる。

「どういうことなの?」

「ここに連れて来るのがわたしの役目でございました」

その一言だけで、彼女と王舜との間が見えない糸で繋《つな》がる。だが、裏切られたという痛みを感じる間もなく、さらなる衝撃を受けた。

「公主さまが嫁《とつ》がれたままでは、和平が成り立ってしまいます。それは困る。だから、公主さまに来ていただきました」

　手を後ろに組んで得意げにする王舜の姿に玉葉は青ざめる。

「和平が成り立つと困るから、わたしを招いたということは。……まさか、北燕兵にわたしを殺させて、和平を壊そうというおつもりですの？」

「察しが早くて助かりますな、公主さま。左様《さよう》、ここにいる北燕兵が公主さまを殺害すれば、皇帝陛下とて、和平の話し合いをのんきに続けられなくなるでしょう。続ければ、面子《めんつ》を失いますからな。配下の暴走を許した王太子蒼影どのの立場もなくなる」

「わたしひとりを殺した程度で、蒼影さまとお兄さまが心変わりをするとは思えませんわ」

　強気を装い、王舜を睨む。だが、彼は怯《ひる》んだ様子を見せずに鼻で笑い飛ばした。

「当人たちがその気でも周りが許しますまい。妹を殺されてもなお、おめおめと和平を結ぶなら、陛下は官のみならず民からも軽蔑《けいべつ》されるでしょう。蒼影どのも同じですな。自分の配下の兵に妻を殺される男を誰が尊敬すると思いますか？」

　王舜の発言はもっともで、悔しさに奥歯を噛《か》みしめる。

　確かに、玉葉が和平の話し合いが行われる場で殺されたとあっては、蒼影・靖邦ふたりの立場がなくなる。下手《へた》をしたら、今の地位が危うくなるような失態だ。

（だから？）

　だから、王舜は玉葉の命を奪い、それをふたりの汚点として攻撃する気なのだろうか。

「二国の間に戦《いくさ》を起こす気ですの？」

せっかく和平の会談が開かれるところまで辿《たど》りついたというのに、もしやまた戦を始めるつもりなのだろうか。

「和平は結びますよ。ただし、それは他の者たちの手で結ばれなければならない」

王舜の一言で、玉葉は頭の中をめまぐるしく働かせた。

（誰か……北燕の有力者が王舜さまの背後にいる？）

その有力者は蒼影を排除し、その地位を襲おうと狙っているのだろう。王舜に力を貸しているのは、彼が東華の政治を左右する存在だからだ。

王舜は自分が帝位に即《つ》けた靖邦を皇帝の座から引きずりおろすつもりなのではないか。代わりに皇族の誰かを玉座につかせ、自らの傀儡《かいらい》に仕立て上げる気だろう。

「この北燕兵は王舜さまの協力者が貸したのですね」

思い起こせば、王舜の見舞いに行ったあの日も北燕兵に襲われた。王舜の手引きがあれば、彼らが東華の軍営内に入り込むのも難しくはないかもしれない。

「さあ、どうでしょう……ただ、北燕にも皇帝陛下と王太子蒼影どのが和平を結ぶことに不満を抱くものがおりますからな」

にやける王舜を見るや、閃《ひらめ》きが走った。

「まさか、藍影さま……！」

「よけいなおしゃべりはこれまでだ。早いところ冥府《めいふ》へと送ってさしあげろ」

兵が包囲網《もう》を縮める。彼らを見渡し、制止しようと口を開きかけたとき――。

扉が蹴破《けやぶ》られ、投げられた短刀がひとりの兵の肩に突き刺さる。うめき声をあげてうずくまる兵の脇を抜けた北燕兵が、玉葉の面前で剣を振りあげた。

(よけられない⁉)

切っ先が銀線を描く前に突き飛ばされた。倒れ伏した玉葉があわてて見上げれば、兵と鍔迫《つばぜ》り合《あ》いをしていたのは蒼影だった。

「蒼影さま！」

彼が安心させるようにうなずいた隙《すき》を狙い、他の兵が迫る。剣の一閃《いっせん》を避けようとした蒼影だったが、軌跡を測りそこねたのか、腕を斬《き》られ、鮮血が吹き出した。

「――！」

思わず口を両手でふさいだ玉葉の前で、彼は怪我《けが》をしたことなど感じさせぬ軽やかな蹴りと突きを放って兵を沈める。咆哮《ほうこう》を放って斬りつける最後のひとりを殴《なぐ》り飛ばすと、蒼影は剣の切っ先を王舜の喉元に突きつけた。

「おまえらの悪事は――」

「王舜、おまえと北燕の王族・閃《せん》藍影が組んでいたことなど、とっくにお見通しだぞ！」

蒼影の決め台詞《ぜりふ》をかっさらったのは、靖邦だった。護衛に開けさせた玄関の扉を颯爽《さっそう》と抜けてきた彼は、苦々しい表情を隠しもしない蒼影と唖然《あぜん》としている王舜を見比べる。

「王舜。おまえは閃藍影とひそかに通じ、北燕の高貴薬・人蔘《にんじん》を横流しさせていたな。見返りに東華の文物や茶の類《たぐい》を規定よりも多く藍影に送らせていた」

「な、なんのことやら、さっぱり……」

この期《ご》に及んで言い逃れをする王舜には、高官の威厳など欠片《かけら》もない。

「人蔘は北燕でも貴重で輸出が厳しく制限されている。だが、このところ収穫量と輸入量から計算すると、国内の出回り量が少なくなっていた。密輸を疑ったが、収穫から輸出までの工程に問題はない。ならば、輸出入の管理者である藍影を疑うしかない」

苦渋に満ちた蒼影の口調に玉葉の胸まで痛む。

王族でありながら国に損害を及ぼした藍影に対して、蒼影は怒りや苛立《いらだ》ち、口惜しさを痛感しているに違いない。

「東華では、人蔘が闇取引されているという噂《うわさ》が流れていてね。出所はどこだと探っていたが、王太子の話を聞いて、もしや王舜――おまえと閃藍影の間に結びつきができているのではないかと疑った。それから、ふたりでそれぞれ調査をしていたというわけだ」

「もしかして、蒼影さまが和平の使者に扮して東華の軍営を訪れたときに、その件について話し合われたのですか?」

玉葉の問いにふたりはうなずく。蒼影と靖邦は怪しい人物にとっくに目星をつけ、当の本人たちには秘密裡《り》に内偵をしていたのだろう。王舜は逃げ道を探すように首をきょろきょろ動かしている。

「藍影はすでに拘束《こうそく》した。奴なら少し痛めつければ、すぐに白状するだろう。なんせ、龍の刺《いれ》青《ずみ》を彫ることを拒否したくらいだからな」

肩を落としてそうぼやく蒼影の口ぶりからすると、藍影が刺青をおぞましいと罵《ののし》っていたのは、醜《みにく》いからというよりも彫る過程で生じる痛みに耐えられないからだろう。

「王舜。密輸を挙げずとも、おまえの罪は明らかだぞ。公主にして王太子妃を殺害しようとしたのだからな」

靖邦の弾劾《だんがい》を聞くや、王舜はひざまずいて、がっくりと首を垂れた。

「厄介《やっかい》なわたしを廃して、操り人形になる他の皇族を皇帝に据えようとしたのだろうが……残念なことだな」

胃の底が冷えるような皮肉を放った靖邦だったが、口元がわずかに緩《ゆる》んでいる。

これで邪魔だった目の上のこぶをきれいさっぱり切り取れる――そう考えているに違いない。

「拘束しておけ。王舜の処分は和平の会談が終わってから決める」

靖邦の護衛兵はかかとを合わせ、背を伸ばして一礼すると、王舜に縄をかけて引き立てていく。同じように縄をかけられた素貞は深くうつむいていた。

「素貞……王舜さまたちに命じられて、わたしを罠《わな》にはめようとしたの？」

顔を上げた素貞は、真っ赤な目をしていた。彼女は唇を震わせ、喉をひとつ鳴らしてから大きくうなずく。

「……申し訳ありません、公主さま。わたしの父は王舜さまに仕えておりました。だから、王舜さまのご命令を……藍影さまのもとに派遣され、最終的には公主さまのもとに潜り込めという指図を断ることができなかったのです」

「わたしを信用させて、いざというときに自由に動かせるようにしたのね」

藍影が玉葉に妙な誘いをかけていたのは、素貞に助けさせる下地だったのだろう。子飼いの部下に玉葉を監視させ、隙をついて己たちの望みどおりに動かそうと企んでいたのだ。

「本当に申し訳ありません」

深々と頭を下げた素貞に言葉を失う。

裏切られたのはつらい。だが、彼女は王舜の命令に従わなければならない立場だったのだろう。ならば、頭ごなしに責めることはできない。

「おまえの罪状はこれから調べて罰を決める」

靖邦がよく研いだ鎌で草を刈るように断じると、彼女は背を丸めてうなずく。

玉葉は思わずその場に両膝をついた。

「陛下……どうか……どうか、寛大な処置をお願いします」

唇を引き結んで靖邦を見上げると、蒼影がため息をついて玉葉の脇を抱え、無理に立たせる。

「やめろ、玉葉。おまえは北燕の王太子妃だぞ。軽々しく下手に出るな」

それから、靖邦に目を眇《すが》めて言う。

「おまえの兄は妹を異民族に嫁がせるほど寛容な男だ。だから、それほど心配することはない」

その言葉に靖邦は噴き出し、それから咳払《せきばら》いを数回した。

「それはその娘の罪と証言次第だな。……連れて行け。手荒く扱ってはいかんぞ」

護衛兵は素貞の両手首を縛ると連れ去っていく。

玄関の扉を抜ける前、彼女は玉葉を振り返った。謝意を込めた一礼は深く、胸が針を刺されたように痛くなる。

彼女が去ってしまっても、玉葉は閉められた扉から目を離せずにいた。

我に返ったのは、背後の蒼影が身じろぎしたからだ。彼は片手で脇を押さえていた。その手が血で濡れている。

「いけない！　お怪我を！」

玉葉は懐から手絹を取り出すと、蒼影の脇にあわてて当てた。平然と振る舞っていたから軽く考えていたが、意外に傷は深いのかもしれない。

「蒼影さま、大丈夫ですか？」

「たいした傷じゃない」

にはいられない。


「でも、血が出ていますわ」

みるみる朱に染まる手絹が涙でぼやける。今まで何をぼんやりしていたのかと自らを責めず

「大丈夫だと言っている。軽傷だ」

つまらなそうに吐き捨てる蒼影に靖邦が笑いかけた。

「義弟よ。話し合いの続きはできるのかい？」

「手当てをしたら、いつでも可能だ」

鬱陶《うっとう》しそうに言い返す蒼影は、どうも靖邦が苦手のようだ。

若き皇帝はほがらかに笑うと、広袖から取り出した新たな手絹を玉葉に差し出した。

「玉葉、宿館に戻って手当てをしてやりなさい。……それと、無事に会談が終わったら、この街の郊外にある温泉にでも連れて行ってやるといい」

「温泉ですか？」

「外傷から臓腑《ぞうふ》の病にまで効くという温泉があるんだよ。そこで夫の看病でもしてやるといい」

玉葉がうなずくと、靖邦は迎えに来た兵に護衛され、一足先に家を出て行く。

蒼影が重苦しい息を吐いた。

「……おまえの兄は食えなさすぎて嫌になるな」

苦い薬を前にした子どものような表情に、玉葉は小さく笑った。

「ともあれ、おまえが無事でよかった」

「……助けに来てくださって、ありがとうございます」

「それだけか？」

真顔で求められているものが何か玉葉には思い当った。花園で得られなかった言葉を彼は確かに欲している。

（……失いたくない）

怪我をした彼を見て、切に思っている。彼をこの手で抱きしめられなくなるなんて、絶対に嫌だ。

「蒼影さまを愛していますわ」

玉葉はほんの少しためらってから、感謝の気持ちを込めて彼の頬に口づけた。

わずかに唇で触れただけなのに、蒼影は心底驚いたように目を見張る。

今まで翻弄《ほんろう》されてきた意趣返しができたような気になって、玉葉は嫣然《えんぜん》と微笑《ほほえ》んだ。

綿のような雪がはらりと落ちてくると、湯にはかなく溶ける。

白い紗衣《うすぎぬ》をまとい、肩まで温泉につかっていた玉葉は空を見上げた。

冬空は一面の鈍色《にびいろ》の雲で覆《おお》われ、太陽は重たげな雲の裏に姿を隠している。湯気を散らす風は冷たいが、天の雲を流すには弱すぎるようだ。

「冷えるか？」

共に湯に入っている蒼影は素肌をさらしている。湯気のせいか、額にうっすらと汗をかいている彼に向け、首を左右にした。

「……いいえ。熱いくらいです」

身体《からだ》の内が火を入れられたように熱く、気を抜くとのぼせてしまいそうだった。

「酒を飲みすぎたんだろう」

含み笑いをされて、玉葉は眉を寄せた。

「蒼影さまがいけないのですわ。お傷に障ると申し上げたのに、お酒を飲まれて……おまけに残すなんて」

靖邦も靖邦だ。怪我人に酒を贈るなんて、どうかしている。それを湯に入る前に飲む蒼影も論外だ。彼が傾けていた杯を取り上げて窘《たしな》めたら、杯に残った酒を飲めと命じられた。

皇帝からのいただきものを粗末にはできないと残り酒を飲み干したのは失敗だった。

湯につかっていると、燗につけられているような気分になる。

玉葉は、蒼影の脇に当てていた布を意識して強めに押さえた。

「傷に沁みませんか？」

「それほどでもない」

と言いつつ顔を軽くしかめる。玉葉は眉《まゆ》を曇らせると、ため息のようにつぶやいた。

「やはり、湯治《とうじ》は早かったのではありません？」

無事に会談が終わってから、ふたりは兄皇帝の勧めに従い、近郊の温泉へとやってきた。

近隣の民には有名な湯治場らしいが、玉葉たちのつかっている湯にはふたりの外に誰もいない。満々とたたえられた湯に磨いた石を敷き詰めた浴場や小休止するための簡素な亭。すべて玉葉たちが独占している。

「湯につかって治癒《ちゆ》が早くなるなら、少しは我慢するべきだろうな」

蒼影はそう言うと、縁を囲む岩の間に頭を預けて瞼《まぶた》を閉じた。

身じろぎするたびに波紋が静かに広がる。風にさらわれた雪が玉葉の髪にたわむれてから湯に溶けていく。

湯の流れる音だけが静かに響く。しじまといってもいいくらいなのに、なぜか胸がざわめいた。

「……この刺青を彫るときは痛かったのでしょうか？」

沈黙を破りたくて、彼の滑らかな肌の上で踊る龍の輪郭《りんかく》を何気なく指でなぞった。蒼影は気だるげに玉葉を見つめる。

「痛くないと言えば嘘だな」

「どんな痛みなのでしょう。想像もつきませんわ……」

鮮やかな色彩の龍はこの世の生き物ならぬ威厳と風格を漂わせている。

彼が王太子であり、次の王だとはっきり証明する画だ。

「おまえが初めて俺を受け入れたときは、どれほど痛かったんだ？」

「な、何をおたずねになりますの？」

指をあわてて離すと、隠れるように湯に深く沈む。蒼影は身を乗り出すと、玉葉の頰を一撫《ひとな》でした。

「それこそ俺には想像もつかない痛みだからな。で、どれくらい痛い？」

「馬鹿なことを訊かないでください！」

初めて蒼影を受け入れたときの鋭い痛み。

引き裂かれた粘膜があげる悲鳴は、どんなに説明したところで、男には聞こえないものだろう。

「馬鹿なことか？」

頰を撫でていた大きな手が首をくだり、布が張りついた乳房を覆う。

「あ……」

「玉葉。布が透けてるぞ」

ぎょっとして自分の全身を見渡した。

薄い布越しに身体の線がくっきりとあらわれていた。

豊かな乳房を飾る桜桃色の頂にまろやかな曲線を描くくびれた腰。なだらかな恥丘《ちきゅう》をささやかに覆う下草の薄墨色《うすずみ》がかえって妖しげで、のぼせたようにめまいがする。

紗の単衣《うすぎぬひとえ》をまとったのは、湯治に付き合うだけだという意思表示のつもりだった。彼の欲望を煽《あお》ることがないようにと衣をまとったが、逆に誘惑でもしているかのようだ。

「見ないでくださいませ！」

頤《おとがい》まで湯につかった。逃げてしまいたいが、彼の傷を湯に直接さらしてはいけないと思うと、身動きができない。

「それは無理だ。俺はおまえの身体の隅々まで堪能《たんのう》したい」

抱き寄せられて、胸の中に閉じ込められる。

しなやかな筋肉とすべらかな皮膚《ひふ》の感触が鼓動を早めた。

「だめ、ですわ……」

つぶやきは唇を重ねられて吸い取られてしまう。ならすようにちゅっちゅっと音を立ててついばまれていたが、むろんそれだけでは飽き足らず、彼の舌は巧みに玉葉の唇の狭間《はざま》から侵入してきた。

舌を舐《な》められると、身体が小さく震える。おずおずと応えると、彼の舌の動きはとたんに大胆《だいたん》になった。

玉葉の歯の裏側を器用に舐めたと思ったら、頬の粘膜をやさしくつつく。舌の裏側や上あごまでなぞられ、舐められると、頭が真っ白になった。

「ん……んふ……」

舌をからめあっていると、自然と昂揚《こうよう》してしまう。彼の手が薄衣の袷《あわせ》をはだけ、肩からずりさげると、うっすらと桃色に染まった肌があらわになった。

息を許され、玉葉は彼を見上げて首を振る。

「だ、だめですわ。湯治に来たのに……」

「おまえの柔肌《やわはだ》を味わっていれば、すぐに治る」

「ふざけたことを……」

再び唇を塞がれて、反論は呑《の》むしかなかった。

舌を強引にからめられると、身体の芯がじんと熱くなり、潤ってしまう。

口づけは緩急をつけて繰り返された。

ただ唇が触れ合うだけのやさしい接触が続いたかと思えば、舌を深く差し入れて口腔《こうこう》を荒々しく犯される。

いつしか玉葉は彼の首に腕をまわして、舌と舌の交わりに溺《おぼ》れていた。

「ん……んん……」

しっとりと濡れた舌を互いにもつれさせていると、蒼影がやわらかな双胸をそっと押し上げた。

「あ……だめ……」

蒼影は目を細めて豊かな双乳をやわやわと揉《も》む。

「おまえの肌はどうしてこんなに美しいんだろうな」

薄紅に染まった乳房は昂奮《こうふん》のせいか青い静脈が浮き出ている。生々しい姿を美しいと称賛され、玉葉は羞恥と戸惑いを覚えてしまう。

「そんなに美しくは……あ……んん……」

蒼影はまろやかな双つの乳を揉みながら、首筋に舌を這《は》わせた。

耳たぶを噛《か》まれ、尖らせた舌先で首筋をなぞられると、こそばゆいのか気持ちよいのか判然としない感覚が背を駆けくだっていく。

「あ……や……」

「おまえの肌は甘いな……これだけで、痛みが軽くなりそうだ」

蒼影の舌は首から鎖骨《さこつ》をなぞり、胸の谷間でぴちゃぴちゃと音を立てて遊ぶ。

身悶《みもだ》えして、背をそらした。

「蒼影さま、だめ……」

下肢《かし》の奥がきゅんと甘く熱くうずいた。

貪欲《どんよく》な膣襞《ちつひだ》はもう蠕動《ぜんどう》を始めている。

「いや……こんなところで……」

「玉葉、俺たちは夫婦だぞ。どこで男女の交わりをなそうが、誰も咎《とが》めない」

「そんな」

温泉に入っているのはふたりだけだが、ここに至るまでの道は護衛兵が見張っている。滞在が長くなれば、彼らが心配して様子を窺《うかが》いに来るかもしれない。

「だ、だめですわ。あまりに長くいたら、のぼせたのかと心配して、誰かが来るかもしれませんし」

半泣きになり、彼の身体を押しのけようとしたが、すかさず腰に回された左腕は頑強でふりほどけるはずもなかった。

「それもそうだな」

と言いながら、蒼影はつんと立った頂《いただき》を右指で挟んで愛撫《あいぶ》する。

「あん……だめぇ……」

ぷくりと尖った乳首は感じやすくて、下腹にずんずんと快楽の波を走らせる。

理性に反して足のつけねの奥の蜜壺はとろりと濡れだし、彼の雄《おす》を受け入れる準備を始めていた。

「いや……いや……」

こんなはしたない身体になってしまうなんて、情けなくてたまらなかった。

男女の交合がもたらす悦《よろこ》びを知ってしまったせいか、もっと気持ちよくなりたいという本能に引きずられてしまう。

「確かに、あまりのんびりしてはいられんな」

蒼影は玉葉の乳房を余裕たっぷりに揉みしだき、頂の根元をつんつんと持ち上げながら、思案に暮れた顔をする。

「や、やめてください……」

「だが、これは湯治《とうじ》なんだ。ゆっくりしてもかまうまい」

「ど、どこが湯治なんですの？」

揉みしだかれた双乳はすっかり紅色になっている。

彼は豊満な乳房に五指を這わせて楽しんでいる様子だったが、にやりと片頬をあげた。

「いいことを思いついた。おまえが俺を今までにないやり方で楽しませてくれたら、湯治をきりあげるとしよう」

「今までにないやり方で楽しませる……？」

困惑して首を傾《かし》げると、蒼影はまろやかな胸にそっと手を置いてうなずく。

「ああ。やってみるか？」

挑発するような口ぶりにいささか腹立たしくなったが、このままいつまで続くかわからない愛撫を続けられるよりはましかもしれないとも思った。

「……やりますわ」

決意を固めて告げると、蒼影は満足そうに笑う。

細めた目やはっきりと持ち上げられた口角が意地悪げで、にわかに不安が生じて肩をすくめた。

「そんなに変なことですの？」

「たいていの夫婦がすることだ。おかしなことじゃない」

そう言うと、蒼影は湯から立ち上がる。

彼の足のつけねの雄剣がしゃがんだ玉葉のちょうど目の高さにあった。赤黒いそれはすっかり屹立《きつりつ》し、暴虐《ぼうぎゃく》な本性を剝《む》き出《だ》しにしている。

玉葉は赤面し、思わず顔を背けてしまった。

「おまえの豊かな乳房の間で、俺を遊ばせるんだ」

「え？」

とっさに意味がわからず訊き返すと、蒼影は胸の谷間に人差し指を差し入れた。

「や、いや……」

「こんなふうに俺自身を挟めと言っている」

呆気《あっけ》にとられて口を開き、みるみるうちに頰を色づかせる羽目になった。

「な、なんていやらしいことを……！」

蒼影は、玉葉の双つの胸の間で彼の男根を挟めと要求しているのだ。そんな破廉恥《はれんち》な真似《まね》ができるわけがない。

「そ、そんなこと、できません！」

「簡単なことだぞ。誰でもできる」

笑いながら胸の谷間で指が上下する。まるでこれくらいできて当たり前だと小馬鹿にするような仕草だ。

「で、でも……」

恥ずかしくてたまらず、許しを請うように彼を見上げたが、悪戯《いたずら》が激しくなるばかりだった。

蒼影は玉葉の乳房を上から鷲摑《わしづか》みにすると、子どもが泥遊びでもするようにこね回した。

「や、や、だめぇ……！」

やわらかい丸みは彼の手の動きに合わせて形を様々に変えていく。尖りきった乳首までこねくり回されて、玉葉は腰を跳ねさせた。

「お願い、やめてください……！」

官能のうずきに耐えかねて懇願《こんがん》すると、蒼影は丸みを持ち上げながら誘いをかける。

「どうする玉葉？　俺の言ったとおりにすれば、手ひどくするのはやめてやる」

玉葉は瞳を潤わせてうなずいた。

ここは彼の要求を早く満たしたほうがいいに違いない。

蒼影は湯のふちにもたれた。陽根は堂々と天を向いて悪びれることがない。

「さあ、やってみろ」

玉葉は湯をかきわけるようにして彼に近づく。膝立ちになって胸の高さを男根の位置にあわせた。

豊かな胸を自らの手でそっとかきわけ、彼の淫刀を挟んで押し包んだ。まるでふかしたての饅頭《マントウ》で剣を挟んだような珍妙な光景ができあがる。

「こ、これでいいのですか?」

「まさか。それで俺をこすってみろ」

「ええ?」

重ねられた要望はとんでもなく卑猥《ひわい》なものだった。ためらいが玉葉の総身を縛《しば》る。

「どうした?　できないのか?」

蒼影のからかいを聞き、もう降参しようかという考えが浮かぶ。けれど、彼の脇を裂く傷を見た瞬間、弱気が吹き飛んだ。

(わたしをかばってお怪我《けが》をなさったのよ)

胸の内が申し訳なさと愛《いと》しさに洗われる。

この想いを伝える意味でも、彼を存分に楽しませなくてはならないのではないか。

そう決意すると羞恥をこらえ、両手で抱えた胸で彼をゆっくりとこすりあげる。

「玉葉……」

蒼影が喉《のど》を鳴らし、目を見張った。

煽《あお》ったものの、まさか本当にするとは思わなかったのかもしれない。

「つ、つたないのは我慢なさってくださいませ」

なにせ、こんなことをするのは初めてだ。胸の狭間《はざま》に男芯を抱え、まろやかなふくらみの間でこすりたてる。

「こうされると気持ちよいのですか？」

おずおずとたずねると、蒼影が小さく顎《あご》を引いた。

「そうだな。かなりいい。思ったよりも巧いな」

褒《ほ》められるとは予想しなかったので、耳たぶまで赤くしてうなずいた。

「……ご満足されたなら、嬉しいですわ」

彼にもっと悦《よろこ》んでほしいから、猛《たけ》り狂った雄《おす》をなだめるようにこすっていると、頭に手が置かれた。

「いい眺めだ」

「そうですの？」

「ああ。清らかな仙女のようなおまえが穢《けが》れた男根に奉仕している。信じられない姿だ」

「わたしは清らかではありませんわ。それに、蒼影さまは穢れてなんかいません」

蒼影の勇猛《ゆうもう》な陽根から放たれる種は王の血を伝えるものだ。穢れているどころか尊《とうと》いものに違いなかった。

「清らかだぞ、おまえは……」

頬に移った掌《てのひら》が熱い。玉葉は思わず息を呑《の》む。

「あの……」

「玉葉、ついでにそれを舐《な》めてくれ」

さらなる要求は難易度が高すぎるもので、玉葉はしばし固まってしまう。

「舐める、のですか？」

ようやく我を取り戻してたずねると、彼は笑ってうなずいた。

「ああ、舐めるんだ」

玉葉は胸の間に挟んだ男根を見つめる。三角系に尖った先端と恐ろしいほどに張りつめた勇壮な肉塊《にくかい》に怖《お》じ気《け》づく。

（舐めるって、どうすればいいのかしら）

戸惑いながら見つめているうちに、ふと閃《ひらめ》いた。

（小さいころに食べた棒つき飴《あめ》の要領でやればよいのではないかしら）

地方に下る前――苦労という単語など知りもしなかった時分に、玉葉は都の祭りにお忍びで出かけたことがあった。

そのとき兄がくれたのが、棒のついた飴だった。色鮮やかな飴の形は覚えていないものの、次第に小さくなっていく甘い飴を惜しむように舐めたことは覚えている。

（蒼影さまを悦ばせなくては）

考えてみれば、常に細やかに愛撫され、信じられないような快楽を味わわせてもらってばかりだ。贈り物をもらうだけもらって返礼しないのと同じようなものではないか。

（愛する方の一部なのよ。ためらってはいけないわ）

玉葉はうつむくと男根を口に含む。

苦いとも塩辛《しおから》いとも表現しがたい潮が舌に広がる。先端は絹のように滑らかで、肉竿は、芯は硬いのに表面はしなやかという奇妙な舌触りだった。

（これからどうしたらいいのかしら）

ただ咥《くわ》えるだけの状態になっているが、果たしてこれでよいのだろうか。

「……玉葉、舌を這《は》わせてみろ」

かすれた声が耳に届き、玉葉は頭を軽く縦に振ってから、先端に向けて舌で舐めあげる。三角の根本をくすぐるように舐めると、蒼影がかすかにうめいた。

「ここがいいのでしょうか？」

小首を傾《かし》げると、蒼影が浅くうなずいた。

玉葉は陰茎《いんけい》から口を離すと、舌を尖らせて集中して雁首《かりくび》を舐める。それから、茎にゆるゆると舌を這わせ、時に戯《たわむ》れのように口づけた。

「咥えてくれ」

初めて聞く懇願《こんがん》にも似た頼みを玉葉はためらいなく呑んだ。口をあけて彼自身を頭から咥える。

（大きいわ）

精一杯口を開いても、半分も収めきれない。それを易々と招き入れる蜜壺の包容力に驚き呆《あき》れてしまう。

歯を立てぬように注意を払い、彼の肉茎を唇でしごいていると、蒼影が荒く息を吐いた。思わずといったふうに男根で喉《のど》をつかれ、むせてしまう。

「ん……ん……」

涙目で見上げたが、蒼影は容赦《ようしゃ》なく腰を突き立てる。喉の奥を先端につつかれて、玉葉はさすがに首を横にした。

蒼影は腰を引くと、玉葉の唇から己自身を抜き去る。

喉に息がからみ、続けざまに咳をした。

「……ひどいですわ、蒼影さま」

涙を浮かべて抗議すると、彼は罰の悪そうな表情になった。

「すまん。おまえがあまりにも健気《けなげ》なものだから、つい」

「健気だと思われたのに、こんなひどいことをするのですか？」

危うく息ができなくなるところだったのだ。腹立たしくなってつい睨《にら》むと、蒼影が玉葉の脇を抱えて立たせた。

　何をするつもりなのだろうと上目遣いになれば、唇を重ねられた。舌を捕まえられてしまえば、他愛《たわい》なく屈服してしまう。舌をからめてもつれあわせていると、蒼影の手が胸をやわやわと揉《も》んだ。痺《しび》れるような快感の波が、肉壺を刺激する。

「あ……いや……」

「玉葉、今度は俺がおまえを楽しませる番だ」

　耳たぶを甘嚙《あまが》みしながら吹き込まれれば、その言葉だけで内側を愛蜜が湿らせていく。

「で、でも……」

「おまえも俺が欲しいはずだ」

　胸から腹に伝った手が思わせぶりに恥丘《ちきゅう》を撫《な》で回す。薄衣越しだというのに、大きな掌《てのひら》の感触は否応《いやおう》なく鼓動を早めてしまう。

（だめよ、こんなところで。はしたない）

　そう戒《いまし》めるのに、体の芯の火照《ほて》りは彼を欲しがっていた。もっと気持ちよくなりたいと本能が盛んに訴えかける。

「こい」

　湯から先にあがった蒼影に腕を引かれれば、もはや従うしかないという気持ちになった。滑らかな敷石で覆《おお》われた浴場に横たえられると、心臓が高らかに鳴る。

「俺もおまえの中に入りたいんだ」

裾《すそ》をめくられ、足を大きく開かされると、蒼影は体を割り込ませた。露わになった秘部に指を這わされると、腰がびくんと跳ねる。

「あ……ああ……だめ……」

谷間を指が上下するたびに腰が揺らめいてしまう。蜜口をつつかれ、隠唇を指が撫であげると、すすり泣きにも似たあえぎ声が漏《も》れだした。

「あ……ん……も、もう……」

昂奮《こうふん》のためにふっくらとふくれた淫花をゆるゆると撫でていた指が、突端にたどりつく。ひそやかに隠れていた女核をくりっとひねられた瞬間、玉葉は大きく背をそらした。

「あ……あ……だめ、そこはだめ……！」

鋭い快感に全身が小刻みに震える。蒼影は宝玉を守る皮をはがすと、小さな突起を指先でこねくり回した。

痛いほどの快感に背が弓なりになる。怖くなるくらい気持ちがよくて、腰が自然と波打ってしまう。

「だめぇ……もう、もう、さわらないでぇ……」

彼の指を止めようと手を添えたが、蒼影はさらに動きを早めた。

秘玉に円をいくつも描かれると、甘い刺激が膣を収縮させる。蜜がとめどなくあふれてきた。

「ずいぶん濡れてきたな。もうびしょびしょだ」

蒼影は女芯を大胆《だいたん》に転がしながら、違う指を膣孔に侵入させる。

指を出し入れされると、玉葉は首を左右にした。しっとりと濡れた髪をふりみだす。

「いや……や……やぁ……」

ちゅぷちゅぷと派手に音を鳴らしながら指の抽挿は続く。少し曲げられた関節が感じる部分を刺激して、たまらなくよかった。

「玉葉。中がすっかり熱いぞ。酒のせいかな?」

からかわれているとわかっていても、反論も何もできない。

快感に追い上げられ、快楽に攻め立てられて、淫らな乱舞を続けるだけだった。

「ああ……もう……もう……」

頭が真っ白に焼けただれる。背が自然とそって、つま先が丸くなる。

むきだしの陰核《いんかく》をくりっと転がされたのが止めだった。

「だめぇ……!」

憚《はばか》りない悲鳴をあげて、玉葉は天へと駆け上る。

陰唇《いんしん》の間に咥えた蒼影の指をぎゅうぎゅうと締めつけながら、玉葉は絶頂を迎えていた。

あまりの気持ちよさに涙があふれる。腰がどうしようもなく揺らめき、蜜が膣孔からあふれだす。

長い舌で蜜口をべろりと舐められ、未だ絶頂の余韻《よいん》に浸っていた秘処はたちどころに反応する。

指を抜いた蒼影はそう言うなり、玉葉の足のつけねに顔を寄せた。

「玉葉、もったいないぞ」


「やぁ……！　舐めちゃだめ！」

指でさんざんに愛撫された陰唇を舐め上げられ、愛蜜にまみれた膣孔をきつく吸われて、玉葉は悶絶《もんぜつ》した。黒髪をなまめかしく振り乱し、踊るように腰を跳ねさせる。

「ああ……そんなところ、舐めないで……」

「ここは気持ちよさそうにひくひくしてるぞ。本当は舐めてほしいんだろう？」

淫らに咲き誇る花を上下していた舌が花びらの合わせめに辿《たど》りつく。

尖らせた舌先で転がされると、鋭敏な真珠《しんじゅ》が快感をほとばしらせた。

「ああ……ああー……」

痺《しび》れるような悦びの波に襲われて、玉葉は天を仰《あお》いで声を高く放った。

極まったあとの陰玉は感じやすくて、わずかな刺激で快美な波濤《はとう》を走らせる。

蒼影は陰核への攻撃を執拗《しつよう》に続けた。べろべろと舐め続けられれば、痛いほどの快感に全身を支配され、玉葉は自ら大きく膝を割って、腰を淫らに突き上げてしまう。

「ああ、だめ……だめ……だめなの……」

力の入らない手で蒼影の頭を命綱《いのちづな》にすがるようにつかんでしまう。その間にも秘玉を唾液《だえき》まみれにされて、恥ずかしげもなく腰を振った。

「ん……んん……もう、もう、いっちゃう……いっちゃう……！」

あまりに強い快楽の波に、蜜壺が痙攣《けいれん》する。白い閃光《せんこう》が背を貫き、頭の中が白濁《はくだく》した。

「やぁ……！」

再び訪れた絶頂は深くて長いものだった。玉葉ははしたなくも蜜を陰唇《いんしん》の狭間《はざま》からこぼしながら腰を突き上げ、極《きわ》みの瞬間の悦びを全身で甘受《かんじゅ》していた。

「玉葉、泣くな……」

蒼影にきつく抱きしめられて、初めて自分が泣きじゃくっていることに気づいた。

「泣くほどよかったか？」

「だって、だって……」

言葉にならず、玉葉は彼の滑らかな胸にすがって涙をこぼした。

快感に追いつめられることがこんなにも恐ろしく――そして気持ちのよいことだなんて、蒼影に抱かれるまで知らなかった。彼が愛おしく、そしてほんの少し憎らしくなる。

「……わたしが淫らになったのは、蒼影さまのせいですわ」

「安心しろ。俺は淫らなおまえが愛おしくてたまらない」

額に口づけられて、落ち着きかけた鼓動が大きく鳴る。

蒼影は欲情にまみれた眼差《まなざ》しで、玉葉の瞳を捉えた。

「おまえの中に入りたい。いいだろう？」

彼は知っているのだろうか。その言葉と視線だけで、玉葉をたやすく屈服させられることを。

小さくうなずくと、彼が玉葉の上から身を引いた。あぐらをかいて座ったので、自らも半身を起こす。

「玉葉、こい」

命じられ、玉葉は彼と向き合った。要するに彼を抱くように座ればよいのだろうとあたりをつける。

彼のももにまたがり首に手を回して空に向いた男根を蜜口にあてるや、蒼影が先を含ませた。

勢いよくずぶずぶと中を割られ、玉葉の蜜壺が歓喜に震える。

「い……いい……」

膣をいっぱいに満たされる悦びを素直に口にすれば、彼が目を細めた。

「そんなにいいか？」

「はい。とても……いいです」

喘ぎながらうなずいた。

怒張した陽根が玉葉の淫襞をみるみるうちに押し広げていく。常は慎《つつ》ましく閉ざされた雌《めす》の奥壺は今や淫靡《いんび》に蠕動《ぜんどう》し、蒼影を奥へ奥へと誘いかけた。

「中がとろけるように熱くなってるぞ。酒のせいか？」

わかっているはずなのに、彼は楽しげに笑みを浮かべつつからかう。

「あ、あなたのせいですわ……」

恥ずかしさに蒼影をめいっぱい咥《くわ》えた膣口が細やかに震える。限界まで広げられた肉襞《にくひだ》はさらなる快楽を味わおうと蒼影をぎゅうぎゅうと締めつけた。

「玉葉、あわてるな。ゆっくり楽しめ」

そう言うと、蒼影は奥深くをずんと突く。最奥を守る入り口をぐりっと抉《えぐ》られ、背に重たい快感が走った。

「あう……や、やめ……」

「玉葉、もっともっと楽しませてやる」

耳孔に吹き込まれた宣告に胸がどうしようもなく弾んだ。こんなただれた交合に悦びを覚えるなんて、彼のせいでなく、己の身体《からだ》が淫乱にできているせいではないか。

「蒼影さま……」

「もっと乱れろ」

そう言うや、蒼影は壊すような勢いで玉葉を貫いた。尖った亀頭が奥深くに閉ざされた扉をぐりぐりと突きまくる。

「あ……ああー……」

背をそらし、豊かな乳房を大胆《だいたん》に揺らして玉葉は甘い責め苦に耐えた。彼の上に座っているものだから逃げることもできず、ただひたすらに獰猛《どうもう》な抜き差しを受け続ける。

「だめぇ……お願い、やめて……！」

激しい抽挿にひたすら翻弄《ほんろう》された。肉襞を大きく広げられ、中をかきまわされる。蒼影が淫剣を引くと、内側をたっぷりと潤す愛蜜がみっともないほどあふれでた。

「ああ……やめ……だめ……」

腰を浮かせて逃げようとするが、蒼影がくびれを引き寄せて結合を深める。罰のように激しく奥をうがたれて、玉葉はすすり泣いた。

「だめ……ほんとにだめ……」

気持ちよくてたまらなかった。陽根を押し回されると、快感に背がびくびくと跳ねる。最奥をつかれまくると、声も出ないほどに快美な波が膣から全身へと伝わっていく。

「玉葉、いいか？」

息も絶え絶えの玉葉に比べ、蒼影にはまだ余裕があった。荒々しく腰を振りながら、首筋へと口づけをしてくる。のけぞった喉仏《のどぼとけ》を吸われて、呼吸が激しく乱れた。

「助けて、お願い……」

苦しくなるほどの快感に総身が痺れた。柔襞を蹂躙《じゅうりん》され続けていると、溶けてしまうのではと怖くなる。

「だめ……いっちゃう……」

甘くて恐ろしいほどの力を持つ波にさらわれそうになる。蒼影が腰をかき抱いた。

「玉葉、いっていいぞ」

そうささやいて、淫刀で奥を激しく突きまくる。もう声も出なかった。背をそらし、忘我《ぼうが》の波に呑《の》み込まれる。

「あー……」

膣が痙攣《けいれん》し、頭の中が悦楽《えつらく》の波に洗われて白くなる。かすれた悲鳴をこぼし、玉葉は彼を貪欲《どんよく》に締めつけながら、頂点に達した。

蒼影が眉間《みけん》に皺《しわ》を寄せ、玉葉の最奥を何度かずんずんと突いた。それから、熱湯のような精液をびゅくびゅくと吐き出す。

「あ……ああ……」

子種を撒《ま》かれるときはいつも胸がいっぱいになる。女としての悦《よろこ》びと子を宿すことへの畏《おそ》れがないまぜになってしまうからだ。

蒼影は満足そうに息をついている。彼にとって子種を吐き出すことは、玉葉が己のものだという印を刻むことと同じかもしれない。

種を定着させるように楔《くさび》を打ち込んだままの蒼影は、放心しきった玉葉の唇をついばんだ。

「玉葉、大丈夫か?」

「……はい……」

身体も心もとろかされて、しばし動けなかったが、玉葉はようやく我を取り戻した。腰を引きかけると、蒼影がくびれに手を当てて制止した。

「蒼影さま……？」

「もう少し相手をしろ」

「え？」

半分ほど抜けた彼の淫刀を見て、唖然《あぜん》とした。

蒼影の肉の楔《くさび》はすでに力を取り戻し、隆々と勃起《ぼっき》していたのだ。

「そ、蒼影さま!?」

「すまんな。俺はまだおまえを味わい尽くしてないようだ」

悪びれることもなく言い放つと、今度は玉葉を滑らかな浴場に横たえる。

のしかかってくる彼の猛りきった欲望を見るや、玉葉は意識を半分手放した。

それから、本気で心配したらしい護衛が遠慮《えんりょ》がちに声をかけるまで、玉葉は蒼影の指と肉の剣に翻弄《ほんろう》され続けたのだった。

終章　公主は龍と天を翔る

北燕《ほくえん》の冬は長く厳しい。玉葉《ぎょくよう》は房と房をつなぐ回廊《かいろう》から雪の降りしきる夜空を見上げた。果てなく黒い空から白い雪が舞い降りる。雪の乱舞は冬を長引かせるものなのに——幻想的な光景にしばし見とれた。

「いけないわ。早く蒼影《そうえい》さまのところに行かなくては」

玉葉は慎重に、けれど可能な限り急いで歩き出す。落とさないように抱えた盆の上には茶器一式。

茶を運んでいたところだった。蒼影は夜遅くまで地方官から送られる手紙や各地に派遣した密偵の報告などに目を通し、返事をしたためる。茶で一服してもらおうかと思ったのだ。

(このところお仕事が忙しいみたいですもの。東華《とうか》との調整などもあるのかしら)

会談後、北燕と東華の間には和平条約が締結された。

国境が再確認され、通商の再開が約束された。人蔘《にんじん》のような国家が管理する産物の輸出入量が改めて定められ、禁輸に処されていた品々が友好の証として一部解禁された。

（王位や帝位の簒奪《さんだつ》を企《たくら》んでいた人たちの処分もやっと終わったことだし）

藍影《らんえい》は地方官として北端の地へと派遣された。住み人まれな鄙《ひな》の地であるという。ほぼ追放といっていい処置だが、蒼影は功績を上げたら転置を考えると伝えたらしい。仲が悪いといっても、兄弟の情がまったくないというわけではないのだろう。

王舜《おうしゅん》は東華国の南端にある半島の知事に任じられた。疫病《えきびょう》がたびたび流行するその地に配されるのは、官にとってはほとんど死罪と同然だと考えられるらしい。だからといって、靖邦《せいほう》が冷血無比というわけではない。罰したのは王舜だけだった。前例に倣《なら》えば、一族全員の首が刎《は》ねられてしまうところだ。

素貞《そてい》は陰謀《いんぼう》の片棒を担《かつ》いだということで、しばらくの間軟禁《なんきん》されることになった。その間は国の設置した孤児院や医院で労働の義務を負わされる。罰としては比較的に軽いものだろう。

伝え聞いた玉葉はほっとしたものだった。素貞に騙《だま》されたといっても、彼女は王舜に家族の命を握られていたのだ。従わないわけにはいかなかったのだろう。

（本当にお二方とも寛大だわ。戦の発端となったのはふたりの密輸のせいだというのに）

戦の種となった北燕兵射殺事件は、人蔘の密輸に気づいた北燕兵を王舜の配下が口封じしたというものらしいのだ。まさか戦にまで発展するとは思わなかったのだろうが、どちらにせよ密輸がなければ、そんな事件が起こることもなかったはずだ。

（戦の後始末がうまくいったからよかったものの、そうでなければ泥沼になるところだった）

後始末として公主降嫁《こうか》が決まったのだから、北燕と東華の平和を維持するためにも玉葉の働きが問われることになるだろう。

気合を入れると足を速めた。

執務室に入ると、扉をそっと開ける。

大臣たちと懇談《こんだん》する客間を抜けると、書斎があった。書斎といっても、東華の文人たちのように書画や文房四宝《ぶんぼうしほう》をこれみよがしに飾っているわけではない。

壁際の書棚《しょだな》には北燕や東華の書が積まれ、疾駆する馬が描かれた一幅《いっぷく》の絵が掛けられた素朴《そぼく》な部屋だ。

最奥の炕上《かんじょう》には卓が設けられている。それを前に、蒼影は褥《ざぶとん》に胡坐《あぐら》をかいて座っていた。

（眠っていらっしゃるわ……）

卓に書類を山積みしたまま、蒼影は腕を組んで瞼《まぶた》を閉じている。眠りについた無防備な顔には少年のあどけなさが面影《おもかげ》として残っていた。

「なんだかお可愛《かわい》らしいわ」

盆を卓に置くと、吸い寄せられたように頬の線に指を這《は》わせる。わずかに身じろぎしたので、あわてて手を離した。

（何をやっているのかしら）

夫の寝顔に見とれるなんて、まさに新妻の振る舞いだ。恥ずかしくなって視線をさまよわせると、書類の間から覗《のぞ》く上等な料紙に目が留まる。

「これは……」

透かし模様の入ったその料紙に手を伸ばしたのは、兄が常に使うものと似ていたからだ。

果たしてすべすべとした紙に走る字は兄の手《て》蹟だった。

『この間はご苦労だった。おまえの働きのおかげで、王舜たちを楽に追いつめられた――』

あからさまに上から目線の書き出しに愕然《がくぜん》とする。どう考えても、国の為政者《いせいしゃ》に宛《あ》てた手紙とは思えない。

(親しい友人に向けて気の向くままに筆を滑らせたという風情《ふぜい》だわ……)

皇帝として完璧《かんぺき》に振る舞う兄にしてはいやに気安い。戸惑いに揺れながら続きを読み進める。

『それにしても、おまえたちふたりの仲が良好で実に喜ばしい。秘書官から初夜の一部始終を聞いたときに、それほど激しく愛し合うくらいなら問題なかろうと安堵《あんど》はしていたが、閨室《けいしつ》での戯《たわむ》れをこの目で実際に見たわけではないからな。心配していたのだ。しかし、おまえたちの様子を見れば琴瑟相和《きんしつそうわ》し、膠漆《こうしつ》のごとく交わっているであろうことが推察できた。あとは両国の融和の証が生まれれば一安心――』

赤裸々《せきらら》な文言に膝から力が抜けそうになりながら続きを追う。

『ともあれ、我が閃《ひらめ》きの鋭さには自分でも感動する。あのとき、おまえに玉葉をさらわせたのは正解だった。おまえが玉葉を略奪してくれたおかげで、わたしは国内の誰からも責められることなく妹を北燕に嫁がせ、さらには王舜失脚の布石を打てたわけだ。我ながら見事な作戦だったと自画自賛している――』

「玉葉、何を見ている」

背後から抱き寄せられて、玉葉はぎょっとして腕の主を見上げる。

「蒼影さま！」

「盗み見はいかん」

蒼影は右手で玉葉を膝の上に抱え上げると、左手で手紙を奪う。いつの間に覚めたのかと一瞬驚いたが、そんな驚きは手紙への疑問になぎ倒された。

「いったいどういうことですの？　さらわせて正解だったたって」

「……なんのことやら」

「これはお兄さまのお手紙でしょう？　ここに書いてあるじゃありませんか。わたしをさらわせてよかったたって！」

手紙を信じるならば、玉葉の略奪はあらかじめ計画された出来事だったということになる。

あの日のできごとは偶然ではなく、兄と蒼影の企《たくら》みだったのだろうか。

「国の機密文書を勝手に見てはいかん」

「ごく普通の――気の置けない友人宛の手紙といった書きぶりでしたけれど？」

語気を強めて手紙を奪おうとしたが、蒼影は玉葉の手の届かない場所に持ち上げ、さながら春の野に遊ぶ蝶のごとくひらひらさせる。それから、大きなため息を吐き出した。

「玉葉、おかしいとは思わなかったのか？」

「何がです？」

「俺が単身で東華の軍営のど真ん中にあらわれたときだ――おまえが襲われたあのときの状況は、どう考えても異常だっただろうが」

「それは――」

確かにあの日は尋常《じんじょう》ではなかった。

東華の陣営内に北燕兵が出現し、まるで計ったように蒼影があらわれたのだ。

「まさか……やはりあの北燕兵は蒼影さまの手勢だったのですか？」

玉葉をわざと襲わせ、折り良く助ける。そうして、玉葉の信頼を勝ち取る。そんな計略を企《くわだ》てたのか。

「あの北燕兵は藍影の配下のものだ。王舜の手招きで東華の軍営に侵入し、和平のための降嫁を阻止しようとしたわけだ」

「ふたりが共謀《きょうぼう》してわたしを殺そうとしたのですか？」

蒼影が無言でうなずく。陰謀はすでにあの日から実行されていたわけだ。

「俺の乱入はあのふたりの計画外だっただろうな」

苦々しく笑う蒼影に玉葉は首を傾《かし》げてみせた。

「蒼影さまには違うお考えがあったのですか？」

「俺は——おまえの兄に耳打ちされていたんだ。おまえの国には略奪婚というおもしろい風習があるらしいな、ついては妹をさらってくれと。指定された日時に軍営を訪れたら、俺の通り道には見事に兵がいなかった」

玉葉は唖然《あぜん》として蒼影を見つめる。

誘拐《ゆうかい》は兄が許可したものだったのだ。

（そういえば、王舜さまを見舞えと命じたのはお兄さまだった……！）

あの日に蒼影があらわれるのは予定されたことだったのだ。侵入しやすいようあらかじめ彼の通る経路を定め、そこの兵を排除したのも略奪成功のために兄が指示したのだろう。

「蒼影さまが使者と偽ってお兄さまのもとを訪れたときに、打ち合わせをされていたのですね……」

彼は重々しくうなずきながら語った。

「確かに北燕には略奪婚の風習がある。かつては本当の〝略奪〟だったが、今は親が同意した上での形式的なものだ」

「それなら聞いたことがありますわ。北燕の略奪婚は持参金を持たせられない花嫁の親が自分たちの面目を保つために、花婿《はなむこ》に娘をさらわせるのだと……」

けれど、玉葉の状況はまったく違う。天下の頂点に君臨する兄が持参金を用意できないなんてことはない。ならば、その狙いは手紙に断片的に書かれたとおり――。

「お兄さまがわたしをさらわせたのは、ご自分が責められないようにするためですのね」

皇帝といえども、誰からの非難を浴びずに済む存在ではない。

あまたの官から民から、そして後世の人々から政策の正否を問われる。

玉葉を降嫁させれば和睦《わぼく》は成立するかもしれない。しかし、百官や民から弱腰だ、軟弱外交だと軽蔑《けいべつ》される恐れは否定できない。

(だけど、蒼影さまがわたしを〝略奪〟すれば、その懸案を解決できるわ)

しかも、彼が略奪したのは王舜の目の前でだ。攻撃の矛先《ほこさき》は靖邦よりも王舜に向かう可能性が高い。

「蒼影さまは、なぜお兄さまの言うとおりになさいましたの?」

「俺が損をすることがないからだ」

きっぱりと明言されて、玉葉は呆《あき》れたように首を左右にした。

「……確かにそうですわね。北燕では略奪に成功したあなたを褒《ほ》めこそすれ、非難することなどありませんでしたもの」

兄は北燕に譲歩しすぎるという非難を避けられ、蒼影は略奪成功により面目をあげられる。

玉葉の略奪婚はふたりにとってもっとも望ましい形だったのだろう。

「ひどいですわ……わたしには黙って、おふたりで計略を立てていたなんて」

涙を浮かべて身をよじり、彼の腕から逃げようとするが、蒼影は背後から深く玉葉を抱きこむ。

「悪かった。怒るな」

「怒りますっ！　わたしを騙したも同然って……んん……」

頤《おとがい》を持ち上げられ、唇を重ねられた。

彼はすぐさま舌を差し入れ、玉葉の口腔《こうこう》を丹念に愛撫《あいぶ》する。

「ん……ん……」

舌をほぐすようにからめながら、彼の手は不埒《ふらち》にも玉葉の衿《えり》の内側に侵入する。

乳房をつかむようにして揉《も》まれると背を大きくそらす羽目になった。

「たとえおまえの兄の許しがなくとも、俺はおまえを略奪するつもりだった」

「何をおっしゃって……」

こんなときに真面目《まじめ》な話なんかできるはずがない。頭の中は甘美な痺《しび》れに支配され、わだかまりはいともたやすく流されてしまう。

「あ……ああん……だめ……」

やわらかなふくらみをこねるようにして揉まれると、甘いうずきが下肢《かし》に轟《とどろ》く。

彼の手は胸を解放すると、裙子の裾《すそ》を割って下穿《したば》きの中に滑り込む。

陰唇《いんしん》をゆるゆるとなぞられて、玉葉の膝が震えた。

「やめ……こんなところじゃ……」

彼の手は下に咲いた花弁をゆっくりとまさぐる。蜜を誘うようになぞられて、ももが震えた。

「だめ……お仕事の最中なのに……」

「俺は仕事をしてるじゃないか」

「何を言って……ああ……あ……」

花びらの突端の女核を転がされ、玉葉はのけぞった。震えた腕が卓にあたり、書類がなだれてしまう。

気持ちよくてたまらない。芯がとおった小さな陰珠は玉葉の膣《ちつ》を熱し、全身に快楽の波をほとばしらせる。

蜜をまぶした指は陰玉を執拗《しつよう》にひねりながら、玉葉の花びらをもてあそぶ。

彼の膝の上で身悶《みもだ》えていると、蒼影が唇をついばみながらささやいた。

「おまえの胎《はら》に俺の種を撒《ま》いて後継者をつくらねばならん。おまえの淫らな唇を愛撫するのは、俺の大切な仕事だろう」

「でも、だからって、こんなところで……」

腰が頻繁《ひんぱん》に跳ね、息があがる。

このままでは本当に貫かれてしまう。

「ここじゃいやです……ここじゃ……」

潤んだ瞳で彼を見つめる。

「ここじゃ……わたしが乱れることができません」

書類や褥《ざぶとん》を汚すのではと心配で、彼との行為に没頭できない。

蒼影は嬉しそうに微笑《ほほえ》むと、玉葉を横抱きにして炕《かん》から降りた。履《くつ》をつっかけてさっさと歩き出す。

軽々と運ばれて、玉葉は面食らう。と同時に、彼のたくましさ、力強さにうっとりした。

首に腕を回して、彼を見上げる。

「重くありませんか？」

「おまえは羽根のように軽いぞ。どこかに飛んでいくのではと心配になるほどだ」

「大げさですわ」

蒼影に身を寄せ、彼のぬくもりを少しでも感じようとする。

執務室を出た足は回廊《かいろう》を渡り、まっすぐに寝所へと向かう。

部屋の扉を次々と押し開き、寝台へと放られた。蒼影は衣の留め具をはずすと、もどかしげに脱ぎ捨てた。

あらわになった肌には龍が躍動している。のしかかられると、龍に喰われるのではという錯《さっ》覚《かく》に囚われた。

「ここなら、おまえを存分に乱れさせられるな」

帯を解かれ、衿《えり》をはだけられて、つんと上を向いた乳首にしゃぶりつかれる。

きつく吸われて、玉葉は喘いだ。

手は裾を割り、すでに蜜に濡れた花びらを、秘玉を撫《な》でこする。

「蒼影さま……ああ……だめ……」

艶髪を振り乱して、玉葉は彼の愛撫に溺《おぼ》れる。誘うように膝を開き、もっと可愛《かわい》がってほしいとねだるように腰を揺らめかせる。

「気持ちいいのか？」

「……はい……はい……いい……です……」

愛蜜がこぼれて、あふれて、割れ目を伝い、敷布を濡らしていく。

頭の片隅にちらつくみっともないという想いは、悦楽《えつらく》に押し流されてしまう。

玉葉は彼の首に腕を回した。

「蒼影さま……わたし……あなたが欲しいです……」

蜜壺がひくひくと痙攣《けいれん》しだしていた。

彼の肉茎《にくけい》が欲しくて欲しくてたまらない。

「玉葉……」

いつもよりも早く勢いよく挿《い》れられて、喉《のど》をのけぞらせた。

膣がみっちりと満たされて、限界まで押し広げられている。

隙間《すきま》なく接しているという悦《よろこ》びに全身が小刻みに震える。

「蒼影さま……愛していますわ……」

肌に彫られた龍に口づける。けれど、何度か揺さぶられるとそんなことをする余裕さえ失った。

激しい突き上げに、身体《からだ》が熱を持った。快楽の波に洗われて頭が白くなる。

玉葉は彼の背に手を回し、肩甲骨《けんこうこつ》を覆《おお》う筋肉の躍動に酔いしれた。

（わたし守られているのね）

天を翔《かけ》るとしても、恐れる必要はない。

玉葉のそばには龍を胸に刻んだ王がいる。

龍王は常に、そしていつまでも玉葉を守ってくれるはず――。

そんなことを考えているうちに、玉葉は龍の背に乗り、はるかな高みを彼と共にいつまでも飛翔したのだった。

あとがき

初めまして。涼原《すずはら》カンナと申します。このたび、シフォン文庫さんから乙女《おとめ》小説家としての第一歩を踏み出させていただきました。

今回のお話は、中華風なお国のお姫さまが異民族の旦那《だんな》さまに嫁《とつ》いでラブラブになるまでの物語です。歴史上では、匈奴《きょうど》に嫁いだ王昭君《おうしょうくん》や吐蕃《とばん》に嫁いだ文成公主《ぶんせいこうしゅ》などが有名ですね。

史上の彼女たちは、国と国との友好維持のために重大すぎるほどの責任を負い、さらには故郷に帰れぬ覚悟で遠い異国に嫁いだことでしょう。頭が下がる思いでいっぱいですが、このお話にはそういった悲壮感はございません。

だって、涼原が書きたかったのはラブとエロ、そしておまけに陰謀《いんぼう》。すなわち、中華政略結婚＋ラブ＋エロのコンボです。野生派な異民族ヒーローに組み敷かれる可憐《かれん》な公主さまの姿は、最高に萌《もえ》だと思います。

というわけで、シフォン的桃色エロとはなんぞやと考えつつの執筆は、悩ましくもたいへん楽しかったです。遊牧民族っぽいエロを書きたいけど、馬上は無理だよね。じゃあ、どうすれば遊牧民族らしくなるんだろう。馬小屋はどうか？　馬小屋でいたすのは遊牧民族っぽい！　追加でお外もいれれば、なお遊牧民族っぽい！　などうきうきと考えつつ執筆いたしました。

そんな涼原が今回一番のお気に入りは、湯治のシーンです。一度でいいから書きたかったんです！　湯治に来たはずなのに、なぜかエロが始まってしまうという流れが!!　全然傷が治らないぜって感じですが、それがいい。

長年の悲願が達成できて、とてもうれしかったです。

それではページが尽きそうなので謝辞《しゃじ》を。

イラストの緒花《おはな》さま。ラフの段階で色っぽすぎる挿絵に今から完成が楽しみです。感謝です。

担当さま。挿絵指定のページの的確さに感激しました。原稿が遅く、たいへんご迷惑をおかけしましたことをお詫《わ》びします……。

本の制作から流通に携わるすべてのかたへ感謝を。

そして、読者の皆さまへ。この本を読んで、少しでも楽しいひと時を過ごしていただけたらうれしいです。

それでは、またどこか物語の世界でお会いできることを祈りつつ。

涼原カンナ

※この作品はフィクションです。実在の人物・団体・事件などにはいっさい関係ありません。

シフォン文庫をお買い上げいただき、ありがとうございます。
ご意見・ご感想をお待ちしております。

◆――あて先――◆
〒101-8050　東京都千代田区一ツ橋2-5-10
集英社 シフォン文庫編集部 気付
涼原カンナ先生／緒花先生

龍王の寵愛
花嫁は草原に乱れ咲く

2014年4月8日　第1刷発行　シフォン文庫

著　者　涼原カンナ
発行者　鈴木晴彦
発行所　株式会社集英社
〒101-8050東京都千代田区一ツ橋2-5-10
電話 03-3230-6355（編集部）
03-3230-6393（販売部）
03-3230-6080（読者係）
印刷所　大日本印刷株式会社

※定価はカバーに表示してあります

ISBN 978-4-08-670048-1 C0193